第十一维度空间

朱秀海 著

长江出版传媒
长江文艺出版社

图书在版编目（CIP）数据

第十一维度空间 / 朱秀海著. --武汉：长江文艺出版社，2022.10
ISBN 978-7-5702-2767-9

Ⅰ.①第… Ⅱ.①朱… Ⅲ.①中篇小说－小说集－中国－当代②短篇小说－小说集－中国－当代 Ⅳ.①I247.7

中国版本图书馆 CIP 数据核字(2022)第 112848 号

第十一维度空间
DI SHIYI WEIDU KONGJIAN

| 责任编辑：李　艳 | 责任校对：毛季慧 |
| 封面设计：璞茜设计 | 责任印制：邱　莉　胡丽平 |

出版：长江出版传媒　长江文艺出版社
地址：武汉市雄楚大街268号　　邮编：430070
发行：长江文艺出版社
http://www.cjlap.com
印刷：武汉中科兴业印务有限公司

| 开本：880 毫米×1230 毫米　　1/32 | 印张：10.375　　插页：1 页 |
| 版次：2022 年 10 月第 1 版 | 2022 年 10 月第 1 次印刷 |

字数：198 千字

定价：39.80 元

版权所有，盗版必究（举报电话：027—87679308　　87679310）
（图书出现印装问题，本社负责调换）

月明林下美人来（代序）

  自从 AI 或曰人工智能问世之后，虚拟现实开始大量成为我们日常生活的组成部分。人类在享有自己最新创造成果的同时，一个问题也接踵而来：如果人类可以虚拟现实，那么我们自己的生活包括我们自己是不是也可以被虚拟？或者换一种说法：人类和人类生活本身是不是也是被虚拟的？如果是，虚拟者又是谁？这个话题看似大胆，但并不新鲜，庄子的时代中国人就提出过了，庄子本人就认为存在着更高层次的创造者。当我们为死亡哭泣时，其实很愚蠢，譬如一块铁，铁匠将你打成一把刀，你就是一把刀，打成一把锄头，你就是一把锄头。所以妻子死后他才鼓盆而歌，他自己将死时朋友去看他，他才会说将来我或为蚁翅，或为鼠肝，你们哭我是没有道理的。他还有一层意思，是说作为人我们自己讲要怎样怎样，这种说法本身就是荒谬的。譬如你本来是一块铁，要随铁匠的意愿将你做成一把刀或者一把锄头，可是你不干，你非要成为某个自己想要成为的器物，那不是矫情吗？何况这种事儿也不是你说了能算的。

想想今天的计算机科学技术，发展到 AI 阶段，电脑里虚拟的人物敢对我们这些创造者说，我不想做蜡笔小新，我只想做孙悟空——轮得到你讲话吗？

一段时期以来，文学的同质化现象为人诟病。一人写一地鸡毛，所有人都以为只有一地鸡毛可写，不但读者不买账，连编辑也时时发出喟叹。稍作思考，根源无非还是对世界的认知过于偏狭。当年的作家，包括令我们一生匍匐在地的大作家，写出了他们那个时代的最好作品，今天看来如果仍然有局限，那也是世界观方面的局限，甚至直接就是工具层面的局限，譬如托尔斯泰的时代就没有 AI 这种东西，不知道除了上帝，人也可以创造新的存在。当然你也可以说人工智能创造的只是虚拟的存在，但虚拟的存在一旦存在，它是不是就成了真实的存在？蜡笔小新今天是不是真实的存在？大闹天宫的孙猴子难道不是我们生活中的真实存在？当我们自己出现在摄像机镜头里，然后通过电视屏幕播放出来，是虚拟的存在还是真实的存在？

十几年前我曾写过一篇文章，题目本来叫《读尽天下闲书》，发出来时编者将其改为《我们的心比宇宙还大》，虽有夸张之嫌，现在想一想，其实没有大错，理由是我们今天已经能通过 AI 创造新的宇宙。譬如蜡笔小新的宇宙或者孙大圣的宇宙，当然它们是虚拟的，同时又因为被虚拟而真实地存在着，所以说我们的心比宇宙还大就不算吹牛。回到文学，我们是不是可以乐观地认为将来的文学前途更为广大，万一我的看法是对的，将来世界上林林总总的学问会简化到只剩下两种，一种是物理学能解释和阐说的，另一种就是文学能解释和阐说的，前者解决的是世界（包括我）是什么的问题；后者解决的问题更广阔，可以说前者解决不了的问题都可以用文学的办法解决，因为文学不需要实证（我讲的是虚构类文学，非虚构类这里不讨论），可以超越所有物理学给定的边界，我们想就是了，心有多大，文学的宇宙空间就有多大，在这一领域，物理学干不过我们，每一个文学创造者都是那个可以用AI创造宇宙故事的人。

《第十一维度空间》是我近期写的一批AI类或者说虚拟类小说——姑且如此命名，其实命名也是虚拟——的第一个结集，每一个故事有点像发生在最近红火起来的"元宇宙"里，故事中的"我"既是虚拟的又是现实的，即使全都是虚拟的，但仍然要对今天的现实有所观照。谁是地球人？谁是外星人？谁是人？谁是计算机或者人和计算机的合体（是不是可能称作为真正的半真半幻的第一代"元宇宙"人）？人类是不是应当一直生活在我们已经生活了数千万年甚至上亿年的这个蓝色星球，这个星球是不是仅仅是人类的幼虫生存的茧壳，我们是不是已经发育到一个可以走出我们的茧壳的临界点，从幼虫变成成虫以至于可以飞出这个星球进入浩瀚无垠的宇宙星球了？与此同时，我们也可以有尊严地和那些创造了我们的诸如无、上帝、混沌、道等平起平坐，并且开始和他们一样在虚拟蜡笔小新或者孙大圣的同时试着书写创世的新算法，并且用它们创造能让我们生活得更有尊严尤其是更好的宇宙和我们自己了？所有这些至少都是我们今天可以大胆和愉快地在虚拟中思考同时也在真实的世界中思考的问题。另外，"我思故我在"这句话是不是也包含着另一层意思：我在哪儿思考，我就在哪里存在。我在一地鸡毛里思考，当然就在一地鸡毛中存在，但我要是在无限的星际空间和同星际空间一样无限的算法空间中思考，我是不是已经在星辰大海和比它还要玄妙的虚拟空间里存在了呢？

感谢《人民文学》《十月》《作品》《芙蓉》《民族文学》《天涯》等刊发了这部小说集中的作品，也感谢每一位愿意和我一起思考无限、造物者和算法空间的朋友们阅读并且喜欢它们，今天还要特别感谢长江文艺出版社的朋友们勇敢地出版了这部小说集，将我最近一段时间的所思所想一并奉献给读者朋友。在科学之外，文学也是我们认识过去、今天和未来乃至认识宇宙和我们自己的最重要的武器。祝你们阅读这部小说集时已经进入星辰大海。我前面说过了，故事是虚拟的，最多可称作是发生在"元宇宙"里的，我的心是现实的，故事里的我却是虚拟的，但谁知道呢，万一他和我同时也是真实世界的一部分，小说这种文体是不是会变得更加好玩儿？读完了这部蕴含了我的所思所想的小说集，回头再看一眼窗外的梅花，读明代大诗人高启"月明林下美人来"之句，是不是就和过去有一点点不大相同了，它们是不是也变成了星辰大海和玄妙的"元宇宙"里的梅花和美人？

朱秀海
2021 年 11 月 9 日

目 录

在医院里	001
狗、城市和有着超级月亮的夜晚	043
丑陋	063
打鞭子的人	084
羞愧	106
哭泣的蝴蝶	134
模糊的谈话	169
机器学习	202
迭代器	233
第十一维度空间	280

在医院里

上 篇

雨下得不大,但窗外松林的针叶每一根都湿漉漉地闪着银白色亮光。他来得早了,以为没那么快的,但还是很快就被叫到了号,于是就第二个坐到了诊室那位年龄不大因心绪明显不好显得憔悴和急躁的女医生面前。

"你怎么了?"

"你都看到了,面瘫。"

"什么时候的事?"

"昨晚上,吃饭的时候发现的。"

"你做了什么?"

"昨天中午喝了酒,天气太热,回来冲了个冷水澡,再后来睡了七个小时。"

"继续说。"

"可能是电扇吹的。我在床头后面凳子上放了一台电扇。床头不高，我睡下时打开它吹。太热了，你知道的，昨天的气温，39度。"

"你把一台电扇放到枕头后面对着吹了七个小时？左边右边？"

"左边。我醉了。平时不怎么喝酒，可是昨天——"

"甭说了。这么热的天喝大酒，醉了回来，路上肯定大汗淋漓，然后冲冷水澡，再用电扇冲着左耳后面的风池穴吹七个小时。你可真行。你身体还不错，不然就不是面瘫了。"

"那会是什么？"他出于好奇问了一句，虽然半边脸歪得厉害，但还是想笑一下。

女医生心情不好。他第二次想到。她并没有理他，从他看到她那一刻她一直在心烦意乱。她在桌面上胡乱找处方笺，可处方笺就在她手边。

"大夫，要紧吗？"

"百分之五十的轻度面神经麻痹不用吃药。其余百分之五十需要治疗。最严重的百分之三治疗也没用。你属于这百分之三。"

"你是说，治也没意义了？"

"有意义。可以让你心理上有个过渡期，接受眼下这个结果。"

他发现她又不找就在她手边的处方笺了。

"那我该怎么办呢?"

"这种病没有特别好的办法。但一时半会儿也死不了人。有些人根本不治疗,慢慢也会好起来。关键是让受到伤害的面部神经功能能得到恢复。要不我给你开些药?你回去吃。"

他心里急躁起来。女医生的结论是他一下不能适应的。他飞快地想到,如果想迅速地摧毁一个人,这位就是顶级的能手。

"我能不能住院?"

这次她注意地看了他一眼。

"床位紧张。你——"

他明白她的意思。一是住院没有意义,二是如果他自己有办法,能弄到床位——

他说:"我在部里工作了二十八年,从没住过一次院。这次情况不同,我想住一次。"

他态度中突然冒出来的逆反和不妥协的情绪似乎让女医生一瞬间内就改变了想法。但也许她更想快点打发他离开。她麻利开出了一张住院申请单,向他推过来,一边说道:"你去住院部看一看。也许你运气好。"

"谢谢。"他说着,站起来,因为下面一位已经推开门出现在他身后。这是一个和他岁数相仿、可能还要比他大几岁的中年女人。"再见。"

女医生没有回答他是因为她的注意力已经转向这个第一眼就让他觉得有点奇怪的女人。至于哪里奇怪他一瞬间没有过细地想过因此也说不上。"你不是已经住院了吗？怎么又来了？"女医生生气地说，这个年龄不该出现的皱纹一条条出现在她不好看的脸上。

那个无论妆容还是衣饰都让他觉得有些莫名怪异的中年女人并没有马上回答医生的话，她脸上现出讨好的笑容，不看医生却在回头看他，其实是在等待他快点走出去。他开门走出，身子刚刚到了门外，身后那扇门就让她给关上了。

他站在门外想了想，这个女人为什么要迫不及待地关上门，不让他听到她和女医生的谈话。不过这和他没关系。

走出医院门诊部大楼后他在生长着许多枝干粗大的落叶松的院子里站着想了一会儿，思考是不是放弃住院治疗的想法，但内心的那一种突然就升起来的逆反和执拗还是让他走进了对面的住院部大楼。从拂晓一直没停的雨已经下不了了。水泥地面上有摊摊积水。住院部大楼进进出出的病人和家属并不比门诊部大楼少。但他还是顺利地在接待前台见到了一位受理本部人员住院申请的护士长。那女人看了他的住院单后又飞快地瞟了他一眼。他也在看她。在和这个因生着一张圆圆的红润的面孔而让他觉得她过得很幸福的女人的对视中，他感觉到自己左半边瘫得厉害的脸让应当久经这种场景的她也有些吃惊。她又看了一遍他的住院申请单，放下来，说：

"没有床位。"

他灵机一动乍着胆子说了一句："不。我刚刚打过电话。现在就有。"

这个已经不年轻的女人深深看他一眼。这新的一次对视有些锋利，但也许只是刀剑的寒光一闪，他没有躲开那一瞬间她突然显得严厉的审视的目光，并且迅速意识到自己成功了。他让对方相信了自己方才的话。可她仍然说：

"你跟谁打的电话？打了也没用。刚刚是空出一张，可已经有病人住进来了。"

他大着胆子将谎撒下去。

"不是那一张。另外还有一张。"

女人像是彻底服了他。"是有一张。可那是给危急病号留的。你是面部神经麻痹，住不住院都一样。"

他又搬出了那个理由。"我在这个部工作了二十八年，从没住过院。这是第一次。"他坚持道。

女人有些犹豫了。"好吧我打个电话。"她就在他面前拨了一个电话出去。他很快明白她并不是打给什么人查证他刚才是不是给某人打过电话。这个电话打给了病历库，让对方查证一下他到底住没住过医院。

"你叫什么？"她在打电话的中途问他。

"伊静。部直属研究院第三研究所。副研究员。"

她向对方报了他的名字，很快结束了这次通话，放下听筒后看他一眼，说：

"跟我来吧。"

办完入院手续住进神经内科8号病房后他才惊讶地发觉，这间有着八张病床的大号普通病房里居然还有另外三张病床空着。他想骂一句，忽然想到关于这家医院的传说可能都是真的，它本来只是一家部属医院应当主要为本部人员服务，多年来却把更多病床向社会开放以获得大批收入，作为医院工作人员的奖金和福利。他淡淡地想这在当今几乎所有医院都不是什么秘密了也就不再想了。让他想不到的是剩下的三张病床不到中午就住满了，有一个瘫痪的老年病人是用担架抬进来的，另外是一个食物中毒的中年锅炉厂工人和一个三岁的小男孩吃坏了肚子住进来。等他在医院里住了几天后慢慢习惯了，才知道床位真的很紧张，他能住进来非常可能因为他那句话：他在部里工作了二十八年还从没有住过一次医院。

这时他已经把那个奇怪的中年女人给忘了。

再见到她已是住院后第五天的早上。治疗已经开始，其中一个项目是针灸。每天早饭后他要去住院部在地下一楼的针灸室排队扎针。到了这时他才发觉他原以为不会有太多的人像他一样患上面部神经麻痹来这里扎针的想法错了。这天在针灸室外等待治疗的像他一样歪着半张脸的病人排成了一列长队，上有八十岁的老翁下有四岁的女童，让人想起小时候学过的某一篇小学课文里的句子：前面看不见队伍的头，后面看不见队伍的尾。而她也站在这样一支队伍中间，和他隔着四五个男人和一个被风吹歪了脸的小姑娘。

她回头第一眼就认出了他，只对他笑一笑，好像他们早就是熟人了一般。最奇怪的是他居然也有了这种感觉。但谁也没有说话。做过针灸出门，他开始习惯于像许多长期住院的病人那样在医院中心松树林子里的甬道上走几圈，呼吸林中还算清新的空气。但今天他一出门就发现她在松林边的人行道前站着等他。

"你好。"看到他走出来，她仿佛努力鼓足了勇气，首先对他开口。

"你好。"他回答。

"我们见过的。"她出乎意外地对他现出了一点活泼的笑容，说。

他注视了一下女人的脸，惊讶地发现如果她再年轻十岁这会是一张标致的古典美人的脸，就是现在也仍然称得上风韵犹存，还多出了一种成熟女性的美。他明白了那天为什么在门诊室第一次见面她就给自己留下了印象。

"真不幸。你不会也和我一样——"

她抿住嘴笑起来。

"你以为那天我在你后面进去看王大夫，也是——"

他有些惶惑了。"原来你不是。我说呢，看着不像。可你为什么也和我们一起排队啊,做针灸?"

她没有回答他的提问。"你知道那天我去见王大夫,是为了啥?"

他不由自主地就被她吸引了,和她一起在林边的长椅上坐下来,一边继续用观赏的目光看她。

"我想告诉她一件事。可后来……我犹豫了。"

他仍然没在这个女人身上看出那一点怪异的感觉来自何方。但由它带来的惊觉却再一次苏醒。

但他不是那么容易被惊吓的。他仍然坐在她身边。

"为啥?"他问她。

"她没有评上副高。但她并不知道。别人都瞒着她。因为这个她心情不好。这次她本来就不该评上。本来就轮不到她,可她觉得自己需要这个副高。"

女人身上特有的奇怪感觉再次沉重地袭击了他,有一种大水汹涌漫过了他的头部的眩晕感和恐怖。

"你是怎么知道的?"

她笑望着他,有点谦卑和讨好的意思,脸上仍然保持着那种说不上神秘、却仍然让他觉得怪异的表情。正是后一点让他的心越发惊惧。

"我就是知道。我还知道你为什么住院,你怎么住的院。你好运气。本来没床。你来时没床,住进去以后马上又没床了,你恰恰赶上了那张床空出来没有人住的半小时。"

现在他知道他为什么会觉得这个人到中年的美丽女子身上有某种让他觉得奇怪的东西了。他自己在别人眼里就是奇怪的。他的职业,他读的书,他正在做的研究,都让他并不惧怕和这样一个女子相遇,相反还刺激了他的职业好奇心。

何况他是在住院。他已经有了心理准备,这次利用反正也治不好的面瘫,给自己放一个长假。

"你还看出了什么?关于我。"

"你想知道什么?"

有一会儿他不再说话,只是看着她,心里却在快速地想他真要知道吗?他一边这么想一边看她一边还注意到一阵突然袭来的风从他们脚下卷走了被雨水打湿的枯落的松叶。

"我想知道关于我你都知道些什么?"

"你面瘫不只是因为三伏天喝大酒,冲冷水澡,然后睡着了让电扇冲着耳后的风池穴吹了七小时。"

"那个女大夫告诉你的吧?"

"她是告诉了我。可即使她不说,我也知道。"

他决定不再忍耐。这样的女人有时也需要你给她一点点小小的教训。他看了一下表,离开午饭还有半小时,闲坐着也无聊。

"我不知道你没有得面瘫为什么也会住院,还跟我们一起排队做针灸。但你只要说出一个字,我就能猜得出来。"

她明显激动了,有点意外的样子,脸上又现出了那种少女似的红润,但很快又恢复了方才的笑容(他们在一起的所有时间内某种带着讨好和谦卑意味的笑容都一直没从她脸上和眼睛里消失过),道:"真的吗?"

"真的。"

"那我真说了。"

"……"

"晚。"

"晚?"

"对,晚上的晚。"

那我可测了啊,他在心里想。他盯着女人的眼睛,发现她也在直直地盯着他。测字这种把戏过去他是当成了解中国传统杂学中的一种偶有涉猎,没想到后来真就起了一点兴趣,一旦累了就拿它消遣一下。有朋友知道他懂一点这个碰上难事做不了决定也偶尔让他帮着测一个字,但无论对方说什么他自己都不会当真。时间久了他明白所有的这种所谓传统学术从最高尚的角度看也都是一种心理游戏。

"你这个字测得不好。晚上的晚,拆开来看,左边一个日,右边一个免。日字上面加一撇是白,免字右下边加一点是兔。白兔是月宫之相。我要真是个测字算命的,得说你本来有后宫之主之相。但是——"

"什么?"

"左边一撇,右边一点,是什么字?"

"不是个字。啊,像个人字。

"人字,但不完整。就因为缺这么一个不完整的人,你做不了后宫之主。对不起我可不可以冒昧地问一下,你现在是单身?"

他边说出这些话边盯着她的脸,这一刻他注意到她脸上的笑容消失了,换上了真正的惊恐之色。两个人就那么坐着,谁也不说话。有那么一瞬间他觉得她就要站起来飞快地跑掉了。

但她只是动了动身子,并没有离开。

"测对了?"

"不,是我测对了你。"她想恢复原来的笑容,但快要哭起来了。"我就知道你能帮我渡过难关。"

一点恻隐之心悄然浮上来。他想今天他可能过分了,尤其是对这样一个精神明显有病的单身女人。他开始怀疑她住的是精神病科。他努力让自己脸上现出笑容。

"对不起我逗你玩呢。测字就是个把戏。千万别信。"

她脸上的恐惧一点点消失,想重新恢复笑容,但不是很容易。

"可是你测对了。"

"你真的是单身?"

"是。我丈夫一定要离开我。我挡不住他。"

他有好一会儿没说话,看着女人大大的眼窝里涌出眼泪。她的睫毛很长很漂亮,那眼泪就像泉水从长着茂密的青草的泉眼里冒出来一样，清澈，饱满，亮晶晶的，但同时她脸上已经恢复的笑容并没有消失。

他想站起来离开，但女人提前移动了身子向他靠近过来，还胆怯地看了一下他离她最近的右手。他猜出了她想抓住这只手但又有些羞怯。

"你住在哪一科，要不要我送你回去？"他不知怎么就说出了这句话，但他真正想的却是用这个办法让自己和她离开。

"你可能误会了。我丈夫抛弃我不是他的错，错是我的。我老是能看到别人看不见的东西。就像你——"她忽然又无声地张开嘴大笑起来，露出一口整齐好看的牙齿，一边仍然含着眼泪，"——你这会儿一心想离开我，我让你害怕了。可你不是个胆怯的人，心也没那么硬，所以……"

他不能再想马上离开了。他继续坐着，收回了距她最近的右手，却不知道还应当再跟她说些什么。

"说你吧，"她仿佛真的读到了他的心，鼓励一般地说，一边又靠近过来一点。眼窝里的泪水已经干涸，笑容仍在眼睛里。"你面瘫不只是因为大热天喝大酒，冷水浴外加吹了七个小时的电扇。你该休个长假了。你工作了这么些年，即便有节假日，大脑和心也从没有休息过。你太累了，你的身体用眼下这样的办法让你不得不停下工作休息。你自己其实也不反对休息一下。你的工作这几年一直没有太大的突破，意志消沉，单位直接领导一直将你当成对手，他妒忌你的才华，排挤你，现在因为几年没出成绩更有了贬低你的理由。你的日子过得不好才这样的。"

他静静地听她说话，蓦然心里就有了那种感觉：他和她早就认识了。他离开了研究所那些天天相见却相互蔑视互为竞争对手一直想用一切手段排挤他的个别领导和同事，进入医院这个和他的专业、生活完全不搭界的地方，终于能够呼吸到一口别样的新鲜的空气。在这种地方遇上她这样一个人，不但是非常可能的，想一想也是应该的。

"你现在又看出我在想什么了？"

她笑了，薄薄一层泪水又涌出来。"您心软了。您又不急着离开我了。您也不认为我真是一个疯子。我就是和别的女人不太一样。我也是个正常的女人。我丈夫不该因为我和别的女人有那么一点点不一样就不要我了。"

他想她又要哭了。但她没有。这会儿他想：她比他原来想象的还是要坚强一些。

两天后的一个下午他站在住院部二楼的落地大玻璃窗前看到了她和她的前夫。那个男人比她年龄大一些但没有大太多，衣冠楚楚，和他的想象比较吻合。但一条腿不太利落。一辆不算名贵的家用轿车停在住院部大楼门前的水泥地上，他下车见她，递给她一包衣物，并没有马上走，站着跟她说话。而这时他注意到从车里还下来了一名女子，后者比她和她的前夫都年轻了许多，没有走过去却站在车子另一侧一直望着他们俩。他想也不用想就知道这个女子是谁了。后来雨就又下起来，男人迅速离开她回到车子里和那个已经上车的年轻女子驱车离开。他回到自己的病房里躺下，没有想什么，却觉得自己清清楚楚地看到车子在雨中开走时被孤零零扔在路边的她眼睛里汪满了亮晶晶的泪水。

他们并不经常见面。虽然每天上午都会同时出现在针灸室里。他们有时上午有时下午会在第一次见面时坐过的长椅背后的松树林子里见面，常常装成偶遇。后来他问她为什么要这样。她说我不能每天都跟你见面啊。你是结过婚的男人，我一个让丈夫抛弃的女人不怕，可我担心别人见我们每天都在一个时辰一个地方见面会说你的闲话。他望着她那双这时总会显得十分真诚的眼睛半开玩笑说我妻子从不到医院里来看我。她要上班还要管孩子。我的事业没有起色连她的日子过得也很消沉。她笑着看他说你爱人还是来过一次的，你住院当天她来为你送住院要用的换洗衣服。他说你是不是连她现在怎么想我这个一直耷拉着半边脸的丑陋得吓人的丈夫都看得一清二楚啊。她的目光严厉起来了说你这个男人和他们那些男人是不一样的，你对你爱人没有二心。你只是生活上遇到坎了，啊不是生活是工作，你遇上的坎儿一时半会儿还是你没有力量迈过去的。他笑着问您连这个也看到了？您知道我遇上了什么坎儿？她说我只读过普通本科而且是文科怎么懂得你研究的那些学问啊。我知道是因为有人告诉我。他吃惊地盯住她的眼睛知道她说完最后一句就后悔了,她转身要走开却马上被他快走几步拦在一条幽暗的林间小径上。告诉我谁告诉你的,他都告诉你什么了?他知道现在在所里除了那个一心要灭掉他的主管领导外并没有人知道他的研究工作到了哪一步,就是在国际上也没有太多人知道他已经走了多远。他就是在这个没有人到过的坎儿上被挡住了,同时知道没有人能帮助他,他只能靠自己去过这道坎儿。他有多少次在夜间醒来想到啊如果他过不了这道坎儿他的一生将在同行眼里和科学史上毫无意义。但他真能过得了这道坎儿吗?

"告诉我他到底是谁?"他连续两次挡住她的路,站在那条两个人只能交错而过的小径中央,"你知道这对我很重要。"

她的嘴唇颤抖起来脸上现出了从没有过的惊恐。这种从没有显现过的表情让他头顶的毛发都直立起来。

"我……"

"你不能说吗?"

"我……"

"莫非是外星人?"他想开个玩笑,调整一下气氛,但马上发现他又做错了。她的脸瞬间变得惨白,血色全无。

"我不知道是不是外星人。也许是,也许不是。可他确实对我说过,你被挡在一道坎儿上了。"

"外星人怎么知道我?你是怎么和他联系的?不,是他怎么和你联系?你们经常联系吗?"

"也不经常。譬如说你和我一起住院的这些天,他就没有再来过,但以前经常来。"

"经常来是什么意思?你看得见他吗?或者说——"

"您不要问了。我不敢回答您。我害怕。"

"不要骗我了。你从第一次见到我就知道了我是谁,你一直在有计划地接近我。你觉得我能帮你。或者说,你想利用我。"

"我没有。"

"不承认是吧?可你刚才说有外星人,而且在我入院前时常和你联系。要不这是真的,要不你就真的是有病,那我就帮不了你。"

"我没有。不,我是说,我害怕。有些年头了,他天天来,和我说话,告诉我这个人是谁,明天他身边会发生什么,那个人又是谁,明天又会发生什么。还有,地球上明天会发生什么大事,有时他也会告诉我。我想逃跑,可他整天跟着我,跟我说话,我无处逃亡。"

"无处逃亡?"

"我这么告诉您吧。不是他告诉我您能帮我,是我自己知道。我那天一看见您就知道一个能帮助我的人来了。您看,您住进医院这些天,他一次也没有再来缠住我,告诉我明天世界上会发生什么事情。"

"过去他经常告诉你些什么?"

"地震。海啸。飞机失事。还有,某个我熟悉的人明天要出车祸。我怎么办？我能去告诉这个人吗？我去对人家讲，人家说我精神病，明天还是照样开车出去，结果被一辆建筑工地运渣土的重型卡车直接撞死。事先我只告诉了她一个人，所以死后别人根本不知道我警告过她。还有好几次我救过我丈夫的命，他在一个朋友的公司做老总，经常出差。有一年我告诉他不要在某个日子出差，他听了我的话，结果第二天飞机就失事了。他活了下来。"

"那他应当感激你，你救了他的命。他为什么还是和你分开了？"

"那不怪他。没有一个男人愿意身边有一个我这样的女人，还是他的妻子。我知道他明天会发生什么事而他对这些将发生在他身上的事一无所知。男人只愿意身边有一个像保姆一样好好照顾他尊敬他最好对他还有一点崇拜和盲从的傻女人。"

"我明天会发生什么事？"这时他们已经在林间的一条长椅上坐下来了。他沉思了好一会儿，才问她。

"明天您还在医院里治疗，什么事也不会发生。但是您早晚过得了那个坎儿，没有人拦得住您。"

"这也是那个人对你说的？"

"不是，是我自己心里知道。我猜出来的。您会测字，我不会，可我会看。我现在看着您这个人，就像看一面透明的玻璃窗似的。您的将来，您的一生在我的眼里都一清二楚的。"

"我的将来是什么？没有发生的事情，无论从哪一个维度理解，都是没有发生的。如果你现在能够看到它们并且将来还能够被证实，那我们这个星球就是被确定的，我们每个人做的每一件事都是一个我们不知道的充满全宇宙的算法的运作，我们只能被选择被确定而不能选择和确定。我们没有任何自由选择和确定权。我们这样活着还有什么意义？"

她盯着他的眼睛问：

"教授，什么是算法？"

他思索着该不该回答她，但还是说了出来：

"算法，怎么说呢？简单地说吧，就是解题的方案，是对解题方案的准确和完整的描述，是一系列为解决问题发出的清晰指令……算法代表着用系统的方法描述解决问题的策略机制。"

"不懂。"

那就算了。他想。

"可我想懂。"

他不得不说下去。

"算法中的指令描述的是一个计算，当其运行时能从一个初始状态和可能为空的初始输入开始，经过一系列有限而清晰定义的状态，最终产生输出并停止于一个终态。一个状态到另一个状态的转移不一定是确定的。因为存在着随机化算法和随机输入。"

"还是不懂。"

"我用另一套语言来描述吧。现在有的物理学家认为宇宙就是一台巨大的计算机,使其一直在运行的就是算法。你说它是一种软件也可以。"

她微笑着,又用那种透视般的目光看着他,说:

"你刚才说到了充满全宇宙的算法,还说到了自由选择和确定权……他说对了,您就是被挡在这道坎儿上了。您不知道我是不是被确定的,您在做了这么多年研究后才意外地发现了这个处在最根基层面的问题。他这句话说的这个我不是您,也不是我,是我们,是宇宙间我们能感觉到的和不能感觉到的一切。他说您就是被挡在这道坎儿上了。"

他不得不承认她是对的,尽管心里不愿意。他就是被挡在这道坎儿上了。如果我们是被确定的,一切都已经被确定,他的研究,不,所有人的研究,甚至所有人的一切活动还有什么意义;如果不是被确定的,为什么你会遇到这么多的不自由。譬如说,你不能自由地脱离这个被万有引力束缚住的宇宙走向另外一个或者多个宇宙?为什么我们只能看到这一个星空而不能看到另外一个星空?我们天天感觉到的这所有对人的、思想的、生命本身的限制又有什么道理?

"我能和你的外星人接触一下吗?我想见他。"他对她提出了要求。这在他和她的交往中是唯一的一次。

她惊慌起来了。

"不,您见不到他的。我也从没有见过他。我只是能听到他,无论我开车走到哪里,他都会跟着我,对我讲话。"

"有没有一个地方,你只要想和他见面,他一定会在那里等你。"

"有的。我也是偶然一次去那里玩时发现的。后来我又去过一次,他果然在那里。再后来我就不敢去了。啊,他还对我说过,我不该逼他到医院里来找我。其实您知道,我只是想离开他。"

"为什么你不觉得他也离不开你?"

她瞪大眼睛大叫起来:

"天哪,我怎么从没有想到过这个!"

下 篇

刚刚和那个女人从两侧车门下车,他就发现来过这里,时间记不清了,大约是二十年前自己刚刚调到这座古都,开始从事现在的课题研究,没有朋友,为了打发每个周末时光只能和妻子及六岁的儿子搭乘公共汽车四处游览。城里的景点游完了就到近郊,然后扩展到远郊。某一天就到了这个偏僻得连当地人也说不清楚准确位置的国家森林公园。

那次他们一家是先在旅游地图上胡乱找到了这个尚没去过的景点,然后从城中按图索骥连续转了几趟郊区公共汽车,到了站才发现前不着村后不着店,连问了几个在田间做农活的老乡,又步行了好长一段路,才找到了公园大门。

那时节公园主体大致已经成型,主要是大片林木栽种起来了,只是品种单调,全是些适合北方生长的落叶松、红松、云杉、樟子松,有一些五角枫和银杏、鹅掌楸。花有白玉兰、二乔玉兰和樱花,周边种植的灌木有紫薇和紫荆,一两棵西府海棠,不过花期都过了,总之一眼望进去公园并不花团锦簇,但林木巨茂盛,给人一种苍郁沉浑的绿色乌压压逼上眼来的感觉。很快又发现这座只建了大门和铁栅栏围墙没有再建下去的景点还不像一般的远郊森林公园,那些公园一般都有很宽阔的登山路或者栈道,这座明摆着建了一半就被扔下的公园除了一条两边疯长着狗尾草的石板路外,剩下的就是些细若游丝弯弯曲曲的林间小路,不像设计者开辟出来的,倒更像驴友们胡乱踩出来的。那会儿园门前还有一个简陋的售票厅,大人孩子一律十块。十块在当时不算低价了,不知道公园的经营方哪来的底气收这么贵的门票。但来都来了,他们还是买了票,居然也没人剪票。

一旦走进公园大门他就有了一点踌躇。除了他们这一家三口,这座面积据说有上百平方公里的景区内仿佛再没有另外一个游人。鸟倒是啁啁啾啾叫得欢快大胆且密集,但这样强大到遮天蔽日感觉的鸟类的群鸣越发让他觉得林子里静得瘆人。他没将这一刻的不安说出来,依然乍着胆子带着妻儿顺着那条位于中央的石板路朝公园深处走,半里路的光景终于遇上了一对仿佛也被林中无边无际的鸟鸣下的沉寂吓得胆战心惊的男女，看样子是星期天结伴出游的大学生情侣。看到他们两人先是长长地松一口气，女孩子马上问他公园出口在哪儿。他们是早上到的，那时已过了中午，在越来越给人一种密不通风感觉的林间迷路了。他告诉他们自己身后不远就是大门，两个人竟互视一眼，得救般小声欢呼起来。

就是这一刻，他明白公园带给他的那种不安来自何处了。

荒寂。人迹罕至带来的神秘感。连同与它们共生的巨大的惊惧。它们像一张网，笼罩了这片从滩原一直向上延伸的山地和森林。尤其是后者，它来自这片林地，也仿佛来自他的内心，已经开始悄悄啃啮他这个长期生活在城里的人似乎已化作生命本能的安全感。

他开始犹豫是不是继续往前走。妻子敏感地觉察了他的情绪，脸色白白地瞅了他一眼。只有儿子，什么事也不懂，欢天喜地地向前方更深的林间奔去。他还小，像个感觉器官和能力都没有发育成熟的小兽，不知道恐惧和宇宙之深处或许还有宇宙。

他的经历中有一段直接和死亡打交道，但是挺过来了。他自觉不是胆怯的人，于是这一刻也忘掉了——应当说是拒绝了——那一点仔细想一想又觉得没什么来由的不安，于是故意像儿子一样大笑大闹地闯进了森林，和儿子戏耍。

后来他们到底还是遇上了几名游客。一家三口一直在这片景色无论如何都显得有点诡谲的森林里流连到下午四点。四点半是最后一趟远郊公交车返城的时刻。走出那座用简陋的圆木搭建的公园大门时他不由自主回头眺望了一眼。他知道自己在想什么。今天他们一家只在离公园大门不远的一片松树林子里游玩。他没有带妻子和儿子走进更远更幽暗深邃的峰谷间的深林。

现在他一眼就发现多年后公园几乎完全荒废了。简陋的圆木搭建的大门还在，大门两侧的铁栅栏围墙却倒掉不少，有些地段铁栅栏还消失了，显然被拾荒的人偷走卖了废铁。从那些成了豁口的地方大团大团的白蔷薇花争先恐后疯长出来，雪堆云积，蔚为大观，许多枝条甚至带着大团的白色花朵攀上了大树的枝丫。树木仍是当年的松、杉、枫、楸、银杏，白玉兰、樱花都不见了，奇怪的是那两棵西府海棠还在。树木都长大了，棵棵都一抱粗细，但依然密集。令他惊心的还有地下的枯叶层。他在心里想这积年的枯叶怕有半米多厚吧。值得庆幸的是那条中央石板路还没有被两旁一人高的茅草完全遮盖掉。就连公园大门外的售票亭也还在，朝一边歪斜着，就要倒掉了的样子，里面也不再有人售票。忽然想起来了，好像市里的电视台报道过，当年当地乡政府曾雄心勃勃地要把这里打造成市郊第一森林公园，但计划太大，招商不力，再后来政府换了届，项目就搁置了，成了今天这副模样。

"就这里?"

"就这里。——不要说话,他发现我们了。"

他注意到她的脸唰的一下白了,快得他似乎都能听到声音,人飞快地走过来,一只手下意识地抓住他的衣服,浑身也抖起来。

"发现了我们,还是——"

"哦,不,可能是发现了我。"她又惊叫了一声,"哦,他在讲话。"

他努力让自己镇静。在这样的时刻,唯物主义,不,现在他习惯称之为科学实证主义,在他身上发挥了作用。哪怕他真在这里,对这个已经被当代物理学重新解释的宇宙来讲,也不过是一种存在罢了,和他以及身边这个女子没什么不同。

"他说什么?"

"哦,声音有点模糊。一直都这样。我听到的都是一些他的模糊的谈话。"

"模糊的谈话?什么意思?他并不像你说的那样一直追踪你,跟你对话?"

"他是一直追踪我。我没撒谎。他一直都在跟我谈话。路上我还在琢磨呢,他可能认为和我这个地球上的傻女人谈话是个乐子。"

他在继续让自己镇静的同时迅速梳理着心中浮现出的话题,

说:"我能和他接驳上吗?"

"您?"

"对。您对他说,我,一个地球……不,宇宙人,和造物者同一个职业,我是算法物理学家,叫算法工程师也行,想和他谈话。但请他务必使用地球上几种最主要的人类语言。我还不能使用任何一种非人类的语言。也可以使用计算机语言,但我没有工具,另外那也太慢,最好是直接交谈。"

"我不知道我这样做对还是不对。我不想失去您……这会不会给您带来麻烦?我真不该带您来这里。"女人瞪着一双惊恐的眼睛望着他,又要哭起来了。

她就是人到中年仍然很好看。

"不是您带我来的,是我自己要来。这就是您说的我遇上的那道坎儿。还有,如果您愿意相信宇宙只是算法,是输入和输出,就会明白,我们遇上的一切都是这输入、输出以及再输入再输出的结果。他和我们一样不是什么异形、超验或者我们理解不了的东西。"

"那您告诉我,他是什么?"

"我已经告诉你了。在我这个算法工程师眼里,他和你我一样,都只是某种算法的结果……啊,这么说吧,你或许更容易理解,他或者是——您听好了我说的是或者——他或者是另一种时空维度中的存在。"

"好吧,虽然你的话我不是太懂……如果你坚持这样……"

他没有再回答她用泪眼表达的不要这样做的恳求。他们这时已从公园的圆木大门下走过。这时他又发觉不是大门距森林近了，是园内的林木自己繁衍生长到了公园大门内一步之遥的地面上。可他记得当初这里是水泥浇灌的硬化路面。他和她刚进大门就融入了这片呈极端野蛮生长状态的深林。

没有走那条白茅草半遮并且已经土崩瓦解的石板路，他带她直接走进了林间，脚下哗啦啦踏响枯叶，发出的响声让他惊惧地想起第一次走进这片林子时感觉到的那种无比巨大、深重、辽远的沉寂，还有同样质量的惊惧和神秘感觉。它们从一开始就给了他一种他和她进入了异域世界的印象。

他们在林间一小片空地上站住。四周全是楸树，只有一棵檞树。有一束阳光斜照下来，让这一片树林显得光明。他取出耳机戴上。耳机上自带天线，背心里是他自制的全信息频谱仪，可以接收目前能够探测到的所有天体发出的非人类信号并发出人类自己的信号。他想如果对方真是那个当初位于奇点的算法工程师创造出来的另一类存在，就应当能够接收到他的信号。最新算法研究的成果，是一个德国人证明了，在不同物质等级上产生精神纠缠的方式，就是进行人类与异域生物的莫比乌斯带连接。

然后他看了她一眼，吃了一惊。

"你在做什么？"

她不说话。他忽然明白了，她和他正在联络，他们使用的是心语。

过了一会儿女人终于将目光转向他，点头说："他同意了。"

他的耳机里马上起了"沙沙"的响声。很快他就听到了她说过的那种"模糊的谈话"。

她站在他身边，没有放开抓住他衣服的手，一边用极度惊恐的目光看他，时值盛夏，她的脸色却再次白得像严冬的冰雪，没有任何血色。她有点儿给吓坏了，因为这一刻她也在他脸上看到了某种让她异常惊骇的迅速的表情变化。

"你……怎么了？"

"他在试用各种语言。太奇怪了。他最初试着和我沟通的语言居然是甲骨文。关键是我在听他讲话时还能看到一块块甲骨上的文字，就像现在驾车时能在前挡风玻璃上看到和行车相关的虚拟导航图和数字一样。"

"甲骨文？"

"他和您用什么语言进行那种……啊，您说的'模糊的谈话'？"

"当然是汉语普通话。啊不，有时用英语。我会一点英语。"

她忽然看出他并没有在听她在讲。他的眼神有点疯狂，他在自语。

"我明白了。这不奇怪。甲骨文出现在商代，距今天已有3600年。可是宇宙时间是以光年为单位的。他以为这仍然是地球人使用的语——"

"但他一直和我使用普通话——"

她没有再说下去。因为她发现他就停在他刚才说话的瞬间里了。他自己也明白刚才就要说出最后一个字时脑瓜里有了电光石火般的一闪。对方犯错误了，虽然甲骨文也是中文但他却听不懂对方的读音。在算法上这会被认为是错误输入。令他震惊的是对方刚刚开始试着与他沟通就犯了这么大一个错误，并且是初始输入错误！他居然不是万能的！

她盯着他看。现在她看出他脸上慢慢像是有光一样从内向外漫溢出来。一层油脂般的惊奇。随后是巨大的醒悟和平静。她尤其是在后者中猛然意识到了一点似乎他这样的男人才会有的人类的骄傲和尊严。

有一会儿他又听不到那种"模糊的谈话"了。他不看她，问：

"您刚才说您以前都是用普通话和他进行您说的那种'模糊的谈话'？"

"是普通话。不过我是武汉人，他知道，开始他也说普通话，很快就开始使用武汉话。"

他一时间欣喜若狂，但脸上没有显现出来。啊我也在武汉生活过十年我也会讲几句武汉话。他开始对他讲武汉话，实际上是汉口话，虽然他知道应当用心语，但还是讷讷地把这句话讲出了声：

"格巴玛你搞么丝——"

对方的反应速度令他陡然吃一惊。他迅速听到了一串汉口黄陂街土话。这些话五分之四他都听不懂,能听懂的是些不客气的骂人话和语气助词。

她更紧地走过来靠上了他,仿佛再也没有力气站住。她也听见了这些话,他在任何一瞥中都能从她那如同一层轻纱般的半透明的雪白的脸部皮肤下看到一根根膨胀起来的暗紫色的小血管。

"您不要——"她想阻止他,但终于还是没有把话全说出来。

因为对方的骂人话——仍是一些"模糊的谈话"——并没有让他不高兴,也没有让他觉得受到威胁,相反还让他从内心深层再次感受到了那种超乎过去所有生命体验的巨大兴奋。他果然懂得人类所有语言,这一点自己早就猜到了,虽然不知道他在算法上走了怎样的途径。他更惊奇的是他居然也有脾气,受到污辱也会想也不想立马展开反击。

如果是这样我和你还有什么区别?我和那个开启了一切(我说的是大爆炸)的"他"又有什么区别?

我怎么没有想到他也许就是"他"?但我宁愿相信不是。即便没有今天自己和对方这寥寥数语的"模糊的谈话",那个人也像是一直在和什么维度时空中的对象进行着他们之间的另一层级的"模糊的谈话",他从耳机里一直存在的"沙沙"声中听到了这些"模糊的谈话"的存在。他应当具有同时和所有谈话对象进行"模糊的谈话"的能力。这种能力如今连人类的卫星导航系统都做得到!

天哪!难道对方不是人类一般理解意义上的那个他,他只是"他"的一套系统或者——"他"本身就是一套算法系统?

又是算法!如果真的一切都是算法,今天我和这个算法系统进行这个女人称之为"模糊的谈话"的沟通有什么意义?不,太有意义了!我哪怕是同"他"的一个系统进行"模糊的谈话",也是我和"他"直接进行"模糊的谈话"。我仍然要从"他"那里问出一些令我迷惑的最高层级的算法问题的答案。

"您在跟谁说话?"她在他身旁突然问道。

"怎么?你听到了?我刚才只是使用心语和自己讲话。"

"你跟自己心语他也会听到的。"她惊恐万分地看着他,"我就时常自言自语,后来发觉他都听到了。"

他忽然想开一个玩笑,心里隐约藏着的另一个恶作剧的念头是同时跟他——其实是"他"——也开一个玩笑。

"他会不会是个女的?你是女的,他要是个男的一直缠着你就不够正派了。但她若是个女的你们就有可能成为闺蜜。"

她大惊失色,张了张嘴才把话说出来。"你……怎么能想到他也有性别?"

他决定把玩笑开到底。

"万一呢?"

"我的天哪咱们还是快点离开这里。我有点怕。每次我一个人到这里来都怕得要死。"

"但您还是来了。只要他召唤,您就一个人过来。您没对我说实话。您其实不害怕他把你从这个星球上掳走。"

她一直抓住他衣服的手松开,转过身去背对着他,倚在那棵槲树的巨大的树身上。他知道她哭了。他也知道她哭是因为发生了这一切都源于她的处境。她的孤独比起她对他的恐惧更加可怕。他们目前住在同一家医院,他看到过抛弃了她的前夫和前夫新找的年轻的未婚妻,即便她已经到了中年后者仍然不显得比她更漂亮。他知道她丈夫是受不了她和他经常进行"模糊的谈话"才选择了离婚,并劝她长期住进了医院。

那不是一家精神病医院。现在他知道他和她的相识不是偶然。她一定是因为她和他之间经常进行"模糊的谈话"才早早知道她可以和他结识并且不会被他认为是一个疯子,何况即便是真正的疯子在他眼中也只是在她身上发生的算法输入的种种错误产生的输出。她的所有比别人更早知道将要发生的灾难的本领全部来自这个一直缠着她不放的异域的存在(算法)。现在对他来说真正的问题,他更有兴趣的问题已经不是他自己遭遇的那道坎儿,而是关于他——甚至是"他"——出于一种什么目的一直在追踪她,逼着她和他甚至是"他"进行今天这样的"模糊的谈话"。无论是因为中医上称为"小中风"住进医院还是和身边这个女人的意外的相遇都成了让他接近这个一直追踪她逼迫她和自己进行"模糊的谈话"的他甚至是"他"的路径（算法上叫作正确输入）。代价是他的一张还算端正的脸因面瘫变成了一张狰狞如同外星人的脸。但他心里觉得这说不定是他和那个一直在和不同维度时空的存在进行"模糊的谈话"接近必须迈过的门槛儿，他必须有另外一张连他也深感丑得意外的脸孔才有资格和他遭遇，直到像今天这样在一座仿佛不是人间的阴森恐怖的公园相会。他现在这张不像人脸的面孔成了他和对方在异域时空（这片森林就是）相会的门票。

我还是和他说普通话吧。一时间他脑海里一缕白云飘过瓦蓝的天空似的闪过这个念头，后者也在瞬间成了他新的决定。

"您好。"

他没有听到回答。但他不会放弃的。

"您是谁？"

"……"

他换了一个话题：

"我是谁？"

"……"

他再换了第三个话题：

"她是谁？……你为什么又不说话了？你听不懂我的汉语普通话吗？这是当今人类使用最多的一种语言。"

忽然间他又能听到对方在进行"模糊的谈话"。身边的女人早就不哭了，她回转过身来默默地盯着他的脸，看到这张因为半面下垂整体变得丑陋的脸一点点涨红并开始抽搐（抽搐其实代表着肌肉又开始恢复活力，是一种向好的症状，这天以前即使进行了各种药物和针刺治疗仍然没有发生这种反应），两只不再对称的眼睛分别张大，现出了越来越骇人的惊恐之色。她仍然想象那个一直在追踪她和她进行"模糊的谈话"的他是个对她有着缠绵意念的男性，但现在他和身边这个其实仍然陌生的算法男人（她在心里这样称呼他）谈得这么投机和激动，她都开始胆战心惊地怀疑他以后再不会理她了。她更担心的是这个正和身边的男人热烈进行"模糊的谈话"的人是个女性，那样她就既失去了身边男人说的这个可能存在于不同维度时空中的闺密，又失去了丈夫抛弃她后唯一没有抛弃她、相反却在她的想象中热烈追踪着她和她进行"模糊的谈话"的男人。

晚上，雨又下起来并且下得奇大。她因为要拿一些生活必需品回了一趟在市里的家。走出小区大门站在公共汽车亭下她马上给他打了电话。

"是你吗？"

"怎么了？"

"他还在追踪我，这次一直追到家里。我家里没有别人。"

"他说了什么？"

"责备我不该带你去见他，更不该把你扯进他和我中间来。"

男人有一会儿没有说话。

"你在听吗?"

"在。"男人说,"我也在想我也许不该去那座森林公园。他并不想和我相见。我干脆一口气说完吧他可能爱上了你。"

"谁?他吗?不,你这么说话我更害怕了。我不能爱一个我看不见的人,一个你说的什么算法。我总不能和这样一个只能和我用这种'模糊的谈话'交流的人保持眼下这种关系吧。"

他这时就站在一处有着巨大落地窗的高楼内看着街对面公共汽车亭下站立的她。他在想我能对她说什么呢。昨天离开那座公园一路上她都在问他和他说了什么。可是他能告诉她吗?

"你们到底说了什么?您为什么不想告诉我?"

"真的没说什么。"

"我不信。你们中间有事您故意瞒着我。"

其实他想说:不是我问他,而是他问我。因为一旦明白他和我一样也能犯错误我就明白没什么可问的了。

最重要的是,我跨过了那道坎儿。

但他知道自己当时还是和他进行了一番关于她的"模糊的谈话"。

"你为什么要害她,一直和她进行这种'模糊的谈话'?"

他不回答。他也会像一个做了错事的人一样耍滑头吗?

"每个人都是单一的输入和输出,你这样做是不负责任的,你让她因为你失去了丈夫。你对她进行了错误的输入和输出……"

这一次对方没等他说完就回答了他的话。

"是她自己好奇想知道我。她身上有一种和你们不同的东西。她想知道自己是谁，故乡在哪里，从何处来，到何处去，谁把她生到这个只能感觉到四维时空的域界中又是为什么。她不会说出来但她会心语。你刚才说过每个人都是单一的输入和输出，但你没有说，每个人的单一输入和输出的结果是不同的。"

他没想到对方会一口气讲了这么多，虽然用的是古龟兹语。

到了这里，他已经不是只有过了那道坎儿这么一个收获了，他的收获更多尤其是更为巨大。他认为很可能是继爱因斯坦之后科学史上最大的突破。

如果每个人的单一输入和输出的结果是不同的，那么反过来是不是说人仍然是有自由的？

但他不会把自己的巨大兴奋告诉对方的，哪怕他就是"他"。他要和他讨论他的麻烦，恶作剧的念头又上来了，机会难得，他也可以拿他消遣一下。

"即便如此你也不该和她开始你们之间的'模糊的谈话'。你让她知道了许多不该知道的东西，最终让她失去了丈夫和家庭。"

"可她现在又有了你。"

"我有自己的妻子和儿子。我的生活和她毫不相干。"

"所以我还是不能离开她。"

那一刻他心中升起了一支歌。"我们为什么哭泣/因为我们知道自己孤独并且永远/我想知道为什么/于是穷尽洪荒之力/仍然不得而知。"

"你们以为进行了莫比乌斯带纠缠就能超越不同的维度时空，就能解决你们的孤独，但是现在你发现仍然不能。"

"原来你也不能确定地知道我们不能确定知道的东西。"

他又不说话了。

"于是猜测就成了我们和你们的命运。"

"……"

"不是只有猜测，还有试错，就像今天，你对我试用了甲骨文，我对你试用了汉语普通话和武汉话。"

他真正想说的是我其实想感谢你因为今天的莫比乌斯带纠缠或者说连接你让我知道了你不是"他"或者说在你这样的物质——精神层级之上仍然会有更高的物质——精神层次。另一个可能是，即便你是"他"，"他"也不知道所有我们想知道的秘密。那么在"他"之上是不是还有一个更高的物质——精神层级（算法）？至少，今天你让我知道了我和你甚至和"他"都可能处在平等和同样自由的位置上，虽然你能和她进行超越维度时空的"模糊的谈话"我仍然不能，但这只是技术层面的问题。我和你是一样的存在（算法），这一点让他跨过了那道坎儿。另外，我从你那里真实地知道所有认为自己掌握了宇宙真理的人（存在，算法）不是愚蠢就是骗子。

还有，生存就是试错的生存，幸福是试错的幸福，欢乐也是以试错的方式生存时能够享受到的欢乐。

他为什么一直在进行"模糊的谈话"？因为他和我们一样。他像我们一样无法克制地要和异域文明进行"模糊的谈话"，说明他不得不这样做。他在这个处处皆有异域文明的多维度时空中和我们有着一样的遭遇并且和我们一样平凡。

他其实都说出来了：我们每个人（存在，算法）的处境就是对方的处境。不但他的处境是她的处境，她的处境也是他的处境。他想最令他震惊的是这一刻突然想到非常可能也是"他"——那是在他的意象中终极的算法物理学家——的处境（"他"真是那个终极的存在？抑或终极这个词没有意义？"他"也并不是"他"？）。

"你好。"他突然再次听到了那个"模糊的谈话"的声音。

"你好。真的是你在和我讲话吗？你的声音有点低，模糊，我听得不是很清楚。"

"我们可以接着进行昨天的谈话吗？"

"当然可以我非常乐意。可我正在和她通话。"

"我想知道一些难住我的东西。我以为你会比我知道得更多，关于我们的存在和存在的意义。"

他吃了一惊。这不正是他一直没敢触及的那个终极的题目吗？

"我们可以用吐火罗语交流吗?近来我比较喜欢你们人类的这种已经死去的语言。"

"吐火罗语并没有死去。"他回答对方,"至少被我们人类标记为吐火罗B语的古龟兹语没有死去。我知道在我的国家就有我和新疆历史地理研究所的马文教授仍然能够使用这种语言。"

"那太好了,我真高兴。我们开始。"他开始使用古龟兹语继续与他进行"模糊的谈话"。"昨天说了我的时空中有许多我不能理解的东西,不能理解就不能确定,但是也许你能。"

"为什么你会觉得你不能够的东西我能?"

"因为你在另一个时空。你是一种和我不同的存在,一种不同的信息流或算法,用你们的语言说是另一种不同的输入和输出。"

"能告诉我你在什么维度时空里吗?或者我错了,你那里既没有时间也没有空间。我说的不是概念,是事实——当然是算法意义上的。在算法的字典中没有事实这个词汇。"

那种"沙沙"的响声突然停止。她的电话又插了进来。

"教授你在听我讲话吗?我丈夫今天和那个女人领证了。他说以后就不再方便管我的事了。他希望我以后不要再打扰他。你知道吗,虽然我们离婚了但我还是可怜他,我不想让他因为一辈子和我这样一个总能说出明天的灾难的女人在一起不开心才答应了和他离婚。可在心里我并不觉得他不再是我丈夫了。

他要找一个小的我都没反对，只要他高兴我就应当高兴。可他今天居然说以后我再不能打电话给他了。教授，我今天彻底失去了丈夫。"

那个"模糊的谈话"又插了进来：

"你在跟谁说话？跟她吗？你在和我谈话的同时仍在跟她进行'模糊的谈话'吗？"

他无法同时回答两个声音。但他明白他在说什么。他在说自己的惊慌和失望。

居然是这样！

"……"

"如果你不回答，我就只能认为你承认你不是那个处于奇点上的'他'，或者说你即便是'他'，作为算法工程师进行初始输入时也犯了最低级的错误。"

"我犯了什么错误？"话一出唇他就后悔了：他知道我不是"他"，却在冒充"他"。

但他马上又释然了。他们之间的位置已经调换了，游戏的方式发生了逆转。

"你还在吗？"那个女人的声音和那个"模糊的谈话"者的声音同时在他耳边响起来。

"我在。"他说。

"我丈夫给我发了请柬，他们的婚期定在这个周末，婚礼仪式选定了七星级的白帆大酒店。"

"既然我们已经推定,我和你都不能确定和知道某种东西,哪怕你就是'他',只有这样,我们才能同时获得自由。"

他想他说对了。他这些年一直都没有搞清楚这个,他本以为自己的研究是为了别的,现在才知道是为了那一个被人说烂了的单词:自由。自由意味着我、他甚至是"他"都拥有了选择的权利。我们从来都不只具有一种被选择的命运。

"你为什么不说话?我应当去参加我丈夫和那个夺走我丈夫的女人的婚礼吗?我丈夫觉得她比我好,她比我年轻,另外就是……她不像我,总是忍不住对他讲明天就要发生的事情。"

他不说话显然也激怒了他。

"由于我们——我和你根本不能确定任何我们渴望确定的东西,选择自由就成了我们——你和我——共同的命运。我只是不知道这是不是那个处在奇点位置上的人的命运。"

这是在同他进行"模糊的谈话"之后最令他震惊的时刻:他不是"他"。他觉得自己一瞬间变成了"他",说:

"如果我就是那个奇点上的人呢?"

"你不是。你什么都不懂却喜欢耍些愚蠢的花招。你们是这么笨,而且记不住任何事情。你们甚至会忘记自己的历史和说过的语言。"

他被激怒了,他想,但他不会再被激怒了。"模糊的谈话"进行到这会儿,他已经得到了最大的收获。他知道了他是自由的!自由的!自由的!

那个女人的电话又在这一刻很突兀地插进来了。

"你们一直在说,一直在说……他过去对我也是这样。你们说些什么我不懂。但有一句话我听懂了。你们在说什么都不能确定和知道。那我的丈夫决定永远离开我,也是我不能确定和知道的了?他说出这句话时自己也不能确定和知道他会不会真的忘了我。他不会的是吧?他说出这种绝情的话是想骗自己,相信他自己会这样,因为那个比我年轻的女人逼他和我一刀两断,不然就不去跟他领证结婚。他以为自己知道但并不能知道自己心里还有我。我们当年是多么相爱呀,他忘不了我的我知道。你们也知道。"

忽然间他听不到那种以大量的"沙沙"声为背景的"模糊的谈话"了。只有寂静。过了一会儿她突然说:

"教授,他离开我了。"

他不说话。这一刻他感觉到的只是自己的失落。过了一会儿才想起应当安慰她:

"不管怎么样,你现在觉得好受些了吗?"

"我……我不知道。但是你们让我明白了两件事。第一,我不能确定地知道我丈夫会真的忘了我,他在我心里仍然是我丈夫,我也仍然是他的妻子;第二,什么都不能确定意味的不是死,不是绝望,而是自由和生。我很高兴。教授,我终于知道我过了自己的那个坎儿了。啊教授,有件事我一直想告诉你,我骗了你,其实我和你结识并不是想通过他来帮助你迈过你的那个坎儿,我是想通过你这样的聪明人和他一起帮助我迈过我自己的那道坎儿。我得知道我丈夫是爱我的,他就是和别人结婚也没有抛弃我,即使以后为了那个年轻女人他不再到医院看我,他心里也忘不了我。他会在心里一直和我进行'模糊的谈话',就像他过去一样。不,不管我还能在这个世上活多久,在以后的日子里,我都会更主动地去追踪我丈夫,逼他和我进行那种'模糊的谈话',一直谈下去,直到永别。谢谢教授,你帮了我,我的问题解决了。"

七年后一次去海滨某城市出差,他在一座城外的公墓里认出了她的墓碑。墓和整座墓园一样凄凉。但他也马上就感觉到了,这块墓园及它所在的森林和她曾经带他去过的那座古都远郊的森林公园十分相像。

他在墓前放下了半路上买到的花,回头眺望大海和海上高蓝洁净的天穹,心里忽然欢乐起来。

2019 年 7 月 28 日
(《十月》2020 年第 1 期)

狗、城市和有着超级月亮的夜晚

　　后来他说，真的不是那个出租车司机的错。虽然那个叫王二的郊区司机喝醉了。他不是还没死吗，不是只折了两根肋骨吗？警察真是多事。你们不放我走，也不放王二先生走。你们想干什么？
　　不过他说他很喜欢这个地方。这个地方有人说话。有人说话就是好地方。可是他还是喜欢一个人说话。杰奎琳，你看这儿多好啊。这儿有山有水，后面是个大湖。你要是想洗澡，跳进去就是了。只是别让他们看见了。又一次他说，咱们不怕了，这儿也有人养狗，奇怪的是他们一点也不怕警察的样子，大白天也出来溜达。
　　这儿是精神病院，院长对我说。屋子挂着不许抽烟的牌子，可是院长自己抽烟。你知道我们这儿什么样的疯子都有，不过他是个奇怪的病人。也许你们是送错了。院长咧着大嘴,有点幸灾乐祸地说。除了他的杰奎琳,他在一切事情上反应都和正常人一样。你问问他昨天的国家大事,问问以色列军机是不是又空袭了叙利亚,出动了多少架次,发射了多少导弹,我相信你也看了电视,可你记不住,我也记不住,他记得住。而且,他待人彬彬有礼,说话讲究修辞方式,讲究卫生,从不在地板上吐痰,也没有别的疯子们总会有的恶习。他对女人也很殷勤,害得我们院里几位三十岁的老姑娘春心都荡漾起来了。哈哈,根本不开玩笑,昨天有一个还对我说,院长,他是真疯还是他们弄错了呀,就是他们弄错了,我也真想嫁给他。这样的疯子真是少有,和他一起上床他也肯定会是温柔的啊。

  不是我要来找他的麻烦。我对那个色眯眯的院长说。我一句没说出来的话是这个家伙肯定是个性偷窥者。对别人的性欲望那么感兴趣,这种衣冠楚楚的人渣我见得多了。是那个撞人的家伙翻了供。他不知怎么听说那天被他撞折了两根肋骨的老者不是个教授,而是个疯子,竟说那天晚上没有喝酒,也没有撞人,是一个疯子跑过来撞坏了他的车。交警抓他真冤。要判他的刑?不不不。公安部门该让那个疯子赔他的车,他还要照行政诉讼法向公安机关讨个说法,难道交警能这样对待一个半夜在长安街上正常行驶的循规蹈矩的公民吗?在一个从来也不喝酒、不仅现在不喝、年轻时也不喝,就是到了耄耋之年也不会喝酒的出租车司机身上发生这样的冤案,不是说明现在的警风需要大加整顿吗?可他是个疯子。院长回答说。他在"是"这个字上面加了重音。我知道他为什么不高兴。他喜欢谈的话题被我打断了。即使是疯子我也要和他谈一谈。我将了他一军。刚才你不还说他差不多就是个正常人吗？

那个夜晚？你说哪个夜晚？我在他的房间里找到他。现在你根本看不出他不久前被撞断两根肋骨了。噢，我明白了。杰奎琳不是我买的，我一辈子都是在大学里过，没有养狗的习惯。有人在那里把我生出来，以后又在那里长大，读书，任教。我教中外法律史。不懂得是吧？我可以跟你简单地讲一讲我治学的范围。噢那条狗当然是有来历的。退休那年秋天朋友送来的。他们说你一个人待着会发闷的，它叫杰奎琳。美国总统肯尼迪的老婆叫杰奎琳，后来还嫁给了希腊船王，它也叫杰奎琳。他们把它丢下就走了，没有和我商量。

啊我当然知道老头儿的家庭背景。他的女人在他四十岁时就跟别人跑了，跑外国去了。他结婚很晚，开始女儿跟着他过，父女两个相依为命，可是前几年女儿高中毕业，没有考上大学，她的母亲回国内来一趟，女儿就跟她走了。走时老头儿并不知道。有些人是够坏的，瞒着他将他的女儿弄出国是他们一伙人干的，给他送来那条狗也是他们干的。弄走了女儿，送来了一条狗，说要让它和他相依为命。你看看时下这些人，还是他和他老婆的朋友呢。

那个夜晚。是的，那个夜晚他就和它交上朋友了。女儿走的消息他也是那个夜晚知道的。他的朋友们临走时说你要经常带它出去遛遛。当然他们说的是那条狗,杰奎琳。他说他们以为我没养过狗,其实我小时候养过的,我也不光研究中外法律史,我家的书架上也有一本养狗的书,是女儿买的,有一年她一门心思要养狗,就买了这本书,是我没让她买狗,怕影响她读书,可这本书却留在书架上了。当然那个夜晚我要带它出去遛遛,因为那本书上说它要吃什么吃什么,那些专门的狗食。如今这方面我也是专家了。他说了一大串狗食的名字,可惜我对此一窍不通,就没有记下来。他说家里只有我一个人,我不能不带走它。

以后他的声音兴奋起来,脸色红润。这时你真的会觉得他还不十分老,简直像个年轻的教授。他说那是一个月夜。他没有做多少铺陈就被感动了,人一旦感动你不一定非从他嘴里听出什么来,你从他那双因湿润显得大而空洞的放光的眼睛里就能看出来。我能想象到他说的是一个银光闪闪铺满大地的月夜。近年来北京的雾霾没那么大了,有时候天气好得让你难以置信,满月时月亮大得出奇也亮得出奇,就像假的一样,像天空中突然多了一盏比城市中所有路灯都大得多又亮得多的路灯。他说我在校园里没有找到一家出售狗食的食品店,夜间开门的食品店是有的,但没有一家出售狗食。我只好走出校门去买狗食。当然带着杰奎琳。

咱们得简单一点说了。你看什么时候了。快开饭了。他说那天夜里他在大学后门的一条街上找到了一家狗食店。新开张的,据说是全市连锁,离大学又这么近。他很高兴,他说以后有了这个狗食店就好了,主要是方便。他的腿脚不大灵便,给人一种走一步就要摔倒的感觉。当然,这就让人觉得他真的比别人更需要他的女儿,不,需要那条狗,杰奎琳。他说我真的很高兴,给杰奎琳买了这个,又买了那个,让那个售货员都起了疑心,以为他是个疯子,来逗她玩呢,一下子买这么多品种的狗食。可我记不住那些狗食的名称,我感觉好像他手里有一张要给他女儿采购的婴儿食品的清单,他照着清单购买,生怕漏掉了上面的某一种。他说回到家里我很高兴,因为杰奎琳不认生,高高兴兴地吃东西,一路走去走来都撒着欢儿。他说女儿离开后他就没吃东西,于是那天夜里他也开始吃东西了——看着杰奎琳兴高采烈地吃东西,你就忍不住想吃东西。人都是这样的,是吧?

啊。到了这里他就把话岔了,脸色也变了。他看出我问的和他说的不是同一个夜晚了。他的神情有点慌乱,还有点羞愧,就像那些老教授、大教授、名教授,一生为人师表,却突然被人发现在墙角边撒尿。那一会儿他都结巴起来了,说那个那个是这么回事儿。狗是个生灵吧,几十年了我都有个习惯,晚饭后必须要散步,有了女儿以后我常常带着她散步,现在是杰奎琳。你不能认为你一天到晚待在家里不行,杰奎琳就行吧?我就带它出来跑一跑。它当然很高兴,谁到了室外,呼吸到了比室内更新鲜的空气，见到了广大的空间，见到了大自然，不要撒撒欢呢？可是……他结巴着脸又红起来。他的脸一红就显得年轻。那天夜晚他让杰奎琳给带出了校园，走上了马路，以前也是如此，都是女儿扯着他走，女儿要去哪儿他就去哪儿，女儿去哪儿高兴他去哪儿就高兴。那时天还不黑，这一带因为是内城区所以规定夜里十点之后才能带宠物出门，他一点儿也不知道。你看你已经猜出来了，他和他的杰奎琳，进了派出所。

我当然去过那家派出所，离我就职的地方并不太远。我是快下班时间去的，头一次去就见到了所长。是个老所长了，四十几岁了还是所长，并且他很快就让我知道了他从当小警察时就在这个所，一直都在这个所，现在所长也当了快十年，因为见过很多大人物面色很威严，神情姿势也差不多像个大人物了，且对所有来见他的人都报以基层派出所所长级的警惕，但也通世故，对本所管辖范围内的包括猫啊狗啊在内的生灵的户籍如数家珍。他第一眼就看透了我说你也是警察，看你怎么像个记者呢，弄不好还是个作家呢。你们记者作家来我们这里准没好事，我都这个岁数了，有儿有女，父母都在，家庭生活美满，就是做了好事行了善举也是应当应分的，不希望你们写篇文章夸夸我，结果引来更多你们这一号的人。我当警察二十多年，报纸上过，电视上过，说实话不稀罕你们那套了。我只想安安静静地履行我的职务，不出事，把我的辖区搞得天天太平，简而言之我连表扬也不想要了，你有事快问，问了快走，先说好我不是下逐客令，万一根本不是好事，万一你是为什么事找麻烦来的呢？我平静地听他滔滔不绝地讲下去，心想为什么他越是想结束这场会见越是结束不了呢？一个派出所所长也和一个退了休老婆女儿叫人拐跑的教授一样寂寞无聊不知不觉就会对一个陌生的来访者说个没完没了吗？我的故事里本来没有他。但已经这样了，遇上这种人你就得让他说下去，直到他说完。他终于看我一眼不说了，但很快又说道：我有什么可以帮到你的？我说了来意，他马上就说想起来了。那天晚上正好我值班。当然我们所长副所长也值班，我们是基层嘛。我当然也可以不值班，我们又不是刑警队时刻要待命，就是刑警队也不是天天待命对吧？我们弦绷得够紧了说是不值班其实只是身子不值班脑子一天二十四小时值班。我的手机夜里也从没有关过。我觉得他又要滔滔不绝说起来了，这一说恐怕就是长江大河，我的事还没开始问呢。但我想错了，他回头看到一个毛头小警察走进来，说：啊，你进来了，那你说说那天晚上的事。小警察扭扭捏捏做不好意思状，有些结巴说我我我真没在外头偷听。所长说你偷没偷听自己知道，但他想知道那天夜里你们抓的那个教授的情况。他忽然又回头疑惑地问这件事情我们已经处理过了里边还有什么地方让你觉得稀奇吗？不过是个再平常不过的治安事件罢了，连个案子都算不上。一个退了休的老教授，不懂夜里十点以后才能遛狗的规定就把狗带出来了，我们按照法规对他进行了处罚。处罚中间又发现这条狗没上牌，没上牌就是没有经过检疫，没检疫且没有上牌的狗按照法规必须暂时留置，送交动物检疫部门处理。说到这里他警觉地看我一眼，说你别用这样的眼神儿看我，我们没想处理他的狗，我的辖区内有好几所大学，都是全国响当当的著名学府，说出去哪一所都如雷贯耳。这样的退休教授我见得多了，我们只是想帮他给狗做检疫然后上牌再还给他。当然这一切都要交费。钱没你想象的那么多，几千块吧。这点钱对他们这种人来说并不多，他们负担得起。他们不缺钱。我担心他在钱的事情上不停地说下去忍不住打断他道，我想知道你当时是不是把上面这些话都说出来了而且对方也听懂了。他再次警觉起来说你什么意思？我当然都说出来了，说出来是我的职责，这套词儿我们每天都要一遍遍地对人说出来怎么可能不对他说。你当时觉得他听懂了吗？我看出他迟疑一下但还是迅速回答道这难懂吗？我觉得没什么不好懂的。我是在履行职责。至于他是不是听懂了我认为只要他是正常人且听觉没障碍就不该有问题。你还有问题吗？我说我的问题是你们当天夜里还是把他的杰奎琳给留置了，你们以为你们已经对他说清楚了一切因为他是一名老人还是一名教授你们请他暂时回家明天等电话通知再来所里办理领回杰奎琳和狗牌的手续，同时缴纳你们认为他一定交得起的相关费用和罚款。所长早就生气了这时更加生气道你也是一名警察，你告诉我这么做有什么不对、疏漏或者违反法律法规之处吗？我说没有。你们做得很好而且非常有耐心。他马上针锋相对道，谢谢，我们所连续五年是分局服务态度和执行各项规章制度方面的标兵所。我们得了这一屋子的奖旗奖状，你朝墙上看一眼就知道了。我看了那些奖旗奖状但还是接着说下去,我说可是他没走,他不想离开他的杰奎琳,他把这条狗看成了他的女儿。你们当夜留置的不是他的狗而是他的女儿。所长似乎又被我搞糊涂了,他说原来你是为这个来的,你坐下这事咱们得慢慢掰扯。我觉得他的态度这一瞬间起了很大变化,不但没有因为我把话题引向了另一条河道生气反而似乎有点兴奋。我当时就觉得这老头儿精神上可能有点毛病,我问他为什么不走他也不说,他要是说出来就好了,我会马上明白他是个疯子,啊不,可能没那么严重,精神障碍,对,这个词儿我最近也熟悉了,更委婉点儿的说法是暂时性认知障碍,其实我想说的是我当时怀疑他是不是那种恋动物癖。你也知道他的女儿被他老婆一声不吭地带到了国外,只塞给他一条狗。那你是不是也知道他老婆和他女儿早就知道他有认知障碍?我怎么会知道。他生气了,他一生气也容易红脸。他老婆十多年前跟着一个外国人跑了,现在又带走了他的女儿,可我们真知道那是为什么吗?万一她早就知道她丈夫是个疯子呢?万一她比我们知道得更多,他是疯子,但他又能像个正常的父亲那样抚养自己刚满三岁的女儿,而她刚刚跟一个洋人跑到国外,随后洋人就把她甩了,她有国难回,又想留在那里,总得要先给自己搞一个立足之地吧,外国难道是像她这样的女人养老的地方吗?外国的事情过去说得多么多么好,美国人多么有同情心,可是这些年我们天天从电视里听到了什么?我又忍不住了,打断他道,对不起我们不讨论美国人,我们回来。他说回来就回来,一个女人，早就知道丈夫是个和正常人没有很大差别的疯子，一旦在国外有了立足之地——可惜这个一旦比较长，足足有十好几年——终于有能力了，回国把自己的女儿接走。突然接走，我说。对，突然接走。为什么她要这样做？其实也不能算是突然接走，她女儿随她出国是要办一系列手续的，到我们所也来过，我们也按照规定为她的女儿办理了相关手续，每次办理手续都没有问题，我们按正常移民的流程办。当然我们只看到母亲和女儿，没看到父亲，但这不是障碍，法律上也没说办理移民手续时父母亲都要在场。各类证件在就成。他又扯远了，但这些话有助于我更多地了解相关事实。但我们还是沉默了下来，这时他和我也才注意到那个毛头小警察仍在屋子里没走。所长就很生气地看他道，你当时也在，是不是也看出点什么来了，比方说他精神上有毛病。小警察脸皮又紧绷了一下笑笑道，没有啊。我哪有李所您这么火眼金睛啊。我就是觉得他看着他的狗被关进了笼子弄出询问室时眼泪汪汪的，一副心碎到要哭的样子。我那时候还被他感动了呢，我还想你看看人家知识分子，大学教授，我爸妈对我都没有这样过，他心疼一条狗超过了我爸妈心疼我。所长马上就说他有同感，他真是这么说的，他说他——有——同——感。回头又盯着我的眼睛怕我不相信似的说那一会儿我也快被他弄得不好受了，他眼泪汪汪地叫着杰奎琳杰奎琳你们不能这样待它要不你们把我也一块儿放进笼子里去得了我陪他过一夜。他不是在说气话，那像什么呢？像是恳求，也不对，像是商量，对，就是商量!两个人遇上一件事,心平气和,地位平等,就如何解决它友好地协商。你别这么看我,我当时就是觉得他脑瓜可能有毛病也不会真的就相信他有毛病,我累了,天都黑了你还来搅和,让我下不了班,警察也是人呢,也有撑不住的时候,我就有点生气道,老爷子你别闹了,最近有一部电视剧,说的就是你们这些爱闹的人,叫作"一三五作死,二四六作妖"。什么你钻进笼子里和它一起过一夜,你钻得进去吗?小警察这时突然笑嘻嘻地插话道,还有一句呢,说不是老人变坏,是坏人变老了。所长生气地盯他一眼道,让你说话了吗让你说话了吗?你知道不知道现在穿着这一身警服什么话能说什么话不能?你不能一竿子打翻一船人。小警察因为我这个外人在又脸红了,但还是站着不走。所长回头看我道,这件事说完了吗?我知道他不想谈了忙说只剩下一句。后来你们是怎么处理的?这是我最想知道的。所长瞪我一眼道,还能怎么处理?依法依规办事,用车将他送回去,明天有了结果我们派人主动登门去办理,不让老头儿自己再跑一趟。我们也只能这样服务了。可是他不愿意,他知道自己不能留下来,要自己走。坚决不坐我们所里的车。我得说直到最后他说话一直都是彬彬有礼的,这就是我为什么不敢相信心里的判断相信他是个疯子的原因。我一直把他送到大门外头,看着外面路灯都亮起来了,头顶上又多了那么一个又大又白的东西,以为是个什么东西呢,一回头才发现那是月亮,叫什么超级月亮,又叫血月亮,多少年才能碰得一回,至于到底是什么那是科学家的事儿,我一向对这种事不愿多想，也想不来。当时我只想着他离家确实也不远，走几百米的路就可以进他的大学了。他不知为什么突然又火起来道，他一定要走我有什么办法呢？我站在那里看着他走，都走到他们大学后门的小便门了，只差几步就进去，可偏偏就在那里他站住了，回头朝我们这边看。我知道他看什么，舍不得他的狗。说不定他还会回来纠缠。虽然我仍不敢相信他就是疯子但我可以肯定地说他偏执。老年加上偏执，或者颠倒回来说偏执加上老年，非常麻烦，你不在基层工作不知道，那叫豆腐掉到灰堆里，吹不得打不得。说实话那一会儿我真有点顶不住了，忙了一整天，太累了，谁家没有一大堆事儿等着呢。我回头盯了这小子——他看一眼小警察——告诉他夜里值班时警醒点儿，看好了老爷子的狗，就回去了。

可他没有回去。他在那里遇到了一个人，走过去和她见面，再后来就让那辆出租车给撞了。这些话我是在心里对所长说的。他没有跟我告别就直接走到外面去抽烟。小警察终于得到机会似的接着说起来，也没给我一个过渡。事情后来是我和所长去处理的，头一条司机酒驾，这个再怎么说都是错；第二条老头儿也有错，他不该那个点儿才离开那个女人横穿马路。他没走斑马线。他可能觉得大学后门边的小便门就在马路对面，几步就过去了，没想到就被那辆喝了酒要收车回家的出租车给撞了。好在不是最严重的一种，出租车开得慢，司机喝了酒嘛，开得慢慢悠悠的，只撞断了两根肋骨。对了有件事我一定要告诉你，这老头确实是好人，刚被撞倒时他就对匆匆赶过去的我们说：不是司机的错。是我的错。我横穿马路。我有医保的。他可以这么说，但我们还是要严格执法，再说老爷子还被撞断了两根肋骨呢。

——狗呢？

——啊，对，狗。第二天就给老爷子送病房里去了。没有狗他不住院。

我出门向所长告别，他点点头。他知道我要去什么地方。而且日子也对，今天我们这座城市上空又升起了一只又大又圆的超级月亮。

小伙子你想问什么呢？我不认识他。真不认识。不过我看得见他一瘸一瘸地从派出所走出来。他是一只鹤。一只翅膀受伤的鹤。他从过冬的地方飞回西伯利亚，不知在哪里弄伤了翅膀，就落下来了，后来就成了人。别用这样的目光看我，不过你就是这样看我我也不会惊奇，多少人都这样看着我。从我五岁那年在汉口街头让日本人的炮弹炸到天上去又落下来以后他们就开始这样看我了。你也不要开口，我知道你接下来想问什么。我怎么知道他是一只鹤，或者你会这样问：你是不是觉得他走路的架势像一只受了伤的鹤。不对，我的意思是他就是一只鹤。一只有了人形的鹤。小伙子你读古书多吗？你要是懂古文我下面的话你就听得懂了。大道化人，天地熔炉。你点头了说明你聪明,你比好多和你同时代的博士、专家、院士都聪明。今晚上又升起了一轮超级月亮,这件事我早就知道,告诉他们,他们却不信,说前几天刚刚已经出过一回血月亮了,当月球到达近地点又正好是满月,月亮看起来比平时大14%,亮30%,才能称为超级月亮。月球近地点35万7492公里,还要赶上满月,多不容易,有时得隔上几百几千年才出现一次。我不是学物理的,我只是有点儿喜欢天体物理。我还有一个本事是看到别人看不到的东西,我从五岁那年从空中摔下来以后就能看到这些东西了。这不容易让人相信的。我五岁时日本人还狂着呢,那时他们占着大武汉,多少人都绝望得什么似的,我告诉他们小鬼子快完蛋了。我爸当年开着一家纱厂,他以为我脑瓜子摔坏了,要我不要乱说,不是怕日本人,是怕人家知道我有这个病长大了嫁不出去。但我说对了,没几年鬼子就完了。啊,我说远了,那天夜里我早早就知道有超级月亮,早早地就坐这里等。我喜欢自己一个人去验证我提前就知道的事情。我不会告诉别人的。就是这样。

  阿姨你还没有说出你为什么觉得他是一只鹤?啊是这样的孩子,他就是一只鹤,就像你,啊我还是不说了。她下意识地用手捂住了精致地涂了暗色口红的褶纹丛生的嘴,用一种稍显害怕又略显讥讽的神情望着我。阿姨你是怕我扛不住吗?我前生是个什么告诉我吧。错了,不是前生,是今生。我还是不要说了。你知道吗,连我丈夫都说我是个神经病,我为了让他娶我结婚前忍着不把自己知道的事说出来，都憋出病来了。直到入了洞房和他做了夫妻我才长长地吐出一口气，告诉他说你是一只鹿。我喜欢你是一只鹿而不是一头狼、一只老虎或者绵羊。我男人当时就被吓住了。他说你到底是什么人，以前就有人风言风语地说你有病，后来带你去医院去婚前检查，你又没病，我这才和你结婚。我怕了，不敢继续说下去，其实我知道他是一只鹿，喜欢他是一只鹿才嫁给他，我真怕再失去了他，就对他撒谎说我开玩笑呢，你不是一只鹿，你是我最亲爱的人。我男人一辈子都对我疑神疑鬼，他在专业上很优秀，是个搞工程的，几十年来全国各地的大工程都有他的参与，差一点就当了院士，但我明白，娶了我他非常不值，因为我爱他，我知道的事情却一直不能让他知道，哪怕他正在主持施工的洞库明天要塌方，我也不敢告诉他，只能暗示。他到了五十岁还不愿意相信我的暗示，过了五十岁他还是什么也不说，但我知道他有点信了，弄不好四十岁、三十岁就信了，我们刚结婚他就信了，但他爱面子，不说。我这个最爱他的人，和他过了一辈子的人成了他心里最害怕的人。啊也不是怕，是觉得我有一点神神道道，和他睡在一张床上，正亲密地做那件事，突然他就不行了，问他也不说，可我还是明白，他觉得我望着他的那双眼睛背后还有一双眼睛正像X光机一样穿透了他的身体，看到了他看不到的东西。

——你们有孩子吗？

——没有。你想一想,他怎么愿意跟我这样一个能看透所有人是什么的人生孩子?

阿姨你还没有说出我像个什么,不,是个什么呢。我完全把我来见她要做什么忘记了。你真的想知道吗孩子?我给你说另一个故事吧,还是关于我和我的丈夫的。我身体不好,四十多岁就病退。我丈夫一直工作到五十七岁。我知道他只能工作到这一天,但我不说。所有会发生的事都会自然到来的。果然他就职的工程设计所改制,他这头食草的鹿第一批被安排退休,因为领导想安排别人做院士,他在就不好办了。他有些伤心,反复说我还不到六十呢,就这么退了。我什么也不说,可我真想说你不过是一只食草的动物,你的所有好处就在于你跑得快,那些食肉的动物轻易抓不到你。你提前退休有什么不好,你是头鹿而且知道自己是头鹿动作才会这么敏捷。果然他退休后第二年这个所就全体被查了,所有人都因为一个工程和承包方通同作弊被判了刑。

我望着她。那轮超级月亮已经升到了我们俩的头顶上了,身边大树的阴影笼罩了我们。我说我是个什么。她说你还要再听一个故事吗?其实我刚才想讲的不是那个故事。为了安抚不甘心退休的我丈夫和他那一批人,他们那个所的所长为我丈夫他们安排了一次国外旅行。我坚决不让他去。我哭。我跟他闹。他说我被这个所剥削了一辈子,到了最后他们表示一下子,我一定要去。我不知道你又看到了什么,但我退休了也就等于死了，就是死我也要去。我用尽所有办法直到把自己弄得住进了医院都没挡得住他。他这头鹿平时没有很大的脾气，可一旦犟起来比所有食草的动物都厉害。我拦不住他，他还是高高兴兴地跟着那个团出去了，在欧洲转一圈又去了南美，然后回国，转机到了东南亚某国，名字我就不说了，上飞机前打一个电话给我，说老婆我就要回国了，今天的飞机，还有一个小时就要登机。我问了他的航班，先哭起来，我说我跟你告别，咱们要永别了。他很生气，骂我，很难听的。他一辈子都用很难听的话骂我。我说你一辈子都没听过我的话，就这一次，要不咱们真要永别了。就在电话里告别吧。小伙子他一定是被吓住了，他在登机前两分钟决定留下来改签另一架航班。结果你都知道了，到这会儿他放弃的那架航班飞到哪里去了还没找到呢。

——阿姨你还是没有告诉我我是什么。

小伙子我要是告诉你你会难过的。你是一只羊。不过是头公羊，头上有犄角。虽然有犄角，仍然是一只羊。

原来我也是一只食草的动物。

我也是。

阿姨也是一只羊？

是的。我是一只羊，但我命好，我找到一只鹿做我的丈夫，他很健壮，动作敏捷，善于奔跑，而且，他经常能发现一片片嫩草地，旁边还有清清的泉水。

阿姨给我点拨一下。我该怎么做一只羊。

做一只食草的羊真的就不好吗？世界原来是一片荒原，上面奔跑着许多的动物，食草的，食肉的。食肉的一般都很凶猛，像狼豺虎豹；食草的有鹿和羊，还有牛和马。现在你看不见动物满世界跑了，荒原消失了，我们生活在城市里。可它们哪儿去了，那些动物？不知道。我们看到的是满城的人。小伙子我告诉你，他们哪里也没去，在阿姨眼里他们仍然只是当年那些各不相同的动物，人形，有的食肉，有的食草。你真的不愿意做一只食草的羊，要去做一头食肉的猛兽？

这我可能要想一想。阿姨，咱们不说这个了，咱们说他，那个教中外法律史的退休教授。那天晚上他牵着一条没上牌的狗不按规定时间出来溜达，狗让派出所留置，后来他离开了，没有回家，和你在一起，直到下半夜，要回去却被出租车撞断了两根肋骨。我就是为这件事来的。

你想知道什么？

他是个疯子吗？

已经说过了，他是一只受了伤的鹤。

阿姨和他一起待了一晚上，你们从前真的不认识吗？

不认识，但也不能说不认识，因为我一眼就认出他是一只受伤的鹤。

阿姨一眼就从马路对面的人行道上看出他是一只翅膀受了伤的鹤？

不只是翅膀，是心。心受了伤。

他在得到这条狗之前刚刚失去了女儿。

他还失去了那个不爱他他却一直深爱着的女人。她是只水獭，不会留在一条河上捕鱼吃。

那天夜里你就用这句话安慰了他。

不，我告诉他的是我丈夫去世了。他虽然逃过了那架至今没有音讯的航班，却没有逃过一起车祸。我知道他会死于一场车祸，但我没办法天天跟着他，而且，有些事情我只能看到，却没有力量改变。

教授听懂了你的话？

他一下就听懂了。鹤是很聪明的鸟类。而且高贵。

我一直不明白他为什么不跟那个女人——他的前妻——争夺自己的女儿。

我说过了，因为高贵。你什么时候见一只鹤和一只水獭发生战争？

可他们的女儿并不是鱼。

他们的女儿是人间天上最珍贵的宝石。恰恰因为对他们双方都是那么珍贵，他才不会去争夺。

好了，这就是所有的故事了。至于我为什么也住进这里来了，是因为我愿意和他们在一起。你瞧，这里真的很好，有山有水，后面是个大湖。而且允许丁一教授养他那条叫杰奎琳的小狗。阿姨跟病友们讲她那些奇奇怪怪的故事，也没人会大惊小怪。我们全都相信。

你信吗?

2019 年 4 月 12 日

(《人民文学》2019 年第 10 期)

丑　陋

　　丑陋无边无际,如同猎户座里的马头星云一样充满黑暗的尘埃和旋转的气体。你不知道我在说什么？我说的是一个暗星云,位于猎户座ζ星左下处,是猎户座云团的一部分,距离地球1500光年,它是哈佛大学天文台的威廉敏娜·弗莱明从1888年拍摄的一张旧照片底板上发现的。从地球看过去,它的形状如同马头,所以被人类称为马头星云。他皱着眉头对我说着,仿佛我和他不在光明街第三派出所的临时拘禁处对面而坐。我见到了他,这个男人,鼎鼎大名的科学家和教授,还有各种其他杂七杂八的头衔,国内的和国外的,并不算很老,有着略显花白的鬓发和瘦削的面容,在仿佛一层面纱一样薄的皮肤下颧骨尖崚嶒地耸出,瞳孔是淡灰色的,从北方人中少见的长长的浓密的睫毛下向外透散出幽暗的光。即便以一种非常不舒服的姿势坐着，浑身的骨骼仍然显出了一种脆弱中的精致与某种意想不到的坚硬，一时间曾让我想到了某个展示生物进化的博物馆里看到的挂着一根树枝的早期直立人的标本。在一种似乎很随意的方式搭配的衣着之间，我看出了某种只有一丝不苟的女性才有的细心。所长走回来时嘴里嘟哝着说，他的院长说如果不出事明年就轮到他做院士了，他现在还不是仅仅因为他在有资格当选院士的学者中年纪尚轻，就成就而论早就超过了国内外的众多已经成了偶像和传奇的前辈。我没有讲我进门时已经认出了那个刚刚离开的男人，此人经常出现在电视上，而他的每次出现又总是和国家的年度重大事件有关。他是XX科学院的院长。所长语气肯定却又有点忿忿地对我说，这么个大人物亲自来到我们这个小地方看一个嫌犯，还要求我们在法律许可的范围内适当地给他以体面和关照。所长含混不清地讲出这些话来给我听，我马上模糊地意识到，不，事实上是清楚地想到了所长自己说出的那个大人物的真正意思。嫌犯目前的工作对中国未来科技发展计划中某个重大项目可能具有极为关键的意义，究竟关键到何种程度会不会整个地摧毁全部现代科学的根基现在我们谁都说不准。但法律就是法律，所长吭吭哧哧地对我说，声音里大量穿插着门外和整个新区每一条马路上传来的无数人和车的喧嚣。我在这样的喧嚣中注意到他将那位大人物送出门外时好像还是坚持把要说的话说了出来：我们这里只拘禁嫌犯。本所不拘禁科学家。我想他其实还想说出另一句话：科学家应当待在他自己的研究室里而不是到处乱跑。但他忍住了。

今天这个夜晚开头看起来一切都不错。这是他见到我后说出的第一句话。我在下班后又被召回来工作有一种要爆炸的感觉，却因为看到他成了我的询问对象心情为之一振，瞬间有了种天哪我要经历一次一生中都没有过的奇遇和记忆的怪异快感，这让我兴奋起来，又为某种正在到来的暗藏的不安而战栗。他是一名在国际上享有盛名的算法物理学家。我把这句话在心里连说了两遍。你不是新警察了我对自己说，知道该怎么对待你的工作，即便你面对的是他。他在自己应当坐的位置上坐下后专注地盯住我说你好。接着他就说了刚才那句话：今天这个夜晚开头看起来一切都不错。我为他意想不到的好心情吃了一惊但还是回答了他。你好。一瞬间内最不该发生的是我居然为我匆匆赶到所里来时没有稍微修饰一下自己的妆容而惊慌起来心跳得厉害，虽然这只是一闪念的事。我很快就明白他要的不是我的回答而是我必须聚精会神地听他说话。你最好从现在就开始录音或者录像。你问的事我只会说一遍，我没有很多时间。他开始改变语气用一种别人不可能置疑的态度提醒我说。我们当然会录像。我不觉就生气了，心里像傍晚的荒野中升起的烟霭一样弥漫起了一种我被这个人轻视了的感觉，并且立即毫不客气地回答了他。我真不知道我一开始会对他做出这样的反应，而做出这种反应后我身上越来越厉害的战栗却意外停止了，惊讶地想到他非常可能对自己的处境没有清醒的认知。他可能不知道这里不是他的研究室、教室或者别的只属于科学的场所，而且那双彬彬有礼中透出幽暗的光芒的眼睛里无法掩饰的教授式的居高临下和盛气凌人让我这个小女子非常不舒服。我没有必要对他客气，我在心里暗暗对自己说。一个老人一个马上就要做院士的国际知名的大科学家竟在一个奇特美丽的超级月亮升起的夜晚用一种只有毛头小伙子才干得出来的极其孩子气的行为制造了一场将数十人牵扯进来的连环车祸，车祸里的每一个受害人和利益攸关方都是我们惹不起的。后面这句话像清风拂柳一样在我心里掠过去又消逝，我真实的意思是说眼下媒体这么发达，车祸发生的现场、前因后果和所有的背景包括嫌犯是谁等信息此刻我不用查就知道已经疯传上网。网络公司作为我们这个时代最大的灾难之一为了流量从它出现第一天起就使我们这些公务人员履行职责时面临着巨大危险，以至于使每一桩最平常的案子都成了一场我们人生中遭遇的重大危机。我们所因为要处理这场突发的意外车祸承受的压力之巨这个夜晚在所长和每一名被匆匆叫回来加班的警员脸上都清晰地显现了出来。仅仅因为肇事者是一名国际国内有着重大影响的科学家这一点就会让这些唯恐天下不乱的媒体和网虫兴奋不已，他们现在可能都在举杯庆祝自己的好运了而它却正在给我们每一个工作人员带来繁杂的工作和职业考验。今天这个夜晚开头看起来一切都不错。他已经开始讲了，我虽然压力山大但还是迅速明白了，我方才会有那种今晚将有一生中没有过也不会再有的奇遇和记忆的怪异快感就因为他的这句开场白。从开始说出这句话的那一刻他仿佛就不是在陈说自我而是以第三人称做事件经过的描述。他真的认为自己可以置身事外抑或这样说话仅仅是他的习惯？已经有很久了我的工作毫无进展，今天黄昏时我坐在窗前望着一轮夕阳却突然找到了灵感，这个由落日带来的辉煌和凄凉的景观给我的内心带来的是意外的震动和完全想不到的思维的突破。这不是一般四维算法层面上的突破而是更多维意义上的突破。维，你懂得什么是维吗？他以为我不会开口但我马上回答了他。我懂。一维是直线二维是平面三维是体加上时间就是四维。他那双越来越像深陷于两只茂密的睫毛的孔洞深处的幽暗的眼睛盯着我看了四分之一秒后仍然向着我，我却明白他已经收回了那目光而向内转回了自己的心。原来他从一开始讲话时看的都是和我的存在相反的方向，这个我越来越觉得没有第一眼望见他时那么脆弱的人一直望向的都是他的内心。可是我又错了发现他又在看我了。在这个非常了不起的黄昏我居然想到了一件事，一件在我的一生中极为重要却被忽略的事，一个问题，为什么二十年了从没有问过自己：祂在哪里？当我黄昏时坐在窗前望着夕阳一点点沉落下去心中一片凄凉时祂是不是也在某个地方看着这幅景象并且也有了我这样的感伤？为什么我从来不去设想祂，那个造物者，或者上帝，我们这一行中的许多人今天宁愿称祂为一位算法物理学家或者算法工程师，这就看你自己了，他说。是的是的这时他确实仍然是注视着我的。我得承认他那种越来越深邃的专注的灰色的目光中多了许多温柔,他盯住我讲话时全身的姿态非常好看。啊我走神了,这时我才发觉他的全身都处在一种极为放松的状态中,不,也不是放松而仅仅是被遗忘,而在遗忘自己的肢体的同时我看得出来他精神方面也现出了某种不可思议的遗忘,不,是专注。我又要说到这个词了,其次是一往情深。将一往情深用在这个仿佛把自己的形体和精神全都遗忘掉的科学家身上似乎有点不妥,但当时一瞬间心中清风扫过水面一样激起我心中无限波澜的就是这种感觉。对,是快感,那种怪异的不真实的仿佛存在于虚幻世界中的快感。我现在越来越觉得他那双沉陷在睫毛深处的眼睛像两口深井而不像一双眼睛了,它们幽幽地望着你,在你觉得它们只盯住自己内心的时候仿佛也在用一种奇谲的注视直接将你引入他的心灵中去,而那里像他一开始就在描述的星空和创世本身一样辽阔和神秘。丑陋无边无际如同猎户座里的马头星云一样充满着黑暗的尘埃和旋转的气体。他完全没有必要说出的这句前不搭村后不搭店的话让那种止不住的战栗又开始出现在我身上并且更厉害了。但他停下了关于马头星云的话题,有一忽儿只盯着我,不再说话,像是要从那团遥远的星云回到现实中来,而我却清清楚楚地知道他仍然没有,最多只能算停到了半道儿上,接下来的话题却让我吃了一惊,因为他令我意外地说起了一个女人。我妻子跟我闹了一阵子也回来了,她虽然没有提出复合但我知道我们已经复合(我迅速想到这也许就是他说今天这个夜晚开头看起来一切都不错这句话的意思了吧?),如果你习惯于用大尺度的时间概念比如说十万光年为一个单位思考宇宙空间发生的事情,她的离开完全可以忽略不计。她是个美女你知道吗?如果你当年见过她你就知道她有多么漂亮,真正的美人都是算法的正确且是完美无误的输入与输出,《诗经》上怎么讲的,"硕人其颀,衣锦褧衣。齐侯之子,卫侯之妻,东宫之妹,邢侯之姨,谭公维私。手如柔荑,肤如凝脂,领如蝤蛴,齿如瓠犀,螓首蛾眉,巧笑倩兮,美目盼兮"。他一口气给我背了《国风·卫风·硕人》的前半首,但没有背完,因为他有更重要的话要讲出来。她虽然也是一位算法科学家但在处理我们的关系方面仍然是个女人。警官小姐你不会是个女权主义者吧我这么讲没有任何贬损女性的意思。我只是在陈述事实,不,不对,我讲错话了,祂真的创造了事实吗?我们不知道。我和今天国际上那些研究算法的同道一样早就坚信祂并没有创造任何事实而只是创造了算法。算法听说过吗?我不说话。我可以回答但我不让自己说出来。我看到他那双幽暗如同深井般的眼眸里的亮光闪了一下又熄灭,这大概就是所谓失望吧。算法是一系列解决问题的清晰指令,它代表着用系统方法描述和解题的策略机制。通俗一点说算法就是一定规范的输入并在有限时间内获得所要求的输出。如果一个算法有缺陷或不适合于某个问题,执行这个算法将不会解决此一问题。不同的算法可以用不同的时间、空间或效率完成同样的任务。

一个算法的优劣可以用它的空间复杂度与时间复杂度来衡量。我知道我这么讲下去你马上就要崩溃了但我仍然要讲，不然我们将无法继续谈下去。你要的是今天晚上发生过的一切包括所有的细节对吧？算法的条件之一就是指令，指令描述的是一个计算，当其运行时能从一个初始状态和可能为空的初始输入开始，经过一系列有限而定义清晰的状态，最终产生输出并停止于一个终态。你听好了我的每一句都很重要。一个状态到另一个状态的转移不一定是确定的。随机化算法在内的一些算法包含了随机输入。我知道算法。我自己也没想到我会忍不住突然开口说出来。我在大学里对这个东西也有过迷恋。我立即清晰地从他那双凹陷如同深井的眼窝里——我现在除了他的那双眼睛已经感觉不到他身上任何别的部位了——的明暗光波的变化里看出了一丝迅速闪过的惊讶和随之而来的缄默。对，不是兴奋，不是欣赏，没有笑容，只有一种模糊的介于怀疑和信任之间的安静，不，还有严厉的审视，虽然他一直在掩饰但还是被我发现了。我心里升起了巨大的快感。伟大的科学家不该为一个小女子也懂得算法感受到如此沉重的侵犯。很好。这样我们就可以继续谈下去了。每个人都有弱点今晚上我也在他这个我过去做梦都想不到一生中能见到一次的人身上发现了弱点。刚才我在对算法的一般陈述中谈到了缺陷、不适合和随机输入这三个关键词，我之所以特别强调它们是因为我就要说出对今晚上发生的事情最重要的话了。你要的不是这个吗？我就要说到最关键的地方了。我完全不战栗了。如果那个创造了一切的存在，造物者也好，算法物理学家也好，他没有创造出任何事实，只创造了算法，加上上面我强调的三个关键词，我们会得到什么？我又战栗起来了，因为他连续将最后这句话说了两遍，而我又觉得有点跟不上他的思路了。我仍要努力跟上去，因为我想这样，至少不要被他拉下太远。缺陷。不适合。随机输入。加上这三个关键词我们是不是应该想到祂也和我们这些一生研究算法的人一样存在智力不逮的时候？望着夕阳西下还有一大堆问题没解决或者说根本不知道如何解决时，祂是不是也像我一样有心情沮丧的时刻？有时候我们的工作做得确实没那么好，我们经常会面对着一个怎么都弄不懂的设计苦思它背后的算法，我们走投无路，无计可施，眼前一片黑暗而且精力也消耗殆尽。我们厌倦做出有缺陷的计算并将它试错于不合适的问题还要加上一些精神错乱式的随机输入。你又不明白我在说什么了我从你眼里看出来了，那我直截了当地告诉你结论好了，虽然一般情况下我对我的学生是不会这么做的，我这么做同时也似乎是在反驳我自己的观点即没有事实而我却像是在陈述一段事实。面对着如此广大的未知我们不但思想有限而且言辞尤其有限，有时候为了把话说得简单些必须这样。你要的只是事实包括每一个细节而我认为没有事实只有算法。我要说的是我在今天黄昏时分看到夕阳西下时忽然被感动，原因是我第一次想到了祂也有可能出错。祂也有可能和我们一样只是一个不算完美的算法物理学家或者算法工程师，随你怎么称呼好了。当然祂是主宰，但在更高的维度上祂是不是主宰我们怎么知道？即便祂真是主宰为什么就不会有缺陷，不会将自己的算法付诸不合适的解题，然后还加上一些自己也莫名其妙的随机输入作为补救，那三个关键词——缺陷、不适合和随机输入为什么不会像经常出现在我们身上一样出现在祂身上。我就这样被感动了而且马上想到了下一个问题：祂就算真是这样对我们来说也是可以被原谅的，只要你是算法物理学家都会有缺陷，都会鬼使神差地将算法付诸不适合的解题，并且在后面为了补救不完美手忙脚乱地进行随机输入。可是你今天都看见了，我们得到了什么。

我们得到了什么？我用一种我自己都能清楚地感觉到的战栗的、细弱到如同撕裂了喉管的鸟鸣一样的声音说出了我的问题，同时全身也加倍地战栗起来，我像得到了神示一般想到了我就要听到一个不同寻常的回答了。丑陋。他说。他在说出这两个字的时刻试图站起来，那张已被我忘记的有着薄如蝉翼的皮肤和崚嶒的颧骨尖的脸颊上令人意外地现出了一丝羞愧，是的不是别的感情显现而是羞愧。但他还是坐了下去一瞬间内我心里电光石火地闪过一万万亿个不，不是不同意是不理解。为什么是它，一个词语，而不是一个事实，我的真实思想是宇宙，哪怕是算法呢，难道算法真的仅仅是一个词语而不是一个他不愿意认可的事实？这一瞬间的电光石火还让我在自己的思想中复读了他说出的另一个词语。缺陷。是的缺陷，他这样一个伟大的人，伟大的算法科学家，也是有缺陷的。第二个词语：不适合。我在想到它们时清清楚楚地知道我的意指不是他目前所在的地方而是那个他终日仰望的包括马头星云在内的有无限星空的宇宙。使用宇宙这个词语他会同意吗？他是认为只有算法没有事实或者说存在的呀，不过宇宙真的是个事实吗？随机输入。这是第三个词语，他刚才都承认了随机输入连造物者都不可避免，因为祂要解决的是所有的难题，从奇点开始或者还囊括到了奇点之外，连同祂的算法运行以来出现的缺陷、不合适和随机输入。你小看我了，我在心里有点骄傲有点挑战意味地说。我从大学时期直到今天都在悄悄地学习算法物理学，我也是个有着狂野之心的女孩子，在低头观望脚下尘土的同时我一个小女子内心的眼睛也在仰望浩瀚无垠的星空。但他今天的一番话还是给了我一种巨大的震动。他给了我一种全新的思考世界（？）、事实（？）抑或是算法（？）的全新维度和立场。有一阵子我们谁也不再说话。我们只是相互望着，望了多久谁也不知道，我们也不去想它。我们相互凝视同时至少我的心灵感应到了，他正在用这样的方式和我这个他开始时可能根本没有看到眼里的毛丫头进行第三宇宙速度般的心谈。我听到我心里正在说一些连我也不是十分明白但他一定明白的关于宇宙和算法的问题。与此同时我还感觉到了我们正一起携手在浩瀚无垠的星空间飞行。我们互相望着一同感受着列子御风时的快乐却又觉得自己比列子还要厉害，主要是更自由，因为我们穿行在宇宙星空中连风也不需要。我们有算法就够了。算法是我们的翅膀我们的风我们的扶摇羊角，我们终于脱离了庄子文章中说的那口井，走出人类的幼虫时期，离开地球，飞入了无边无涯的宇宙或者说算法空间，我们因为得到了祂的也即算法的秘密神授（算法是被发现的而不是被发明的，算法是不可能被发明的只能被发现）而获得了祂的部分权力，我们觉得自己应当获得祂的全部权力，虽然我们知道也许永远做不到，但我们真愿意走得更远，因为我们是人，我们没出井口时就有了如此的雄心。井口外的天空我们早在人类的幼虫时期就已经看到了。我开始在他藏在如同井口丛生的杂草一般的睫毛深处的幽暗目光中，一点点感受到了那类聪明用功的学生在严厉的老师心中受到的尊重。啊我们回到我的妻子。她在今晚上发生的所有事情中都不重要。我之所以说到她是因为她在我的研究工作获得一生中最大的突破时恰好开门走进来。她一直都有我的房门钥匙并且为我带来了喜欢吃的晚餐。我在自己无边无际的感动中热泪奔流，我拥抱了她并且大哭出声。她非常惊讶地问了我一个老掉牙的问题，她说你的眼泪为谁而流。为祂，我说。也为我们这些祂的儿女。我说出我的发现时她最初那一刻的表情我至死都忘不了。她显然被吓住了，她激烈地和我争辩，大声叫喊，说她毕生的研究都在证明宇宙法则的完美，而你却在说缺陷、不适合和随机输入。你在毁掉我的一生。我说你可以用证据，不，仍然是算法，你可以用任何算法反驳我一生中这一最重大的发现吗？为这个发现给我诺贝尔奖都不够，我的发现将让人类成为上帝的朋友，而让造物者从有奇点和大爆炸以来的无限责任和重负中解脱。祂可以不再像过去我们将无限责任全部赋予祂时那样受苦。我们可以原谅自己为什么就不能原谅祂，可以理解自己为什么就不能理解祂。我对祂没有丝毫亵渎的意思，相反只有更深的敬重和仰慕，那个不但给了我们躯体更给了我们思想可以让我们理解算法的人，只要我们还在算法的意义上活着，祂就永远是我们的创造者，我们的父亲和母亲，我们的亲人和最好的朋友。理解祂就是理解自己，理解整个宇宙的无限美丽和一点微不足道的丑陋。祂已经做得够好了但仍然会发现算法运行中的缺陷和不适合，仍在孜孜不倦地进行新的纠正，即便是随机输入也不见得都是不对的和不好的，虽然错误时有发生。难道你耗尽一生今天功成名就不会再犯一点错误吗？如果我们的一生都是错误呢？这时我看到了她眼里的泪光。她哭了，这个当年在校园里我参加的第一次舞会上就把我彻底迷住的校花，一个最优美的算法的输入和输出，她身体的每一次舞蹈都是一个最精美的宇宙算法的运算，哭了，她说为什么祂要这么辛苦，为什么作为祂的儿女我们也要这么受苦，为什么一切都要经过如此艰苦的仰望、猜度和计算？就是为了今天这样一个结果吗？让我们明白祂的算法从开始就有缺陷、不适合和随机输入而这一切又会带来错误和混乱吗？接着她又放声大笑，说我们这些一开始就被祂放进井里哺育的幼虫，真有一天可以参透祂的算法的缺陷、不适合和随机输入造成的混乱后飞出这口井，成为和祂一样改变算法甚至创造出新算法的人（存在）吗？我们真能成为创造宇宙（实际上是写出自己的新算法并在输入之后等待它的输出）的人从此开始自己左右存在、宇宙或是算法本身吗？我们的存在和命运有可能不再是被决定的，一直处在井底，像庄子说的是井底之蛙，而是可以自我选择，自我输入，并且在终端输出我们想要的结果吗？我的妻子热烈地拥抱我，大声地喊出来说，我从第一眼开始就没有看错你，你真的帮我实现了终生的梦想，不，是梦想的第一步，你今天的发现将是本世纪科学的最大发现，即和我们一样，祂（算法）也是有缺陷的，而我们可以发现这些缺陷、不适合和随机输入带来的混乱并且解决它，从而让我们真正成为自由的存在（算法）同时又是祂最优秀的儿女。你走出的是一小步，人类却迈出了一大步。

所长就在这时推门走进来只看着我说你们还没完吗？受害人家属又在外面闹呢。今天夜里我们必须要给他们一个说法。分局领导刚才也打电话要我们抓紧，天亮前一定要在网上公布案情真相。我回头看了他一眼觉得这个不算老的老人的被丛生杂草般的睫毛笼罩的眼眸中又有了电光石火般的一闪，就这么一闪我已经感觉到他的心魂回到了自己目前所在之处。他看着所长说案情真相就是我从你们现在终于正式命名的这个叫作幸福街的新胡同里由北向南行走，这是我的习惯，每天晚上七点十分我从科学院小区大门走出,再随机输入地走一个小时的路回去。我一天的户外运动就是这一个小时。平常我是不会走这个胡同的,啊当初走过一次,在胡同口遇上了一个打鞭子的农民,他天天站在那里,我是说就站在路中央,挡住所有的行人练他的鞭子,那鞭子是铁链条的,鞭梢也是一根别人拴藏獒不用了的铁链子。那一截铁链子当时断掉了飞过来从我的耳边扫过,落在一丈开外的路面上。后来相关人员检测说如果他这一击正中我的头部我这个叫丁一的人就已经不在人世了。后来这个打鞭子的男人被一辆车撞了。撞他的人是我的妻子,你们称她是我的未婚妻也未尝不可,因为我们忙得到了这把年纪也还是腾不出时间去民政局办理登记结婚手续,当然主要是觉得那不重要。她和我一样作为算法科学家在我们分开二十年后于去年冬天终于回到了我身边,因为当天晚上她开车转弯进入当时还没被命名的幸福街胡同时一轮超级月亮蓦然升起,整个地贴满了车的前挡风玻璃,她只顾看这一轮奇异的月亮(算法的一个缺陷、也可能是一个不适合或者随机输入),根本无法看到站在前面路中央打鞭子的男人。后来这个人死了,法院判我妻子过失杀人刑期三年缓刑三年。我之所以要溯及这件事是因为从那时起,幸福街胡同就不再有打鞭子的人挡行人的路了,我又可以晚上偶尔随机输入地从那里走一走了。这条胡同出现的原因你们了解。十年前我们搬过来时他们就说胡同两侧的地块是新区的中央,最好的地方,规划好了要建一座大型公园,可是拖了十年,新区建起了无数高楼大厦但唯独这座公园没有建起来,仍是一大块空地,现在这块空地卖给了两家房地产公司开发新楼盘,两家分掉了这块地才有了这个如今叫作幸福街的胡同。

这些你都不要说了我们都清楚。你就说说今晚上的案子。他看看所长说你没有注意到今天晚上有一点不一样吗？我今天出门时心情很高兴,原因是我可能已经完成一生中最大的科学发现,不是对哪一个科学门类的发现,而是对算法,你说造物者和上帝也行,是对祂的发现。这个发现将解释我们面前的一切存在着缺陷、不适合和随机输入等混乱的合理性,从而将我们这些仍处在井底的人类从幼虫阶段提升到一个思维的自觉阶段。我没想到的是这个对我和这个世界（算法）具有如此重大意义的晚上会出现又一轮超级月亮。今年已经出现过一次了,我一直认为它的出现是祂的又一次随机输入而且是不适合的,是缺陷。过去你们在这条胡同的南口设置了一个编号2-5-1的临时岗亭,但是一到傍晚6时值勤协警离开后胡同里就开始有大量车子乱停乱放,更多的人和车在这里胡乱穿行。你们标志了单行道还是挡不住它们逆行。每次随机地走在这些横冲直撞的车流中我都十分小心,希望不会出现算法意义上的缺陷、不适合和更多的随机输入。他说到这里看了一眼所长。我知道他没有把握相信所长听得懂他的话。所长没有说话。他接着提高一点音量说你们虽然给胡同命名为幸福街但市政管理部门一直都没在里面安上路灯。每个晚上我随机地从那里穿行都是摸黑行走,除了那些突然从你身前身后窜过来窜过去的卡车轿车摩托车行人外你看不到别的什么。可是今天晚上不太一样。我说过了今晚上有超级月亮。他又将这句话重复了一遍。那又怎么样,所长突然问道,声音严厉。他明显地烦躁起来。那个男人我说的是丁一教授盯着他好一会儿才道,有超级月亮就不一样了。你可以看到那条胡同里的全部丑陋。我都已经忍到也挤到了胡同南出口,就要走上美食一条街,这时就有三辆车一起从南出口胡乱鸣着笛挤进来,将我压迫在路边铁栅栏和乱停在路边的一辆车之间,而这所有的三辆车按照你们的规定全是逆行而且抢道。我继续往前走,试图尽快脱离,但这时那辆送外卖的摩托车一下子就从身后窜了出来,车把撞上了我。我就是这个时候抬起右肘击中了外卖小哥,疾行中的他和摩托车也就在这一刻向右方倒去砸上了正拼命挤进那个肮脏的胡同口的奥迪车。他说到这里停下来。所长说你怎么不说了接着说下去呀?后面的事情我都不再知道,他平静地看着所长的眼睛说。那我告诉你后来都发生了什么。所长怒火满腔,已经是在喊了。你撞倒了摩托车让它砸上了第一辆奥迪,外卖小哥没有戴头盔受了重伤现在还在医院重症监护室里抢救。奥迪车被严重损坏,它在躲闪中又撞了前面一辆价值两百多万的保时捷911,开车的是一个小姑娘,她受惊后大发脾气前后左右在车流间乱撞,连续损坏了3辆宝马X5加1辆奔驰G500,因为她的不理智,周围和后面的车躲闪中又造成了连环相撞,其中有一辆车是价值八百万的兰博基尼LP700-4,所有损失加起来超过了3000万。我还没算外卖小哥的医疗费、误工费和重度致残的后续治疗。你这一肘子也让我们所中了头彩,曝了光,我是一名三十年的老警察了马上就退休你却让我临了临了摊上了这件大事,我辛苦了一辈子就让这条不争气的胡同,不,是你,给毁了!我会落个辖区综合治理不称职的名声脱下这身警服。不过就是这样我也要救你,因为你是一个大人物,大科学家,你做的事情据说对人类的未来都有意义,我只有提醒你不要在今晚上的询问中乱说,你要正确地表述你当时做了什么和没做什么,没做什么就不要瞎说!我相信你当时做那个抬肘的动作并不是有意的,你是在被突然窜出来的外卖小哥的摩托车撞到了差一点要倒下去被汽车碾到轮子底下才出于本能抬了抬胳膊想保护自己,这才不小心碰翻了摩托车。你这样说案情就简单了,你就最多只有过失而不是故意伤害。你再说一遍吧小秦把他的话记录在案,我马上向分局领导汇报,还要召开新闻发布会。我望着教授那双越来越被茂密的茅草遮盖的深井一般的眼睛,发现已经坐下去的他又站了起来。不,他说,虽然是一个缺陷,但不是随机输入,也不是不适合。所长又喊起来了你在说什么?能不能说人话!教授说对不起我可以换一种说法,我就是有意的!我有意撞翻外卖小哥的摩托车并且知道会在那里制造出一场大撞车和大混乱,我想结束出现在那里的算法缺陷、不适合和随机输入。所长脸都涨红了，大叫道你给他记下来。他承认是有意的就是故意伤害，还要加上一条故意寻衅滋事，你这是要上法庭的！教授什么也没说重新坐下来。我注意到这一刻他的平静。我不懂的是这个人嘴角上为什么也会现出一丝我不敢说出来的冷峻的笑。怎么不是随机输入？为什么？我叫起来。他不想回答了却还是叹一口气，盯着我的眼睛，只说了一句话：

多丑陋啊。

今天这个夜晚开头看起来一切都不错。我现在也学会像他那样说话了。不，我只是在心里想着这句话就说出来了，同时站在幸福街胡同南出口已经有了正式编号的警岗门外，向北望着教授如同往日在7点10分准时步出了科学院小区的大门，向胡同北入口走来。今天他身边多了一个女人，那个当年貌美如花令所有男生垂涎欲滴的女科学家，他为她唱出了整整半首《国风·卫风·硕人》。为了教授的案子后来我接触过她。她说她在第一次和他约会时就意识到今天走在她身边的这个男子不是一个伟大的天才就是一个疯子，更可能的是他两者兼具。她二十年前离开他不是不爱他而恰恰是因为那种深入到灵魂里的爱，同时还有爱分别带给他的疯狂和带给她的恐惧。在欧洲生活了二十年后她终于明白，一个像他那样的人不是疯子或者圣贤就根本做不了算法科学家，在任何一个圣贤的行为中你是不是都能发现某种超越一切算法的疯狂？可以想象人类望出那个井口时没有他们疯狂的目光吗？爱因斯坦难道不疯狂？他居然仅靠算法就得出了结论认定时间和空间都是可以弯曲的，引力场实际上是一个弯曲时空。她当时的离开仅仅是为了给他空间，现在他们都老了，她知道他今天做出了世界性的发现虽然这种发现目前还仅仅是一缕思想的青烟，但有了这一缕青烟人类就不再是过去亿万斯年的人类而是有了新觉醒的新人类。我有一瞬间认为他们不想再走进这条胡同，主要是她，有点担心他的样子，但犹豫了一下他们还是走进来了，就在走进来的一瞬间这两个一直幸福地携着手的人分开了。他们又在一抬头之际看到了那一轮诡异的超级月亮，像是怔住了。啊我忘了重要的事情，当年那个轰动一时的案子很快就在法庭上做出了判决，没有证据证明教授像网上疯传的那样故意伤害外卖小哥和破坏胡同口那些豪车。我得交替地讲一下在那个有着一轮超级月亮升起的夜晚他走进胡同看到了什么：尘土。所有停放在这里的车——大部分都是豪车，这些年人们真的更富裕了，尤其是那些拆迁得了大量现金的农民，家家都买了名车——全蒙着一层厚厚的尘土，因为原来规划建公园的地块变成了房地产项目，他脚下的路面上也蒙着厚厚的尘土，所有这些尘埃都被这一轮因为缺陷、不适合和随机输入升起的超级月亮照得纤毫毕现。我终于明白那件事情是如何发生的了，为什么教授会在那天夜晚对我说出了那样两个字。即便祂的算法存在着缺陷、不适合和随机输入带来的一些小麻烦，但祂还是给了我们一个别的宇宙中都没有（至少我们没有发现）的蓝色星球，从大尺度上看它竟然是那么美妙，无比的壮观，而即便是从最小的尺度上我们也能看到算法的精致与优美，就连每一颗原子核的运行都是那么优雅与和谐，是我们自己给这个胡同带来了超级月亮下纤毫毕现的丑陋。我们究竟为谁哭泣，除了为我们自己还能为谁？那一刻他哭泣了吗这个疯狂的人？外卖小哥并没有伤重不治他出院后主动要求和解并且得到了教授夫人一大笔赔偿，所有豪车都得到了保险公司的赔付。当所有这一切又像清风掠过湖面一样在我心里掠过时一辆车仿佛从天而降一般冲了过去，撞上了并没有和夫人在一起的他。我亲眼看到他在这一撞之后就消失了，再看时他已经飞翔在如银的月光里，向着那一轮孤悬在天穹上的皎洁明月飞去。我想在尺度更大的空间里他不会再看到这条胡同了，在大尺度的宇宙视野里他只会看到祂用算法赐予我们的世界是多么美妙、宏伟和壮观。直到进入了这一刻的飞升他一定仍然在想，为什么我们不要一个如此美好的星球，不要青草如茵，流水潺潺，茂密的森林，鲜花遍野，哪怕它们被缩小成为一座耸立起了水泥森林的城市缝隙间的小小公园？我们为什么选择过得如此丑陋？这样的丑陋对任何人有什么好处？

(《作家》2019 年第 10 期)

打鞭子的人

不错，那个夜晚是有点儿不一般，我说的是月亮，银白色的，很大很大，而且圆。怎么说呢？有点像你打开微信就看到的那个地球的全息影像，但比它大多了也亮多了，最要命的是它离你那么近，就像在对面的五洲大酒楼顶上，一个假的特大号的月亮，上面的沟沟坎坎你都看得清楚。关键是太不正常了，我说的是感觉你懂吗？像是要发生大事件了，地震，火山爆发，核战争，没有，就是一个月亮，三不知地出现了，你不觉得怪异那才是骗人呢。那天夜晚的事我门儿清，找我就对了，不用再找别人了。

我是谁？广藏新区编号 2-5-1 临时岗亭的值班协警。你一定没听说过编号这么复杂的一个岗亭，不符合公安部有关派出所岗亭设置的任何一条规定。没办法。广藏新区你知道在什么地界儿吗？我就知道你不知道。可你一查地图就知道了，我说的是最新版的地图。不过地图上我那个岗亭已经改称广藏新区光明街道第三派出所第489号亭了，就是说它好歹有了正式编号，就像外地人进城有了户口，可以享受本市居民待遇了。不过当时还没有，没有是因为出事时岗亭所在的胡同还没有被命名，说实话那会儿都还没人认为它是一条胡同，应当给它一个名字。新区这种事情多了去了，原因都一样，最早城外一个四六不靠的小屯子，家家户户靠种青菜萝卜卖到城里过日子，三不知成了城乡接合部，再后来城市死命扩张，一眨眼工夫孙猴子摇身一变成了城中村。名字不好听？误传。不叫蟑螂村，叫张郎村。《西厢记》这出戏你总是看过吧，没看过也听说过，就是戏里头那个在普救寺里勾引崔莺莺的张生，可是叫着叫着就成蟑螂村了。京广京藏两条高速在那里交汇，就叫了广藏新区。总不能叫蟑螂新区吧，哈哈。有了新名字对我们也好，我执勤的临时岗亭也有了正式编号，不叫2-5-1了。我媳妇都说怪怪的，二百五加一，你就是那个一。你别笑，那一阵子所里人手紧，白天岗亭里就我一人。

周围村里老百姓还是叫它蟑螂村。当然早没村儿了，去年连村里最后一条赖着不拆租出去卖建筑材料的小街也被收了，垒上墙，说是要盖安置房，可一直没见动工。地早征光了，村里人住进了广藏一区，像城里人一样带着猫啊狗啊全上了楼。征地拆迁那会儿他们可没少捞啊，说起来跟做梦似的，那才叫天上掉了大馅饼，砸得家家户户都晕了，哪一家不是几套房子外加七八位数的补偿款，最多一户据说硬是死打硬缠捞到了十九套房外加一个亿。有了一区周边很快站起了二区三区四区直至十八区，人乌泱乌泱地从城里搬过来，柏油路也跟过来了，公交也通了，正酝酿修地铁呢。高楼林立，一片繁华，灯红酒绿。要说十年前这里还是个穷得小伙子找不着媳妇姑娘个个死都要嫁出去的破屯子这会儿都没人信。

我就要说那个胡同了你甭急（我这个人喝了点酒一说就跑偏）。它就在新区中央，南北向，我那个二百五加一的岗亭就在胡同南口，靠近新区新建的饮食一条街。新区最初有个规划，四周盖房子，中央一大块地留下来造公园，给规划中住过来的几十万新区居民一个绿色空间，老娘们儿晚上跳跳广场舞，小伙子大姑娘夜里也可以钻钻树林子。但这几年新区四周小区的楼房是吃了大力丸一样噌噌地长起来了，公园的事就一直拖，后来传出风声说那块地改用途了，来了施工队把卖了地仍占着不走开各种店铺和不清不白的娱乐场所的外地人都撵走（村里收房租），房子也扒了，整块地一分为二，两边各自围上铁皮围墙，中间留下了一条道做两家的区隔，左边一块地很快就上了房地产，右边一块地据说过了年也要开工。公园的事就这样一声不吭泡汤了。泡汤就泡汤，都知道怎么回事儿，但两家留出来的那条叫什么？"缝儿"吧，就成了新区居民出行的一条道儿，白天人来人往，晚上大家出来溜达也喜欢从那里走。更可恶的是汽车，不只是周边小区里的趁机乱停乱放，还有两家外省跑长途的大巴见没人收费，也夜夜把它当成了免费停车场。一条不在规划内的胡同就这么出现了。开头肯定没人管，胡同不大，人来车往老出事，所长就说，得，成了综合治理的难点了，设个临时岗亭吧。就设了，派了我天天去盯着。也奇怪了，不设个岗亭吧天天出事，设了以后倒不见有事。后来我去查，一查才发现真不是因为设了岗亭。而是因为那些打鞭子的人。尤其是晚上，他们一窝一拖地出来，占领了胡同口，无论是车还是人，想从那里走就难了。

对了你们怎么又来了。话我都说过几遍了，对，就是那天夜里有一轮个头儿贼大的月亮，可它跟那个女人开车撞我有嘛干系？那个编号二百五加一的岗亭在胡同南头，我们村里人打鞭子在另一头，北头，和他们警察井水不犯河水，再说晚上月亮出来那个点儿他也下班了。为什么去那里打鞭子？瞧你这话问的，那是我们张郎村的地界儿，整个广藏新区都是我们村的地儿，祖祖辈辈都是我们村的。不是蟑螂，是一出什么戏里头的张生，他祖上是我们屯子里的，这会儿叫小区，我们小区门口还立着他的石头雕像呢，当然还有那个女的，崔莺莺，人家是两口子嘛。这都说岔劈哪去了，我每天晚上打鞭子占的地界儿还是我们家承包地呢，那可是水浇地，年年一茬麦子一茬青菜，有时黄瓜有时白菜，也种西瓜，种不成，村里村外老有人去偷，吃完了还拉在瓜地里恶心你。什么，地早就卖了？卖了也是我们的。是补偿了,我们家人少,三套房,补偿款一千万多点儿不到两千万。安排工作?大队是给安排了,可那是啥工作?新区在我们村后面新建了个体育馆,有游泳池足球场还有一个鬼都不去的手球场,让我们小队的人去当清洁工。大队统一派工,开头一月八百,眼下国家有最低工资政策,两千出点儿头。有干的有不干的。当然可以不干,到外头干点啥也不止这点儿钱。我干了三个月就不干了,弄了辆二手出租车跑了两年,忒吃苦,不干了。你甭提补偿款和那几套房,提了我真跟你急眼。到手了不假,可你到我们屯,不,小区,你去看一看,这会儿就有把钱赌光的,一套房都没给自个儿留下,全输了,一家人租旁人的房住,两口子打架离婚。还有倒股票的,我们农民哪懂那营生呀,一辈子没见过怎么多钱,不造这日子过不下去呀,就像郭德纲相声里说的,我有钱了,我吃,我吃大饼就米饭,我吃半碗卤煮火烧。没有那个本事还想拿钱生钱,结果本钱房子都赔个屌蛋精光。还不是一家。我?我没有。我还要吃那钱的利息呢。

最气不过的是那些城里搬出来的人。我们小区旁边头一个站起来的就是那个什么科学院小区。那些知识分子,算算国家给他们的工资,哪个一辈子也挣不来我们屯那些社员拿到的钱,你一开头算着我们屯家家都比他们有钱,可你去人家小区门口看看,出来进去那些人穿的,开的车,还有他们的女人。就说车,早先我们和他们就是有差别,也是伊兰特和捷达的水平,可这几年你再去，我们最多是个尼桑，撑破天了是个国产宝马，哎哟喂，他们出来进去不是宝马X6就是保时捷。眼下我们村左边科学院，右边外贸集团，前边一家什么大老板的物业，后边是市里什么局安置退休干部的大院。你以为他们个个都不该趁你那么些钱，可是看看他们，走路都不带看地下的，个个眼孔朝天，绿女红男，衣鲜盘儿靓，财大气粗，晚上出来遛弯也像是去赴宴的神气。再看看我们屯里人，天天在家吃利息不干活个个都成了大胖子，尤其是老娘们儿那都不能看，个个挺着个剩饭肚子晃来晃去，哎还个个都是三高，大把大把吃药。人家城里人根本都不正眼瞧我们一眼。

那个晚上为什么只有我一个在胡同口打鞭子？我们那一伙人包括我师傅白天喝多了，都在家趴着吐呢。偏我没去。我不是头一天在那里打鞭子，我和我师傅、我们村里喜欢打鞭子的人早就占了那块地儿。胡同开了没几天我们就占了。你以为我们屯卖了地你们给了我们钱那地界儿就不是我们的了，在我们眼里只要天不塌地不陷这些地无论到啥年头那都是我们的。一到该给死去的人送寒衣的时候我们的女人在他们小区大门口烧纸，那些人还不高兴。他们小区的桃啊杏啊熟了自己不吃让它们在树梢上挂着，宁愿叫它们熟透了烂掉在地下我们的孩子拿大麻袋进去收他们都不大乐意。他们不懂得我们是咋想的。因为你们住到这里我们家老人的坟也迁了，骨头也火化了，你们以为那是柏油马路，人行道，路边栽上了玫瑰花，可在我眼里那还是祖上的坟地，先人的坟还立在那儿呢。我就是要在那儿烧纸。你不让我的孩子去你们小区收桃子杏子李子柿子核桃山楂，你们没来时我们屯的桃树杏树李子柿子核桃山楂树就长在那里，这会儿叫你们占了，不到你们那里去收我的孩子吃什么？

马上就要说到打鞭子的事了。我都不急你急什么。我十五岁就学会耍鞭子赶牛下地了。眼下不种地了，打鞭子算是一门体育活动吧。中央还有个全民健身计划呢对不对？萝卜白菜各有所爱我们就喜欢打鞭子碍着谁的蛋疼了？哎，你要是想学等我伤好了出了院可以教你。打鞭子一是气力，二是窍门，从根儿上说它就是一种武术。鞭子打得啪啪响，人也精神，提气。告诉你吧自打跟上我师傅练上，上八路鞭法我练了六六三十六大套，下八路八九七十二小套我还没练成。正抽反抽，平抽立抽，前击后拐，进退旋转，闪展腾挪，外练筋骨皮，内练一口气。就连鞭梢那个响动，就有十八种讲究，要的就是一个响儿，亮、脆、爆。我师傅比我厉害，鞭梢一响，我师母在十里外的马家屯家里上茅房都听得见。鞭子当然有讲究，初学乍练，杆长一尺五，鞭长七尺；初段鞭长丈二，像我师傅肯定是九段，杆长三尺，鞭长丈八。男练铁，女练皮。鞭梢是皮上带铁，铁上带皮。我比不上我师傅，只能算个七段，到不了八段，铁杆铁鞭，杆长尺五，鞭长丈六，带上皮梢，两丈有余。抡起来一大片，打出去一条线，前八步后八步，麦场那么大的地界儿不够我使的。鞭子一响，击、打、抽、拉、勾、连、带、送，树见树死，人见人亡。我不是吹牛。我楼上邻居韩六钱多得花不出去，二十万买一条藏獒，重两百多斤，立起来比熊还高，夜里叫一声全小区孩子不敢出声，我一鞭子打在它面前地下，当即就废了，一声不敢再叫，气得韩六一赌气将它三百块卖给了宰狗的，吃了肉了。

你知道你们天天堵着胡同口打鞭子，影响新区居民出行吗？你说什么呢。我都说过了地是我们村的，胡同口是我当初的承包地。再说了那也不是胡同，就是俩老板花钱抢了新区当年要建公园的地儿一分为二搞房地产，中间留下了一条道儿。我们在那里打鞭子怎么了？

可那不是你的地了。那条道儿眼下已经成了胡同，是新区居民晚上遛弯必经的一条路。你们天天打鞭子影响了他们出行。啊还有新区居民普遍反映，自从你们屯，不，你们一区居民天擦黑就出来打鞭子，把新区每一条马路两边的人行道都给堵了。你们一个人一条鞭子就能堵住一条路。你这话是怎么说的？当初没那条道他们每天就不遛弯了？怎么我们家那块地成了路，我在那里打打鞭子就影响他们出来遛弯了？再说一遍那里本来就不是一条道儿，更不是一条胡同。过去没有那条道儿他们还不遛弯了？不走那条道儿他们能死吗？

还有你们家家养狗，有人一家就养了一群，天天扯着狗出来，围着人家小区一圈一圈拉屎，让人家小区天天被狗屎包围。刚才你自己都说，你们进入人家小区如入无人之境，人家栽的桃啊杏啊山楂核桃挂在树上看风景你们开着卡车架着梯子去收，不让收就跟人家打架。你们村子里死了人就架大棚，大喇叭扩音器对着人家的窗户吆喝，全村老少鬼哭狼嚎一闹就是三天，有人说你们是故意的，你们视城里人为敌。你们这样做就是为了让他们不痛快。因为你们认为这里无论过去现在将来都是也只该是你们的地盘。

哎我心里怎么想的你怎么知道？你是孙猴子呀能变成虫子飞进我肠子里去？我们屯死了人就这样，他们不来我们就这样，他们来了我们还这样，不能因为你们城里人来了我们就不对死的人尽孝了对不对？什么一年到头都在死人，咒我们快点死绝了是吧？我就是想让他们不痛快你又能拿我怎么样？我犯法了吗？他们，包括你们，让我和屯里人痛快了吗？你们说拆了村子给我们建个大公园建了吗？你们天天让我不痛快我干吗要让你们痛快？看着你们痛快我就天天不痛快。你们不痛快我就痛快。

你和那个女人认识吗？你说她故意开车撞你，她早就憋着坏要撞你了。你有证据吗？我当然有。我看出他激动了。我让人去隔壁小区打听过，那女人不是他们小区的业主。她和她那个姘头也不是两口子。她有作风问题，不是那男人的女人倒时常倒贴着来找那个男的，真是个贱女人。男的我也认识，自从搬进我们屯他天天天一黑后就照着点儿出他们小区大门溜达，你们叫散步，散步就散步，不早不晚，七点十分出门，围着新区走一大圈,八点十分回去。夏天雹子冬天大雪也是一分不早一分不晚。我压根儿瞧不上他,他在他们二区进进出出的男人里边不是最露脸的,走路时耷拉个脑袋,眼窝里空空的没神儿,什么都看不见似的,又瘦成个鬼样儿,走路也是深一脚浅一脚,有点像我们村的傻子牛二。啥叫科学家多怪人,假的。我就没见过他们小区第二个人像他那样,他这个怪人可是让我开眼了。这样的男人不天天踩到狗屎那些狗拉的屎让谁踩?哈哈。他们说有一次你的鞭梢差一点打到他。从那回起他就不再走那条胡同了。不是你说的那样。那天我给我的鞭子装了一个新鞭梢,不是皮的,是我的邻居韩六拴藏獒的铁链子,不用了扔出来。我想练练我抖鞭梢的臂力和腕力,那是下八路七十二套中必备的硬功夫,就给它装上了,谁知道不结实,第一抖它就飞了。说到这我就来气,我在胡同口打鞭子,我招谁惹谁了,我一个大活人站在那里练功夫,鞭子响得十里八村都能听见,那小子像是没看见我一样照直着就从道儿中间走过来了。我都不敢信我这鞭子沾到他就是个皮开肉绽他竟然一点儿也不怕。我当时就生气了因为我觉得他是故意冲着我来的,见我天天晚上占住我们家地头打个鞭子爽一爽他很不爽,想看他就那样走过来我敢对他怎么样。我也不用瞒你,他一下子就把我那天想独自一个人在那么大那么明晃晃的一个月亮下好好耍一耍鞭子的痛快心情给弄坏掉了。你甭说开头儿那一下子我还真被他吓住了,鞭子刚要放出去就急扯一把收了回来,不然这一鞭子放过去他的小命儿真就玩儿完了。我气生大了。我生气是因为我这么着等于给他闪开了路,让他从我家承包地正中大摇大摆走了过去。他把我看成了空气,看都没看到我就那么大摇大摆走了过去。我拿着一根大鞭子威风堂堂站在这里在他眼里像不存在的人一样。我也不用瞒你,我是在他身后补了一鞭子,劲儿大了些,那新接上的鞭梢,就是韩六拴藏獒的铁链子飞了出去,从他耳朵边上扫过,落到前面地下。

我说的就是这个。后来呢?你这鞭梢扫到他了吗?

没有。真扫到了后来那女人拿车撞我我心里也好受点儿。一点皮儿都没扫破,他只是被吓了一跳突然醒过来了似的。更让我生气的是他也只是醒了,没看一眼地下的鞭梢,回头瞅我一眼,哎哟就是他们这种人经常瞧我们农民的那种眼神,像是不明白,又像是看不见。主要是看不见。他连地下的鞭梢是一根铁链子恐怕都没看清,完全没有受到惊吓似的,就那么瞅了我一眼,就走了!那根鞭梢完全没有吓到他!我太生气了,我就又在那个把路两边的草叶子都照得一清二楚的大月亮底下冲他抽了一鞭子!他没回头!我对他抽了这么响的一鞭子他竟没有回头!我都抽了他两鞭子他这种人都不愿意多瞅我一眼!他们这种人眼里还是没有我们这些农民!

我真不是有意撞他。我有急事从那里抄近路开车过去没有看见他。是的那天晚上有超级月亮,有超级月亮我也不见得就能看得见他。我新买的车什么都好,就是驾驶座太高,视界有死角。我说撞了他就是因为那天晚上的超级月亮你们肯定不信,所以我不想说。我将车拐进胡同口时一眼看见那轮月亮几乎贴上了我的前挡风玻璃,整个儿把它贴满了,让我除了月亮什么都看不清了,怎么说呢,一瞬间里它让我有了一种极为诡异的感觉,我一下子浑身哆嗦头发梢都立起来了,根本没有注意到那个挡在车前头打鞭子的男人。我怎么知道他会天天晚上在那里打鞭子堵住所有人的路不让通行。丁一从没有告诉过我他差点被那个男人飞出去的鞭梢打死,那鞭梢是一截拴藏獒的铁链子,拇指般粗细。我被那天晚上的超级月亮吓到了,我被吓到是有原因的,什么原因我这会儿还不想说。要怪只能怪他自己站在胡同口挡住路,银白如雪的超级月亮啪的一下打在我车前挡风玻璃上让我没看到他,不是一直没有看到,是看到时已经晚了。

虽然撞了他是我的错但我对被撞的人一点儿都不同情。至于他讲的那些他自认为的道理我一条都不能同意。我想对他的遭遇心生愧疚感都做不到。真要说实话我为那天我在那一轮十分诡异的超级月亮的欺骗下以为我的车撞上了超级月亮却撞上了他非常满意。他不是什么好人,我想说的是他已经不是这个时代应当存在的人,仅仅因为失去土地和原来的生活就让他的生命有了失重感。失重是个物理学专有词语你明白吗?因为地球具有吸引力物质都有了重量,失重就是没有重量,像羽毛一样飘落下去不知道自己会飘落到何方,霸占公共道路获得存在感直到用鞭子威胁和伤及无辜是他克服失重恐惧的方式,尽管他自己未必明白这个。他被车撞是早晚的事,不是我也会有别人,既然那是条路作为公民每个人就都有使用它的权利。我不认可那种说法,因为他是失地农民就可以天天挺着一杆两丈长的铁鞭子堵住一条人人有权通行的胡同。我撞了他我有错可他有错在先。我只愿意在他和你们承认他是个病人这一共同认知的基础上出于一般的人道主义信念给他一点同情。

  我好像没有义务对你们讲述我和丁一的关系,他和这个案子不相干。但也不是不可以讲,不然你们会一直问下去。你们想知道那天夜里我不留在家里和全城人一起观看超级月亮却急匆匆开车进出丁一的小区出于何种原因。这说来话长了只能长话短说。我和他是整整二十年前在同一所大学的舞会上认识的。他第一次邀请我跳舞我就知道我作为校花的风采和一个与众不同的女人的某种特质引起了他对我的欲望,这是当时我作为一名时代女性惩罚你们男人的方式。因为你们中不止一个有多少个我不想讲从第一个开始全都伤害了我,不但让我从一名纯洁的少女变成了一个女人而且欲罢不能却又不愿娶我为妻和我生儿育女过一辈子,你们把我变成了一个下定决心用一生来报复你们才能让自己快乐的女人。坦率地说这不难,我一辈子想一直这样报复你们都不难,因为你们非常容易为我的美丽和与众不同的气质对我一见钟情然后开始用各种老套的手段诱骗我和你们上床再以后的戏码就是始乱终弃。你们早早地就造就了这样一个我我无论怎么报复那也都是你们应当享受的果实。我开始和他交往时也把他看成了你们中的一个。我只能简单地说我那时刚刚失去了一个惩罚对象急需要另一个自投罗网的男人来填补。我知道怎么在跳第一支舞后让他对我神魂颠倒,当然也知道在这之后神秘地消失让他为我夜夜难眠痛不欲生迫不及待地找到我对我海誓山盟让我可以由着我的喜恶对他为所欲为,而在他开始习惯于我在他身边后再选择突然失踪,让他知道他在以为拥有了我的时候我还拥有另一个男人,我要在他心里燃起嫉妒之火将他的身心和自尊烧成灰烬,让你们中一个又一个人渣真的变成渣。这时我早已飘身远去,即便再遇见也会与你形同陌路,让你在我和我身边另一个更健壮更风流倜傥主要是更有钱的男人的影响和轻蔑无视中死掉。我曾经在那些疯狂的岁月里造成了三个男人的自杀和五个男人的火并。我冷笑着开始了这新的一段对男人的战争但还是在第一次约会之初就惊奇地发现他是一个病人,原因是他居然不像以前遇上的每一个人渣那样急不可耐地用一切手段骗我上床却将我请进了他的试验室,然后是学校那个简陋的咖啡厅。二十年前虽然进咖啡厅还是件时髦的事但那家咖啡厅却不是我喜欢的地方,我喜欢的是豪华的私家聚会和大餐,当然还有别的。他在这间只有寒酸的大学教授们去的地方与我第一次约会就让我明白了他只是想找个自己喜欢的人倾听他讲话,他要找一个女人装成恋爱的样子讲自己正在做的事。他的专业是人类基因研究,但我听出来了他真正有兴趣做的是实验物理学的一个直到今天全世界仍然只有几个人在做的前沿分支：生命在宇宙间自由旅行的可能性。

你今天的眼神像极了当时我看他的眼神。对男人我的嗅觉是超一流的。我嗅出了他不是我要找的人，同时也嗅出了他的特殊天才在于他具有超一流科学家的敏锐与直觉，这种直觉正在指引他走向一条无限艰辛坎坷却没有回报而且可能还没有回头之路的人生。那次他就对我说他一生的雄心壮志是让现有的宇宙像女人生孩子一样生出新的宇宙以便可以让人类在太阳的能量耗尽前随意移民到别的星球。他那时就想到了其实这件事并没有那么难，只要能找到一种办法让我们的生命现在利用的化学能变成生物能，通俗说就是如果人能够直接利用光而不用再食用植物的叶子经过光合作用产生的能量作为生存和宇宙航行的能量，我们就可以轻而易举地离开地球以无限的生命长度在星空间遨游，因为一个太阳的能量是有限的但宇宙间恒星的数量却无限而且它们还在生生不息。他说自从他想到这件事后就明白了至今为止的人类都不过是庄子数千年前讲的井底之蛙，连那个也算不上，只能算是蛹壳里蠕动的幼虫，第一次睁开眼朝井口上方望了一眼，就这一眼还是他这一只虫子望的。我得承认我当时听不懂他的话只觉得他是个疯子我被他结结实实地吓住了果断选择离开了他。他因为我的离去自杀了十次，你能想到吗是十次不是一次两次三次，而我这时却跟着一个不把我看成荡妇的挪威人去了北欧，我是被我遇上的这个男人吓住了才走的，不然我担心自己会被他像磁石一样吸引住不能离开只能和他一起发疯和毁灭。他是怎么缓过来并重新开始他的研究我不知道，但我知道自己的离去成了对这个和我的遭遇完全无干的男人的巨大惩罚，我不知不觉地惩罚了这样一个与过去那些男人的错误毫不相干的人而且我那时就明白他还是一个终生只会有一次爱情的人。如果他真能用化学能转变为生物能的办法让人类长生不死，我也就惩罚了这个男人的永生。

对不起我要打断你了。我们现在进行的调查和你讲的实验物理学家也叫算法物理学家丁一先生个人的研究方向不相干。我们想调查的是你那天晚上进出广藏新区科学院小区的目的和你急匆匆开车离开最后撞了那个打鞭子的人这一整个事件的经过和前因后果。我正在讲的就是前因后果，你们没有耐心听我说可以请便。我和丁一教授不存在那个打鞭子的人认为不道德我却极力渴求而不能得到的美好关系，我说的是性。我在挪威二十年和安德烈斯先生并没有结婚只是同居，但我一直不能忘记他。我就是这样一个女人有恩报恩有仇报仇，我觉得二十年的惩罚对他和对我都太过于沉重我必须抛弃一切回到国内纠正我的错误，我对安德烈斯先生讲了一切他理解和支持了我。当然他爱我比我爱他更多，但他一旦听说我离开二十年一直没忘的男人是一位在当今中国仍然籍籍无名却已在世界上享有盛誉的算法物理学家，就忘记了自己的忧伤送我回了国。我决定回来还因为我已经通过一个联合国的确凿无误的渠道得知丁一已经不再研究化学能转化生物能了，他这些年转向了算法，像众多全球最前沿的物理学家一样也入迷并且不是没有理由地认为上帝是一位和他们一样的算法物理学家，一位用算法构建世界的工程师，祂利用譬如后来被爱因斯坦发现的那个有名的质能公式 $E=mc^2$ 这样的算法创造了宇宙，世界的架构就是这位勤勉不知疲倦的算法物理学家创造出的一个又一个算法运行的结果。通过理解算法他像上帝一样理解了平行宇宙这样貌似高深的东西，在我们普通人只能理解三维加上时间成为四维空间的世界时他就理解了我们眼前无处不在的并行宇宙以及这些宇宙的生灭不息。你听得懂这些话吗？我也只懂得一点皮毛，我说的是算法。我们都知道二乘以二等于四，这个四是没有的，现在我们知道有四，使这个四从无到有生出来的就是算法。我们用进化论理解人类起源，用大爆炸理论认识宇宙的生灭，可现在更有一批科学家认为这一切都来自一个位于奇点位置的科学家我说的是上帝或者算法物理学家发现了一连串算法，并且由于祂的勤勉和不停的努力让宇宙的建构得以不断进步，其结果之一就是人类越来越进化，而各种禽兽因为在算法演化中被忽视而得不到进化，宇宙也因为算法的进步或者错误得以继续膨胀或者局部坍塌，但总体言之是让我们的星球和别的星球离得越来越远，貌似仍处在大爆炸后的大膨胀进程之中。听了我讲这些你一定能理解那天夜里我怎么会因为一轮奇大奇白奇亮无比的超级月亮蓦然贴上我的前挡风玻璃而生出诡异和恐怖的感觉以至于撞了那个站在路中央打鞭子的人。我之所以认为这个超级月亮显得诡异是因为按照丁一的最新算法它不应当继续出现。超级月亮的每一次不正常的出现都代表着那个至高无上的算法物理学家努力改进祂的算法以至于让我们这个星球上的算法物理学家比如说丁一因为无法跟上祂的思路而陷入混乱和疯狂。爱因斯坦之后人类已经有一百多年在算法领域没有重大发现，上帝加快了祂的疯狂而人类的算法工程师不但跟不上他的疯狂并且也很难识破他故弄的一些玄虚，比如说那天夜晚出现的超级月亮。按照旧算法今年它已经出现过一次不该再出现但既然它出现了人类就必须理解上帝又玩了什么新花样。我又扯远了。我刚才说到丁一先生发现我们能够理解的四维宇宙其实不只有四维，每个人确定无疑都是他自己的一个四维宇宙，既然宇宙是算法的结果（譬如 AI 就是算法的运行我们却可以凭空地创造世界）那我们可以认为每个人完全有可能也都是一种算法的结果。打鞭子的人是一个宇宙，一种算法的结果，我也是，丁一也是你们警察也一样。大家各自生活在自己的宇宙或者一种算法之中但因为彼此拥挤相互仍会发生扰动。他现在认为（我现在也像他一样认为）这是他的烦恼更是上帝的烦恼。那个他想象中的位于奇点位置的算法工程师用自己幼稚的算法创造了一个自己也难以理解的宇宙后一直手忙脚乱地修改算法，头疼医头脚疼医脚，算法运行中又自动生成新的算法，宇宙中生出宇宙。我们星球上也一样，一个打鞭子的人就能扰动丁一先生，还有那些狗屎，动不动就把别人小区大门当成自家坟地烧纸钱的女人，身子进了新的宇宙算法却还停留在张郎村年代的脑袋，丁一几乎用尽一生的精力去研究一种算法，帮助祂，方法就是让人类离开这个行将因太阳能量耗尽变成一颗红巨星而被其吞噬掉的星球移居茫茫宇宙的别处，今天却发现自己不得不给自己临时增添一项任务，设计出算法先让这个到处都是狗屎和胡同口夜夜都站着一个打鞭子的人的宇宙——他很文学地称那里为有着无数交叉小径的花园——移向别处。他用的办法国外已有人在实验室里做过，就是让原生宇宙生孩子一样生出新的小宇宙，而且成功了。这个小宇宙无限大又无限小，里面仍然有许多更小的个体宇宙，它们将一无所知地从旧宇宙中诞生，以光的速度在某一个被超级月亮照亮的夜晚由地球移居人马星座编号 10 的 3456 次幂号行星。即便到了那里他们也不会知道自己离开了地球。张郎村还是张郎村，广藏新区还是广藏新区，一个打鞭子的人仍然堵住一条还没有命名的胡同，他的大鞭子差点打死一个叫丁一的研究算法的学者。但在原生宇宙里，无论是张郎村还是广藏新区都不会再有狗屎，不会再有人堵住人家小区大门烧纸钱送寒衣，也不会再有一个打鞭子的人在一个有着巨大超级月亮的奇诡夜晚被一辆突然出现的越野车撞出去飞行两丈开外才落地，正好是他鞭子的长度。

是的你知道我是广藏新区光明街道第三派出所第 489 号岗亭的值班协警。原来编号二百五加一。我想告诉你一个好消息和一个坏消息。好消息是胡同终于有了正式的名字,叫大吉祥胡同。坏消息是我奉我们所长的指示来通知您,丁一教授,本案的受害人,那个打鞭子的人,伤重不治,死了。

是吗?这太不幸了。

你真的是这么想的?我直说来意吧,你敢肯定他不是被你用了什么算法治死的?上次不是有位女士在那个有着超级月亮的夜晚急急开车出门去什么地方阻止你像用一块毛巾包裹一块豆腐那样把你不喜欢的某一块宇宙转移到人马星座一个行星球上去吗?听了她的话我这会儿都不敢想我是仍然生活在地球上还是已经被你弄到人马座的什么行星上来了。不久前我们的人还到医院找过受害者做笔录,那时他还挺好,底气十足,振振有词。我们有理由怀疑你在他的死亡中扮演了我们不能了解的角色。

你们认为我用算法杀了他?

你可以这么理解,但我没说。啊对了,受害者临死前嘟哝了一句:谁才是那个打鞭子的人。

现在新区还有人打鞭子吗?

现在……好像没有了。你问这个干什么?

扰动。宇宙间相互作用的形式主要是纠缠和扰动。那个叫丁一的男人突然对我说。他们被吓住了。不是我弄的。不过我说这个你也不会相信对吧?他诡异地笑了笑又喃喃自语道知道什么叫维?我现在研究维。一维解决不了二维的问题,二维却能解决一维的问题，其他也一样。我早该想到既然四维空间解决不了的问题只能用更高的维解决。譬如说新区的中央花园，我要是能用一个新算法将那块被人用别的算法改做房地产的土地移到人马座某座星球上去就好了，再把他们移到人马座某座行星的花园移回来。想一想那座花园，森林遍布，绿草如茵，鲜花盛开，一座名副其实的有着交叉小径的花园。到了秋天，我就真的可以见到张君秋先生在《西厢记·长亭送别》一折中唱出的秋日的美景了。

什么《长亭送别》？跟本案有关系吗？

宇宙和宇宙之间的交叉叫作物理纠缠。维和维也是。他说。他有点语无伦次，我觉得。他说我二十岁时正在江城武汉读大学，"文革"结束，张君秋先生带着京剧团赴汉演出，老先生年事已高，全本戏只出场唱了《长亭送别》一折。头天中央芭蕾舞团演出《天鹅湖》，三小时半，我也去看，不好意思中间睡着了，可张先生唱《长亭送别》一折时，我却一直醒着。我记得头一句是反二黄散板，第二句才回到了原板：

碧云天黄花地西风紧北雁南翔

不是范仲淹的《苏幕遮》。就是《西厢记》中的《长亭送别》。你问我有什么权利用算法将不喜欢的宇宙移出这个星球。那我问你，凭什么用你的算法拿走我们的公园，让我看不到张君秋先生在《长亭送别》一折中描绘的秋日景象？凭什么用你的算法让我的生活过得如此丑陋？

后来他又唱起来了：

> 碧云天黄花地西风紧北雁南翔，
> 问晓来谁染得霜林绛？
> 都是离人泪千行。
> 成就迟分别早叫人惆怅，
> 系不住骏马儿空有这柳丝长。
> 七星车与我把马儿赶上，
> 那疏林也与我挂住了斜阳。
> 好叫我与张郎把知心话儿讲，
> 远望那十里亭痛断人肠！

(《天涯》2019 年第 6 期)

羞　愧

外面下着雨，每一滴雨水都打在落地窗外那棵橡皮木硕大的叶片上。室内显得阴暗。

法庭不大。来旁听的人不多。这让失望像流水漫过草地一样悄然漫过他的心。

"请坐。"引他进来的两个大个子法警中的脸上长有雀斑的一个说。

"好的。你能确定这儿是证人席吗？我是证人，不是嫌犯。"

大个子法警不理他。

"说出你的姓名。"高高在上穿法袍的审判长看一眼他，开口道。

坐下他就明白了，都在等他。他们已经等了一阵子了。啊，我是第一个证人，但也许不是最后一个。

他一口气说出了自己的姓名、性别、年龄、籍贯、学历、工作单位，现住址所在市区街道及小区的楼号和单元门牌号码。"我不是犯罪嫌疑人，我只是证人。"他再次补充说。

"很好。"审判长的话干巴巴的，但仍表示出了某种赞赏，不再对这上述问题进行例行的一问一答式的询问，而据他所知这是不符合程序的，而任何不合程序的随意输入都是令他厌恶的，因为那会导致算法错误地运行并输出一个错误的甚至是荒谬的输出。"现在公诉人可以提问了。"人也长得干巴巴的审判长又道。

他瞥了一眼公诉席。首席公诉人是个小姑娘，穿一身带折痕的制服，脑后扎一个小鬏鬏。副手是一个男孩子，年龄也不过三十岁。不知为什么这既让他气馁，又让他莫名其妙地生气了。难道这是一个不值得认真审理的案子吗？让两个年轻稚嫩的检察官负责办理，不用问，检察长一定是个蠢货。

"那么请问你和犯罪嫌疑人什么关系？"穿制服的小姑娘开口说。

要回答吗？一个蠢货派来的扎鬏鬏的小姑娘！但显然她这句话是顺着他上面的话说出来的。

"没关系。"

他还是回答了。为什么会忍不住。从一开始灵魂居所里的另一个人就迫不及待地要诉说吗？

"怎么没关系？你在相关的证言中不是说你只是他的邻居

吗?"小姑娘道,语气咄咄逼人起来。

他有些兴奋,甚至是快意。很好。他喜欢这样的气氛。虽然从面部表情中他们是看不出来的。

"是邻居就有关系吗?我们仅仅是邻居,而且即便是邻居也不是自愿的。他买了这个小区的房,我也买了。像这样一种情况,你不能说我们就是有关系。"

小姑娘有一张貌似整过容但脸型已过气的所谓"明星脸",气色也不大好,现在这张脸上现出了巨大的迷惑和一点点不耐烦,让他油然闪过没有和谐的夫妻生活是多么可怕的想法。"邻居也是一种关系,"她顺着他的话头说下去,故意提高了嗓门,可能是为了让更多的人尤其是坐在审判台上的审判长听到,"而且,你还为他作了无罪的证言。怎么能说没关系呢?"

最初的一点气馁并没有消失:真的值得吗?真的值得吗?真的值得吗?……但现在是那一个人在发言,前一个进来后一直沉默,恐怕还会继续沉默下去,局外人一样听着那一位越来越兴奋地讲话,连眼睛里也闪烁出了犀利如同箭镞般的光,如果这光能够穿破室内所有的大脑皮层,并在其间波荡摇曳,搅动起一池池暗黑的死水——

"如果说做了邻居就是有关系,那我和你现在是不是也有了关系?今天我们一起出现在这间法庭。你们要审判的这个人——"他入场后第一次朝光线黯淡的被告席上瞥了一眼,却像在宇宙爆发前的奇点上那样只看到了一个佛学境界中的空。"——我认为他不是罪犯,如果一定要用一个算法之外的词形容他,那他就是个蠢货。"他故意停顿了一下,以便让所有人都不得不抬起头来认真关注他,"而且,他的事和我一点关系都没有。但因为我是目击者,不得不写出证言,结果被弄到这里。我一辈子没和法庭打过交道,来这里不是我自愿的。你告诉我,像这种情况,我和你,算是什么关系?"

"你……,"小姑娘的脸涨红了,朝高高在上的审判长席求援般望一眼,"公诉人请求审判长提醒证人注意他的态度和言辞。"

"证人注意节制言辞。继续提问。"从形象到语言都干巴巴的审判长履行公事一般道。

"你刚才说被公诉人不是罪犯,只是个蠢货,有什么证据?"扎鬏鬏的小姑娘又用那种故作的咄咄逼人的声调说。

啊啊,单刀直入切进正题,不再计较言辞,这很好。还有假装的强势语气,它与其说是来自对案件的信心和那一身制服带给她的某种优越感,不如说是为了掩饰他的打击突然在她心里造成的一点无法把握局面的恐慌。啊啊,今天有缘相会,无论是不是出自我的本意,你都会因为我一举成名而不会至死都将做一个平庸的默默无闻的检察官小姐。你害怕什么?

"我当然有证据,而且会说出来。但我有要求。审判长,你们要允许我一口气说完,不能打断我。你答应我就说,不答应就不说,并且也不会像你们要求的那样,继续履行所谓一个公民的义务，说出知道的全部事实。——顺便纠正一下，知道和事实是两个虚妄的名词，这个世界不一定真有事实存在，更没有知道，只有另外三个字：我认为。"

小姑娘用更加明显的慌乱眼神再次朝审判长看一眼。为什么要这么紧张？感觉到我就要说出一些她对付不了的证言吗？哈哈。这就是你们打扰一个正在工作的守法公民兼被审判人邻居的结果。谁种的瓜谁收获。

无论是面部表情和身材都干巴巴的审判长和两个审判员低声交流了几句，终于回头来，望向证人席，说：

"好吧。但要与本案有关。"

他明白审判长为什么答应他。他们早就凭他方才的话断定了他是疯子，至少在精神方面和常人大不相同，但还是答应了他，这就很好，这就表明这个形象明显邋遢的国家公职人员眼下虽然还坐在庄严的审判台上，但做官的心气儿已经完了，这一切反倒让他有可能意外地变成一名好法官。即便证人是个疯子也让他发言，即便死人也有第二次发言的机会。这不是一个好法官吗？感谢您。今天我终于可以在这间庄严或者貌似庄严的法庭上给每个人留下一个教训：真的不要激怒了一个平时只喜欢沉默地活在自己的洞穴——柏拉图式的洞穴——里的人。他不说话不是没有话说。发生了这样的事，你们的苦日子到了。

审判长，各位审判员，公诉人，辩护人，各位听众，你们大都是好事之徒，这没关系，我喜欢有更多的人听到我的证言。我首先要说的是，今天我所有的证言，都只为了证实一件事：今天你们正在审判的这个人，他不是罪犯，他最多只是一个蠢货；至于你们拿来对他兴师问罪的那个轰动全球的案件，如果它成功了，人类历史上就将第一次走出幼虫时期，破茧成蝶，飞出我们有史以来一直生活的深井，全部的宇宙文明都将重写。你们今天审判的不是一个人，而是一个神，至少是一个半神。

即便到了今天，我仍然坚持我是他的邻居，因为我一直和他住在同一小区同一单元的同一楼层，但是你们懂的，像我们这样比邻而居的人反而没什么来往。其次就是我们还是同行。另外，看上去我们是两个人，但其实是四个，因为每人都有两个灵魂，两个灵魂同住在一个居所。当然，这在户口簿上没有记载，作为自然人也都只有一个姓名，但已经够了，说到灵魂，那就无法计算了，有人只是一个，有人却有无限多个。多少？你问一下爱因斯坦就好了，问一下庄子就好了，他们的灵魂非常可能是恒河沙数。像我这位邻居和我，非常遗憾，只有两个。

当然我们出门时会不期而遇，免不了打声招呼：您好。您好。天气不错，等等。但也就是这些了。大家是成年人，不会多问别人的事情。不过各位都知道这个时代没有隐私，他是谁单位在哪里在做什么有没有女人都不是秘密。拜我的同行所赐，人类终于进入了一个不同于裸猿连灵魂都变得赤条条的智人年代。我只能简单一点介绍一下此人是国内外都称得上一流人物的算法物理学家，没有结婚，但并不是没有女人，不过他和女人相处的方式和别人不同，我们在同一层楼上住了三十年，女人出入他居所的次数我认为总共不超过三十次。但近一年来他有了一个女人和一个不明来历的八岁的小女孩儿。小女孩儿的故事不完全是虚构。我们小区的物业经理完全可以证明孩子是他和他的女人从马路边上捡回来的。据说孩子的乡下父母因为他们的小女儿患了无法治疗的恶疾将她遗弃在我们的城市里，我和我的邻居共同居住的滨河新区45号楼任何一户居民朝南的阳台都可以一眼向下望到的马路边上，那条马路即便到了深夜仍旧车水马龙喧闹不息，还有就是这事发生在一个有着一轮诡异的超级月亮的夜晚。我又说到超级月亮了，这个名词据说是美国占星师理查德·诺艾尔1979年提出来，当满月从地平线升起时（即近点月），我们看到的月亮似乎比它升到天顶时更大更亮，大多少和亮多少？如果气象条件合适，这时的超级月亮要比远点月大14%，变亮30%。另外我要说的是超级月亮并不罕见。2015年一年就出现了6次超级月亮，2019年也会有3次超级月亮，时间分别是1月21日、2月19日和3月21日。

等一下你就会明白我没有跑题。我们还说那个八岁的小女孩儿。以后小区内关于她的来历有多种版本的谣诼，其中一个甚至说到我的蠢货邻居和他那个不再年轻的女人本是旧日的情人，被遗弃而无家可归的小女孩儿也没有传说中的恶疾和一对狠心父母，女孩儿本来就是他和那个女人的私生女，有人故意编造这个故事并不只是单纯地为了引起同情和怜悯,而是要掩盖某个真相,不再因为我的蠢货邻居和那个女人没有任何法律手续就生活在一起继续受到更多的关注和歧视,这样临时组建没有任何法律根据的家庭由于有了女孩儿和她的故事,不知不觉就被大家认可了它的存在,并且大家还因为同情女孩儿对这个临时家庭生出了某种敬意,事实上他们却是有血缘关系的一家人,男人女人是女孩儿的生身父母,而女孩儿则是二者的亲生骨肉。

我在这里喋喋不休时灵魂居所里那沉默的一位已从你们眼里看出了两种不同的情绪:失望和亢奋。你们中的一部分对我现出失望之情是因为我刚才讲的故事并不能证实我此前关于嫌疑人不是罪犯而是蠢货的证言,你们本来期待我会讲出他作为一名蠢货是如何不堪,最好能有一些低级的可作为你们将来茶余饭后笑料的故事。你们这种期待我直言不讳地说是龌龊的,是只有变态的窥阴癖患者才会有的卑鄙心理;你们中另一部分人脸上现出亢奋则因为仍在期待着从我这里听到关于那一对男女和他们的临时女儿——我们姑且这么称呼她——的故事具有更暧昧的内容和色情意蕴。但是对不起得紧,我不会让你们痛快的,那样我自己才是蠢货呢。

闲篇诌完,书归正传。我要说说我们小区。像市里这些年由房地产商开发的小区一样,我们小区建成后也马上住进来各种各样的男人,他们带来了各种各样的女人。不知怎么搞的这些女人从第一个住进来后就开始养犬。我可以负责任地说我对犬类没有成见，相反因为它们在动物界享有人类最忠实朋友的美誉还让我和那沉默的另一个（纯粹算法物理学意义上的存在）对它们天生就有一种好感。我们共同对之有成见的是小区内那第一个养狗的女人和她那只德国牧羊犬。女人人高马大，有一张因为浓妆艳抹让人瞬间生出买断世上所有化妆品公司垃圾股票念头的脸，而且因为拥有一副肥硕的身板和那张耗尽世上所有油彩仍旧填不满纵横的沟壑的脸，让人觉得电视中所有关于地球上食物匮乏的报道全是假新闻。我还没说到她的狗呢，那畜生的相貌之凶恶和它的主人太有一比了，个头又奇大，小牛犊子一般，发起疯来那么一个膘肥体重的女人用死力都拉它不住，于是干脆不拉，任它所为。你们已经听出来了，这女人和它的宠物当然是一对蠢货，几乎是蠢货中的极品，类似于公鸡中的战斗机，并且两者都是雌性，同属于河东狮吼级别，只要其中之一亮开嗓门，声闻十里是差可做到的。当然这不是最要命的，真正要命的是这女人带着她的宠物住进小区后，每天必三次出门遛它，也就是从那天起小区的公共绿地、广场、小花园里，大家饭后出门散步时要走的小区周边的人行道上，就开始遍布那畜生的排泄物，"盘盘焉，囷囷焉，蜂房水涡，矗不知其几千万落。长桥卧波，未云何龙；复道行空，不霁何虹。高低冥迷，不知西东"。一日之间，一小区之内，而气候不齐。你瞧，我快把整个《阿房宫赋》都背下来了。

我的蠢货邻居与这蠢货女人和她的蠢货狗第一天便发生了冲突。他和那女人虽然都是独居，但一天三次出门溜达的时间却高度一致，全在早中晚三餐后半小时内。我不是说过我的邻居每天只有这三个时间出门吗？这是他三十年的习惯，当然不能因为一个女人带着一条狗住进了小区和同一个门洞而想到需要改变，那女人因为住进这个小区和门洞就要改一改她每天三次饭后出门遛狗的时间？当然不能。他们第一次冲突发生的过程我没有亲见，不能乱说，但我楼下的一个学生目睹了过程，他的证言应具有非常高的可信性：那天我邻居照例在早上七点三十分打开他那总是关得严严的门走出来，他的习惯是不走电梯走楼梯，我估计他总是这样出门是要像人们常说的那样做适量运动，但他一脚踩下第一级台阶，就被一摊新鲜的排泄物滑倒，一个大写的仰八叉摔下去，马上顺着楼梯急急往下滚，直到下一层平台才打住，而那里恰好又出现了同样新鲜的一摊污秽。奇怪的是他并没有因为这一摔伤得太重，不然就不可能在一楼门口与那个女人和她的狗相遇并且爆发口角。那女人立即像被揿动了灵魂面板上某个按键一样大哭大闹，就地撒泼打滚，鼻涕眼泪一起涌流，浩浩汤汤，横无际涯，将原本不惜工本涂抹在脸上的各种颜色的脂膏粉霜搅得一塌糊涂，这样一张看起来具有野兽派画风的极其恐怖的面孔可能把她手中的畜生也吓坏了，炸雷一样冲着我可怜的邻居狂吠不止。后者竟没被那畜生吓到，这是我最佩服的，他像个真正的蠢货一样面对那女人和她的畜生不动如山，那么大的畜生居然被他的姿态震慑住了，一个扑咬的动作半途而废，双目黯淡，犬尾下垂，转了一个圈缩回到女人身后，只剩下狗仗人势的一声声哀号。那女人本来已经爬起来，一眼看到发生了这种事情马上又一头栽倒下去，她不大明白自己花重金购置的如此强壮的一条外国种名犬怎么能被对面这个其貌不扬的老男人一眼给看废。女人不停在地下打滚痛苦地诉说她的冤屈与仇恨，她那不连贯的言辞让全小区看热闹的男女尤其是女人大致上都明白了她的故事：一个有钱的富婆，老公迷上小三逼她离婚，不但给了她一堆银子，为了她日后不会因为寂寞找他的麻烦还给她买了这条外国种名犬做生活伴侣。女人大声哭诉完自己作为一名新时代的秦香莲无依无靠的悲惨处境，回头抱过爱犬哭它和自己一样孤苦伶仃谁都可以欺负。这样的日子没法过了。但一切很快就结束了，女人爬起来，拉上了她的宠物，什么事也没有一样气昂昂地突破围观者的重重包围，沿小区公共绿地往前走，继续她自己和那畜生雷打不动的溜达活动。直到这时围观者才回头发现我邻居后脑勺有伤口流血渗渗，七嘴八舌建议他马上去医院。但你能拿一个蠢货怎么样呢，他根本不听，却像刚刚离开的蠢货女人和她的蠢货狗一样沿着前面的小区便道——实际上是他每天这个时间要溜达的旧路——一步不错地走过去，也像什么事都没有过一样。

事情当然不能这样发展。接下来几天小区居民们都在兴奋地等待，认为那个垃圾女人和这个怪物男人——在你们眼里几乎所有科学家都是怪物，不是吗——之间的战争刚刚开始，不会结束也不该结束，大家还等着看热闹呢怎么能就这样不了了之了呢。我不会有这等无聊的期待但灵魂居所里沉默的那一个却不同，他像所有粗鄙的小区邻居一样也在等待后面一定会发生的战争，尽管他和我一样明白这样的战争除了愚蠢还是愚蠢，而交战双方也让所有兴致勃勃的观战者全成了蠢货。但所有这些人很快就像你们今天对我一样又失望了，我的蠢货邻居和那个蠢货女人连同她的蠢货狗没有再发生战争，那女人继续不带任何铲屎工具只带着她的狗在楼道里、小区绿地、花园、便道、楼下车水马龙的大道边的人行道上随地便溺，我的邻居因为加了小心虽然继续每日三次雷打不动地和前者以及她的狗同一时间段出门溜达，他有没有一次再次地踩上狗的便溺物滑倒无人知晓，但至少他没有因为这些事情再和那女人和她的狗冲突过，倒是一块很大的白色敷料不时会像旗帜一样附在他的后脑勺上、脑门上和颧骨凸出的两腮上，有一段时间我甚至看到过他坐上了轮椅。一些看热闹不嫌事儿大的男人和女人最先因为像你们一样失望放弃了等待，他们中的一些男人先是恍然大悟然后就是气愤认为我的邻居在这场和女人与狗的战斗中输掉了，那个女人和她的狗因为在第一次冲突时倒在地下的一通胡闹造成的某种威慑态势扭转了局面一战而胜。女人们也非常气愤，因为我的邻居不再和那女人发生战争，导致她们只能向小区物业投诉。物业经理职责所在，不得不对那个牵狗到处便溺的女人采取他能采取的所有措施，从打电话提醒直到上门发放小区居民守则再到在她家门上贴出罚款通知书。那女人对这一切置之不理，仿佛当它们是空气，到了这里物业能做的事就完了，只剩下报警一条路。但他和小区内某些所谓有识之士权衡一下后认为报警又能怎样？派出所会来管一个居民小区的狗屎？那女人明摆着是个滚刀肉，又刚吃了前夫和小三儿的亏，摆好了姿态要向全世界报仇，派出所会因为她的狗胡乱拉屎拘留她吗？真拘留了她谁能保得住她不在派出所里撒泼打滚，万一犯了浑一头撞在铁栅栏上弄得满脸血污装出半死不活的样子所里就倒大霉了。所以派出所也只能派个人到小区来当面教育她一下——却吃了闭门羹，连她家的门都没进得去。事情到了此时，除了不了了之，又能怎样呢？

　　我的邻居就在这时显出了他是一个货真价实的蠢货。我一开始就说过他那间每日紧闭房门的公寓里住着两个人，一个是国际知名的算法物理学家，正在思考爱因斯坦没有解决的课题：世界究竟是一个实在还是一个算法？平行宇宙是怎么回事？如果我们承认宇宙是真正的实在那就得承认还有更多的宇宙并且承认所有宇宙都有来历也就是说它们都是别的宇宙或者算法繁衍出来的，这会引出一个问题，既然算法可以让宇宙诞生我们自己利用掌握的算法是不是也可以创造宇宙？更简单地说我们自己是不是可以成为神或者创世者？另一个却是和我、和你们一样的普通人，受不了每天三次出门溜达时踩到狗屎（他那个近视到1000度的眼保不住三天两头在楼梯上摔一跤），更受不了随着时光流逝小区扩大住进来的女人像被第一个女人传染了一样，人人争先恐后要养一条狗，再后来连一些光头刺青戴金链子的男人也加入了养狗的队伍，不是养一条而是一群群地养，并且所有这些男人女人也和第一个养狗的女人一样，一天到晚拉着狗们到处走，任情排泄，结果很快小区就成了一个被狗屎里外三层包围住的村庄。我的邻居之一一直对之置之不理，但另一个却因为不停地踩到更多的狗屎摔更多的跤尤其是要为不断增加的伤口频繁地出入医院怒不可遏了。尤其是晚上，是他工作了一天的休息时刻，却也是那些男女集中带着他们的狗群出门放风的时刻，我虽然不养狗，但我明白他们这么做的一个主要目的就是让狗们出门排泄。这些蠢货会不会让宠物在家里排泄我不知道，也许会，谁猜得出呢？但他们确实会非常愉快地看着自己的宠物群在傍晚的有月光或者路灯的公共场所尤其是在人行便道上放纵地拉撒。那些和他们的主人一样成了蠢货的狗在主人家里憋了一天，一旦被牵出来放风，那一通排泄真是痛快淋漓，浑身兴奋得都哆嗦了，从头到屁股快活地扭个不止。各位我必须郑重地告诉你们一件事，不管时空会不会弯曲，宇宙会不会像女人一样怀孕并且生出一个或者一打宇宙宝宝，蠢货们都不会关心，而且蠢货也是有节日的，对于这些养狗且不带工具处理狗的排泄物的蠢货来说每天晚上都是节日，这一刻你会发觉狗们的快乐会传染给他们，让他们也快乐得颤抖起来。我的两个邻居中作为算法物理学家的一个忍受了一天一月一年，缄默不语，但那一个和我们一样平凡的邻居到了第二年年初就再也不能忍受，都过了一年了他的头上满是因为被狗屎滑倒摔破的伤口没有痊愈，不是伤口的地方则鼓起了大大小小的包，"盘盘焉，囷囷焉，长桥卧波，复道行空，高低冥迷，不知西东。一日之内，气候不齐"。你瞧，我又要背《阿房宫赋》了。但我真正想说的是，他仍然没有和这些养狗且任意让狗儿们便溺的蠢货们发生纠纷，但终于做出了决定：要对他们制造的满世界的狗屎展开一场战争。

下面我会简短地说。这个蠢货开始向所在街道办、区办、市办乃至于市长本人写信。所有的投诉信全部石沉大海。蠢货开始了第二波行动，他一级级向街道、区、市里打投诉电话。头些年那些电话都是假的，根本没人接听。蠢货一连打了五年。终于时代变了，从街道办开始，区里市里所有直接面对老百姓的电话都开始有人接听。发现这件事后他几乎疯了，居然认为自己看到了胜战的曙光。我不知道作为算法物理学家的另一个人此时是什么态度，他或许只会从他的研究资料前回过头去看一眼那另一个执着地同狗屎开战的人，微笑一下表示赞赏，接下来扶一扶眼镜就又回到了他的难题中去了，而另一个受到鼓励的人则会因为他的这么一个欣赏的眼神倍受鼓舞，开始按照市区两级投诉电话的指引集中火力，每天打一个投诉电话给街道办那个一听到他的声音脑袋就要炸裂的女公务员。他不知道这个女人自私不宽容猜忌心重加上年老色衰她的男人正和别的女人苟且，她为自己的烦恼长期失眠头发都要掉光了男人却开始筹划和她离婚同可恶的狐狸精小三结婚还要夺走他们共有房产的一半。我的邻居蠢货每次打电话给这个女人，电话铃声一响这个夜夜失眠白天上了班总是昏头昏脑的女人人整个地就不好了，根据现有规定她不能不接电话，接过电话后还要向有关部门作出反馈，最后还要把结果反馈给投诉此事的公民。她能怎么办呢？总不能将事情上交给街道办女主任让她亲自带人帮某某小区处理狗屎，能做的就是将投诉内容反馈给卫生管理部门，要他们督促相关小区注意对养狗人的管理，不让那些蠢货再拉着那些为虎作伥的畜生满世界拉去。卫生管理部门又岂是她招呼得了的，再说这些部门的基层工作人员——那些清洁工人——每天直接面对的又何止是一个小区内外满地的狗屎，他们天天看到的是辖区内所有小区内外以及周边街道甚至中心城区马路边大面积分布的狗屎。就连这些年为了美化环境，街道、区和市里花巨资新建的数不清的公园、绿地、花圃里，你这边还没完工那边狗屎已经实现了全覆盖，你怎么办？清洁工人们认为他们是打扫卫生的但不是清理狗屎的，他们的态度是直接视而不见，你拉你的狗屎，我打扫我的卫生。于是卫生天天打扫，狗屎仍在它们最初出现的地方。各位会说这样下去狗屎不是会越来越多吗？当然会，不过我还要讲另外一个事实：人在做,天在看。老天是慈悲的,狗屎之所以至今还没有埋城是因为每年总有几场大雨,将地上层层叠叠的狗屎冲刷干净,使我们免去了被它们埋没的命运。但是转眼之间雨过天晴,他们就又出来了,个个因为空气清新到处都没有了狗屎兴高采烈,接着,你懂的,继续让他们的蠢货狗们重新恣意地用排泄物把城市包围起来。

我的蠢货邻居具有一种悲悯的气质,作为蠢货完全不能体谅卫生管理部门和基层清洁工的苦衷。他继续打电话。街道办那个女人完全被他搞疯了,日久天长时时会突然爆发的忧郁症和狂躁症让她神经崩溃,最后一次接电话时明白地告诉我的邻居说明天我就要退休了,我之所以要求提前退休就是因为你让我觉得我要是再在这里多干一天都是让自己也成了你这样的蠢货。从明天起会有另一个人接替我听你的投诉,但我告诉你她来了也没用,你真想投诉就往上面打电话,过去我千方百计阻止你是怕事情闹大了上头怪罪我们街道办连个狗屎的问题都解决不好,现在看来我们真解决不好。再说我也要退休了,真要是有人能解决你说的这个狗屎埋城的问题我也要念佛,毕竟我也住在这个街区不想一出门就踩上一脚啊。

我的蠢货邻居居然没想到这个女人最后给他挖了大坑,不再打电话给街道办而是打电话给区政府,最后干脆打区长热线。这是位新区长,到任当天就接到了我邻居投诉高升离去的前任区长的电话,说自己投诉了若干年的问题一直没有解决,前任区长难辞其咎。新区长年轻而且生猛,听完电话后难以置信地向手下查问此人说他多年来投诉不止,你们居然连个狗屎的问题也解决不了?此人雷厉风行,一天后就带着一队人马浩浩荡荡地开进我们小区所在的街道办,在那里设立了他的作战指挥部,号令街道所有公职人员加上区卫生管理部门的官员和清洁工第二天早早和他一起上街清理狗屎。他完全没有想到这是一场他赢不了的战争,等他苦干了一天腰酸背痛回到指挥所认为一切都解决了时,狗们和它们的主人已经随着暮色再一起出了家门在他们清扫一空的小区街道马路公园绿地上开始了新一天的排泄。第二天早起新区长看到满地狗屎从天而降几乎惊呆了,怒不可遏之际下令区里颁布条例,规定养犬者必须登记出门遛狗必须带清理工具不然如何如何。三个月后这场大战悄然落幕,小区内外仍旧人欢狗叫,乐何如之!

我的邻居意识到区里解决狗屎问题无望后改打市长热线,但是一晃两年过去了,我们这里却狗屎依旧。

后来就发现了你们都知道的事情?不,没有。还需要一个新人的加入,这就是后来蠢货和他的女人在一个有着超级月亮的夜晚从楼下马路边捡回的那个小姑娘。上面我讲过了,这时我的邻居已经重新拥有了他的女人,他们扯着小姑娘的手进了自己的公寓,重给了她一个家。这是不是对小姑娘很好,当然。但更好的是我的蠢货邻居和他的同样病入膏肓的女人拥有了一个女儿。刚才我没讲他的女人已经病入膏肓?那我现在讲了。

这同时我还要告诉你们,这个女人一直在用算法研究环境治理,却因为世界性的大气污浊患了不治之症,就要死了。她和他一直没有家庭,但这个时候她想要一个家庭了,一个八岁的女儿从天而降,你们想想这对他和她意味着什么?天底下还有比这个更好的事情吗?

真正的玄机,那只揿动事件开关的手,是某一个晚上他们夫妇带着如今成了他们的孩子和快乐源泉的小女孩走出公寓时,小女孩刚踏上楼梯就滑倒了,并且顺着楼梯一直滚下去,一直从二十三层滚到了第十层,孩子当即昏死过去,这一对夫妇叫了120,送她进了医院。

最具摧毁力的真是这个?也许不是。蠢货一直不讲自己这天夜晚在医院里看到了谁。他看到了最早带着一只德国牧羊犬进入小区的胖女人,她早就不养狗了,因为那狗后来疯了,咬了她并给她带来了终生伤害。他还看到了街道办接他投诉电话的女人,退休后她丈夫没跟她离婚,因为发现自己得了一种和狂犬病相关的怪病,住进医院就出不来了。最想不到的是他还遇上了前后两任区长,其中一个还与他进行了一番痛彻心扉的谈话。前者出现在医院里是因为夫人被狗咬了,后者则是小孙女受到大型犬只的恐吓发烧不止。和他谈话的区长认出了他,告诉他说自己已经退休了,可以对他说实话了。他说他为这座城市、这个区付出了一切,他在任的时候每年的GDP增长率都在10%之上,最让他自豪的是他在任时为这个区建了101座公园,居民每隔500米就能看到一座公园,但他却无论如何也解决不了狗屎遍地的问题,你总不能让我自己天天去盯着那些狗的粪门吧?退休后我才明白,如果一个小区、一条街道、一个区里的男人女人执意要生活在污秽中,你是无法改变他们的。我做不到,任何人也做不到。

即便有过这样一番谈话我也认为仍然不至于发生后来的事情。事情之所以发生,仍然和那个被捡来的小女孩有关系。她被送进医院后过了好久我们才重新看到了这一家三口出现在小区里。而小女孩还没有走进家就再次在楼门前滑倒,这一次摔得更狠,我的邻居两口子只能再次将她送进医院。

我觉得这就是那个时刻了。当天深夜我看到我的邻居一个人从医院回来走进了自己的公寓,形象异常狼狈。他的孩子被摔成了重伤,自己头上脸上裂开了好几处伤口,鲜血淋漓。他一走进自己的公寓就看到了另一个一直对发生的事置之不理的人。这个人和他对望了一眼,而这一眼决定了一切。

那个一直不管外面发生了什么的人,一心只想解决世界是实在还是算法的人,终于现出了愤怒和悲悯的眼神。他用目光而不是语言问那另外的一个:真的不行了吗?真的不行我来。然后,那件事就发生了。

这就是你们说的那个事件。我们小区、街道、区的一部分,在一个有着一轮诡谲的超级月亮的夜晚发生了2.0级地震。地震没有造成严重后果,但还是给小区尤其是我们那幢楼的居民带来了巨大恐慌。作为邻居的同行我一开始就知道发生了什么：他可以不理睬世界上到处都是狗屎，但他不能容忍自己好不容易从马路边领回来的那个病入膏肓的女儿再生活在这样的宇宙里，他知道即便没有这满地的狗屎，他的不幸的女儿也只有半年时光可活了，于是他出手了。

你们知道我在说什么。事件发生后产生了世界性的影响。丁一教授——就是我的这位邻居——短时间内成了全世界媒体采访的热点。就连一向严肃的《科学》杂志都来了人。某大电视台的科学探索频道甚至为此严肃地做了一期关于人造宇宙是否可能的现场辩论节目，邀请的全是国内理论物理学界的二流名人。一流物理学家全部拒绝参加节目的原因是他们认为自己也不知道该对此事的真实性说是还是说不。但这些人中一名算法物理学家终究耐不住良心的煎熬用书信方式在节目中表达了看法。他的看法震惊了在场的所有人，原因是他坚持认为丁一教授只用算法加上最简单的材料就从一个宇宙中诞生出了另一个宇宙这件事不但是可能的，而且已经发生了。在场的某个年轻科学家忘记了所有摄像机都正面对着他，当时就失态地喊起来：它在哪里？不在场的算法物理学家似乎料到了他会有这一问似的，早在信中做出了回答：它就是本市广藏新区光明街道望井小区于本年度7月10号夜晚发生过的那一场小规模地震。地震代表着一个新宇宙的诞生，它本来可以一点动静也没有地从原在的宇宙也就是我刚才说过的城市小区消失，但丁一教授失败了，新的宇宙没能从旧的宇宙母体里成功剥离，就像胎儿从母体里诞出不成功又回到子宫里去一样。节目现场爆发出一片惊呼和抗议声，一位年纪不轻花白头发的教授大声揭露说这个写信来的所谓年高德劭的院士就是那个号称自己成功完成了人类第一例从一个宇宙诞生另一个宇宙的丁一教授的博士生导师，一个在科学界泰山北斗式的人物如此为自己的学生张目，根本无视这个所谓划时代的成就不是事实，连大概率的事件也算不上，这是整个科学界的耻辱。这一档收视率极高的节目到此戛然而止，本市上百万正在播放辩论的电视机瞬间黑屏。三天后策划这场辩论的电视台换了台长，而所有媒体上关于一个新宇宙诞生与某小区发生小规模地震相关的报道全都不见了踪影。

我之所以了解得这么清楚是因为我一直都在关注辩论，甚至以某种方式参与其中。事实上电视台不再转播这场辩论后辩论并没有终止。一个不愿透露姓名的物理学家半夜一点钟打电话给我说节目中止后现场的争论仍在继续。有人偷偷录下了后面的也许永远不会被泄露的部分：整场辩论中两名一直在沉思的算法物理学家在毫无征兆的情况下忽然爆发激烈争吵。他们的话别人不大懂也不可能懂。但看过这段视频后有一个词我注意到了：膜宇宙学。我今天可以负责任地告诉大家这是新物理学中超弦理论和 M 理论的一个分支，专门研究宇宙的膜，它的理论认为所有宇宙——你知道现在关于平行宇宙的理论已广为人知并且正被接受——其实是镶在一些更高维度的膜上的。该学科同时研究那些更高维度的膜是怎样影响我们的宇宙，但也有人正偷偷研究低维生长的宇宙之膜，它的形态、诞生和与母体的分离，如果这个母体真的存在的话。别人研究宇宙诞生是从爱因斯坦式的大尺度开始，从时空弯曲或者所谓虫洞开始，这些人却疯了一样地认为如果大尺度的宇宙之膜存在，平行宇宙也存在，那么小尺度的膜也应当存在。他们更极端地说如果每个人都是一个宇宙，那我们也一定有自己的宇宙之膜。在我看来这些理论并非难以理解。难道我们作为个体宇宙没有一层看不见的膜吗？我们即便和最亲的人在一起时仍然小心地保持距离，距离和距离之间存在的就是宇宙之膜，它隔离了我们也保护了我们不发生碰撞、摩擦、挤压直至造成毁坏。作为子宇宙我们天天生存于母宇宙之中，同时在母宇宙的广大时空中平行并存且时有碰撞。每一个婴儿的诞生就是一个新宇宙的诞生，这样的观念今天还会有人反对吗？如果连这样的道理我们都能接受那我们为什么就不能接受丁一教授忍无可忍地在他的小区内进行一次移走一个旧的宇宙并在同一刻诞出另一个新宇宙的试验呢？一个小区甚至一座楼房也是一个宇宙。他的初心是好的，当我的两个邻居中的一个用尽一切办法都解决不了某个有限宇宙中的狗屎问题尤其是不能保护自己的女儿不受伤害之后，那身为算法物理学家的另一个选择了让这个狗屎遍地的小宇宙和他自己一起从母宇宙也就是我们这个星球上自行诞出，这难道非常难以理解吗？遗憾的是他没有成功，那个被他认为应该从母宇宙中剥离的遍地狗屎的小宇宙没能作为一个独立天体冲开地球之膜飞向茫茫太空，在他认为同样宜居的系外行星沃尔夫 1061c 上降落并像它在母宇宙即地球上一般生存，而且还能让其中的居民毫无觉察，他们仍旧可以继续过去的遍地污秽的生活。各位我可以再做一点科普：沃尔夫 1061c 像地球一样是一个岩石球体行星，质量却是地球的 4 倍，温度合适，表面有液态水，距离地球也仅有 14 光年。我说不严谨的话了，而作为丁一教授的同行首要遵循的就是严谨。我是说我不能用移居这样的词形容丁一教授进行的这次前无古人的试验，虽然它事实上是要他自己和他原来居住在一起的小区作为一个完整宇宙移出地球，而在空出的位置上诞出一个完全不同的新宇宙，一样有那些旧楼，居住在那里的却会是全新的居民，他可能希望他们不会像过去的小区居民一样用一种无可理喻和无所不用其极的方式将自己的宇宙弄得狗屎遍布。我要再说一遍这是一次真正严肃的最高水平的科学试验而不是一个谎言，尤其不是一次地震，尽管失败让我们那座居民楼和小区的局部地区发生了一次小规模地震。说到这里我也想像美国阿波罗 11 号成功登月后宇航员阿姆斯特朗那样说一句话：这次失败的试验是丁一教授迈出的一小步，却是人类像造物主或者宇宙算法本身一样自主创造新宇宙的伟大进军中迈出的一大步。

有人怀疑我一直在说的那个分裂的丁一教授是我。我在这里庄严地承认,没错。所有关于我邻居的指控都是不对的。如果有人犯罪,这个人就是我。

"为什么别人都能忍受你却不能?"那个一直没说话的形象和语气都干巴巴的审判长突然直接开口发问道。

"因为我研究物理学你们不研究。你们不知道我们只是算法的产物。我们连我们的命运是被决定的还是自由的都不知道。"他一秒钟都没有思考,就回头回答了审判台上的那个人。

"这很重要吗?"

"当然重要。不知道这个你怎么还能心安理得地活在这个星球上?"

"至少在今天,那些还只是你们科学家的事。"

"先生你如果这么讲我们就真的没关系了,你也不再有权力对我执法,因为我生活的是一个世界而你活在另一个世界。你弄脏了我的世界。你让它失去了祂给予我时的样子,你让我这种完全无辜的人失去了我的乐园。"

"你刚才不是还在说我们只是一只茧壳里的蛆虫刚刚睁开眼而你就是那个睁开眼朝洞外看的第一只虫吗?"

"我们虽然是虫但也有权力保护我们的茧壳净洁、干燥、美丽……夏虫不可以语冰。"

最后他像是气愤地对自己嘟哝了一句。但检察官席上那个刚入职的年轻男人听懂了。

"他在骂我们呢。他不但说我们是虫而且是一只夏天的虫。"

"其实做一只干干净净的夏虫也是很美好的。我说的是它的生命，因为夏天食物丰富，气候温暖，景色美丽，看不到秋尽就已破蛹化蝶。对了化蝶你们懂吗？我现在的工作就是研究人如何利用夏季的好时光化蝶后离开即将到来的冬天的世界……瞧，我又说到冬天了，你们还是不懂。"

你又写小说了吗？

本市天文台关于 2019 年 3 月 21 日会出现年度第三次超级月亮的预测是对的。我在这个春花盛开的夜晚再一次看到它升起在水泥森林的城市上空。

丁一教授一家三口就在这个春夜从他们位于十七楼的阳台上向着它飞升了过去。有人认为他们没有成功，但我可以证明他们成功了。算法物理学今天仍然无法带走一个村庄，但足以让这临时凑在一起的一家人离开他们生活的母宇宙飞向梦中的系外行星，当然是沃尔夫 1061c，除了它还会有哪个行星像地球一样适宜人类居住呢。他们在超级月亮硕大而辉煌的光轮中大声笑着，伸展开双臂像长出翅膀的鸟一样越飞越高，直到成为那一轮皓月中的三个小小黑点。最后连它们也不见了，春天的夜晚里，只剩下了花香和那一轮超大而奇诡的皓月。

他离开时留下了话吗？那个女人真是丁一教授的旧日情人吗？小女孩儿真是他们的女儿吗？当天夜晚多少人都站在小区

中央空地上望着他们离开。大家叽叽喳喳更多表达的是一种失落和遗憾。这些事情都没弄清楚他们怎么能走呢？还有，我们都不恨这位教授，有不少人还盼着他给小区带来第二次地震，不，试验呢。要是那样我们就是第一批不靠任何航天装备离开地球的人类，每个人都会变成了不起的人。我回答第一个问题吧，我是他的邻居，阳台靠着阳台，离开时丁一教授确实说了两个字：羞愧。至于那女人是不是他的旧日情人，女孩是不是他们的女儿，真的很重要吗？

他还留下了一首诗：

  夜的荒野是我的领地

  超级月亮升起之时

  我读懂了看月人的心

  你的心是什么

  我的心是什么

  我担心握到你的手

  却看不清你的目光

  看清了你的目光

  也不能看透你的心

  我惊讶你将我看得那么清晰

  像月光下一个晶莹剔透的器物

  回避语言

你让我成了你的谜

　　但是羞愧两个字究竟是什么意思呢？人类真的还没有走出幼虫时期吗？他是在说我们几乎已经无限接近像上帝一样自由地创新宇宙却仍然选择像蛆一样生活，还是在说，他为自己也是其中的一分子感到羞愧，为了这个他只能离开，但仍然为不能让所有的虫破茧化蝶而羞愧？

　　他是这个意思吗？

　　不，我真正想问的是，你羞愧吗？

2019 年 11 月 24 日
（《芙蓉》2020 年第 4 期）

哭泣的蝴蝶

"你不是出院,仅仅是换一个科。"神经内科的李主任亲自到病房里对我解释,"你嘛,我们都是知道的,虽然你们那些东西都是旁门左道,我开个玩笑啊……但是……"

他到底想说什么?我想。

"总之我和新医学科的马主任商量好了,我收他一个要出院的病人重新入院,他呢主动要求把你当成新病号收到他那儿去。治疗嘛还是在同一个医院,什么都不会改变,但我们都增加了一次病床周转。"

原来如此。我在这家部属医院的神经内科住了三个月,必须离开了,原因是他们不能让我总占着一个床位不让它周转。

我没有理由不答应这样的安排。

其实我是可以出院的,第一天来门诊时,那位一脸哭相的女大夫就直截了当地告诉我:"你这脸治不好。"看我一直在等待解释,又加了几句:"面部神经麻痹严重到你这种程度,全部患者中只有3%,神仙都治不好你的脸。三伏天喝大酒,回家用冷水冲澡,然后沉沉大睡,让电扇对着脑后风池穴一吹就是七个小时。身体差一点你就死了。"

她把最后一句话说得恶狠狠的,好像今年她又没有评上副高是我的错一样。那天她刚听到消息,眼圈还是红的。见我还不走,她终于又说了一句让我对她肃然起敬的话:

"人的脸是很娇贵的。"

这句话非常哲学,却让本来不想治疗的我起了逆反之心——我的脸也是娇贵的。

我坚决要求住院,理由是我在这个部的研究所工作了十八年,一次院还没有住过。

我用了一些小的伎俩——算法中被称为状态空间(隐空间)的部分,加上对观察空间(显空间)也即经验空间的一知半解——很容易就算出来了,他们还有闲着没人住的病房,于是很顺利地住了进来。其实像我这样不能给医院带来创收的"自己人",要住院本来是很难的。

三个月后医院已经成了我的家。我的意思是说,我已经非常习惯于被别人当成一个病人,自己也把自己当成病人,并且以我正在住院为心理上的说辞,开始在这所充满着千百个像我这样的人的地方施展我的才能——当然像刚才李主任讲的那样,是一些旁门左道。但我的一个发现是，我一直渴望却没有在自己的专业领域里获得的荣誉，却在这个大致上是另一种宇宙的地方得到了。

我先是得到了一名有点神经质、自称一直被外星人追逐、自己也能不由自主地预知未来的女病人的信任和依赖，通过她我不但获得了外星人存在的可重复测试的真实证例，还和另一宇宙空间一个像我一样正在探讨譬如"我是谁？""我从哪里来，到哪里去？""宇宙有始有终还是无始无终？"这类终极问题的外星人沟通联络了，从而让我彻底放弃了对对方是否存在的疑问，但也让我失去了对他们或它们的好奇感和继续探索下去的兴趣，原因非常简单，一旦你发现他们（或它们）也和你一样正焦灼地探索周围的宇宙空间，他们和你无论在存在的意义上还是在维度空间的意义上就不再有差别了。

这是一次多重宇宙间的冒险，发生得十分意外，却让我明了了一件事：我们——也许还有他们或它们——从来都不是为了探索未知空间或者其中的生物而进行科学发现，我们一直在探索的其实是宇宙的元点，无论你称祂（或它）为自然、无、混沌、上帝、造物主都一样。

这件事甚至改变了我的人生。我发觉我不能再像过去一样进行我坚持了十八年的研究了，这种研究就像用一把金刚石的钻头穿透一座比金刚石还坚硬的岩层，我不知道岩层有多厚，更不知道我能不能穿透它，尤其不知道一旦穿透之后会看到些什么。但现在这些都不重要了,因为我把钻头放下了。

那些康德式的问题——"我是谁?""我从哪里来,到哪里去?""宇宙有始有终还是无始无终?"等——依然存在,也许会永远存在,但我现在至少知道我不需要通过认识外星人和它的宇宙空间来寻找上述问题的答案了。岩层仍在,我必须换一换工具,譬如AI。科学研究其实不是只有一种方法(在我的专业领域里大家习惯称之为算法或者算法模型),通过了解你眼前就能看到的世界的局部,充分理解它的原始算法模型,你也就理解了原型宇宙。道理仍然很简单:它们就是原型宇宙的一部分。

原型宇宙最神秘、距我们最近的部分当然就是我们身边的存在,而其中最为神秘的部分,就是人了。

问题就在这里了,我们真的弄懂了人这种宇宙的原始算法模型吗?你能告诉我你下一个意识是什么吗?还有——像宇宙元点一样神秘——它是从哪里来的?连你的下一个意识从哪里来的都不能理解,我们真的能理解人这种原始算法模型吗?反过来说,一旦我们理解了人这种原始算法模型,宇宙的原型算法模型是不是就会自动地显现在我们眼前呢?

这样说看起来像是为我以后的行为做狡辩似的,但无论如何,我就是这么想的,然后,我那些被李主任称之为旁门左道的研究就开始了。而它们——其实就是一些简单而古老的算法或算法模型——立即在这家医院结出了疯魔一般的果实。

我在赢得这些成果的同时也赢得了荣誉,当然了,人都是虚荣的,最近一段时间内我也很享受这种虚荣。

住院三个月后我也发现那位女大夫的话没错,虽然他们用尽了各种办法——不过也难说,在我看来他们对我的治疗(也是一些算法)大致上是敷衍塞责的——我那瘫下来的半张脸并没有一点儿起色。我私下庆幸同时也不明白他们为什么不早一点撵我走,反正治不好,无论如何都要住一次院的愿望也满足了,越往后治疗越变得虚应故事,大夫对我虚与委蛇,我也用同样的态度应付他们的治疗,真让我走我也就走了。这次李主任主动提出用转科的办法让我继续住下去,说实话我都有点被感动了。继续住院当然能让我接着进行那些聊胜于无的治疗,但真正让我觉得温暖的还是这家平常被我们这些"自己人"骂得厉害的医院也有医者仁心。我说假话了——更重要的是,我可以在这家太像另一种宇宙——就是说不像正常的人间——的地方,继续进行我关于人的原始算法模型的研究,用的算法却是我的"旁门左道"。何况,这里的病人们——你以为医生就不是病人吗?他们也是——又那么欢迎我。

说到最后,我倒想问一下呢,各位谁不愿意在一个能没完没了地给你虚荣的地方待下去?你不愿意?

当然还能找到另外的原因。即便出院回到研究所,我的工作基本上也是望着天花板冥想。说冥想还是好听的,不好听是发呆。还有我这张脸,在医院里你歪着一张可怕的脸出入不会有人太关注,可一旦回到研究所,我担心光是每天进出都会引起许多人的惊愕,尤其是那些一只苍蝇飞进室内都会尖叫的小姐们,我可以保证,我这副目前已经丑陋到外星人级别的尊容一定会天天吓得她们花容失色,噩梦连连——顺带说一句,其实噩梦也是一种算法模型。

我顺利地办完了出院和重新入院手续,住进了新医学科在住院部八楼的病房。这是一间八个人住的大病房,刚粉刷过,显得洁净而明亮,不知为什么也许是暂时只收住了我一个病人。不过我很喜欢。我刚归置完东西,做好以此地为家的准备,科里的马主任就笑嘻嘻地敲一下门,没有系扣的白大褂扇着风,大摇大摆地走了进来。

"教授好!"

我来这个科做过治疗,认识他。马主任是个乐哈哈的胖子,没架子,见到所有人都像是见到了自己的亲戚。我喜欢他的性格。

"主任好。视察一下?"

"视察个屁。来来来。坐下坐下。我们聊一会儿。"

他拉着我的手坐下来,用老师看自己一直搞不明白的学生那种亲切、居高临下和一点点困惑的神情笑望着我。

"怎么了,莫不是我这张脸……贵院创造了医学奇迹,情况有改善?"

"啊?这个这个……总体上还是有改善的,至少没有恶化。"

他坦率地笑着，努力想找出些合适的措辞应付我的突袭，同时两只大而鼓胀的金鱼眼也在快速转动，让我又一次相信一台人这样的计算机确实是可以同时进行多种平行计算的。"哈哈，没恶化！对吧？"

唯一的遗憾是我这台计算机和他那台还没有充分连结——连结和纠缠在新物理学词库和我的专业范围内是两个本质上含意完全相同的词——不能知道他在看我又和我瞎扯的同时进行的平行计算对我意味着什么。

"真没想到，"他一边说一边跑去关门，又很大气地坐回来，麻利的程度让我瞬间生出了幻觉，以为那门是自动关上的。"你看上去也不像个外星人嘛，哈哈，脸歪成了这个样子……哎，我问你一件事儿，你怎么就那么神，你能和外星人联络的事儿是真的假的，能不能跟我……透露那么，啊，一点点儿？"

"关于外星人的部分，是我的秘密，不能讲的，"我用一种半调笑半认真的态度回答他，努力地咧开嘴，想笑一笑却不成功，只有半边嘴角向上翘起，算是表达出了某种笑的意思，不过这已经够了，"啊，再说这种事一说出来就不灵了，对不对？"

马主任立马释然，像亲自成功地戳穿了一个谎言一样仰面哈哈大笑。这一刻我也明白了他刚进来时为什么会让我有一点紧张兮兮的印象。"看你也不像个真能和外星人打交道的人。不过别的事情我听说都是真的，你确实会测字，还会给人算命，你们这些家伙,科学家……你好像是个什么算法物理学家……都是怪人,说你们个个有病都没错。哈哈。"他像是要大笑,忽然又变得严肃,眼眸里现出认真和专注的神采。"全院都传遍了。你把那帮女医生女护士全给搞迷糊了,她们个个都来找你算过。还有病人,听说你给他们测字,有一个本来要跳楼,不跳了。实话告诉你,你一个人就把我们院心理科给整垮了,没人挂号,来医院都是找你。哈哈。所以不能让你走,你必须留下,你对那些心理有问题的病人的疗效,都顶上我们好几个科。"

"我本来正感动呢,你这么说话,会让我相信这才是你们用转科的办法让我继续住院的原因。"我说着,停了一下,加重语气,"说不定还是全部原因呢。"

虽然是玩笑,但我也不敢不相信这真的就是他们留我的原因。

"啊,你这个人,怎么这么说话……你这么说话是对我们医院的最大……不过你要是真想出院,今天就能走。"

他把话说到半道上突然对我反戈一击,效果很好。

"你不会……啊,也想找我测个字?"我得和他开个玩笑,不然,气氛对我太不利了。

"就你?"他看出了我的尴尬,为自己占了上风而得意,越发用一种居高临下的态度打量我,更爽快地笑道,"我有什么事要找你测字呀,再说我也根本不相信你们那些玩意儿!老弟,你们这种家伙，也就是骗骗女人，她们的日子本来就过得不开心……女人的日子总归是不开心的，嫁不出去不开心，嫁出去了还不开心，嫁个有花花肠子的老公不开心，嫁个老实人更不开心，开心了她们都会觉得不开心。哈哈……来，帮我测个字。"

我吃了一惊。"你？"

"对呀。不能老让你骗那些傻女人，你也骗骗我。要是你这字测得好，我帮你传名，以后你们所垮了，你上大街上摆地摊儿测字卖卦糊口，我去捧场。"

我盯着他看……也许他真的只是想跟我开个玩笑。但即便是这样，也要把话说出来。毕竟，只要他是一个人，并且坐到了我面前，就是一道人性的幽深的渊薮——又一个原始算法模型。

"测字就是个游戏，玩玩可以，当真不行。"

他瞪着圆鼓鼓的眼睛，想了想的样子，道：

"那些女人们信不信你的鬼话？"

"希望她们不信。"

"那就是信。你这字测的，一句话就能刀子一样捅到她们心窝子里去，比CT、比核磁共振还厉害，因为她们个个都有心病，所以得信，对不对？"

"有可能。但我要再说一遍，不能当真，不然就不玩儿。"

"我，你还——"他用一种不屑的口吻笑道，换了一个坐姿,又换了一个坐姿,乜斜着眼看我,"行,我答应你了。帮我测吧,最近遇到一点事儿,老是排解不开,你替我排解排解。"

我想也不想就果断地拒绝了他。

"这个不行。我不替任何人排解任何事。我说过,就是个游戏,或者……一个玩笑。"

"行行,就照你说的,当成个玩笑。"他有点急不可耐了,眼光乜斜得越发厉害,"瞧你,我这个求你测字的人不紧张,你倒紧张了。放心,我不会当真的,你也不用当真。"

我轻松下来,说:"好吧,说一个字,写出来也行。"

他以刚才关门时那样麻利的动作从白大褂兜里掏出药方纸和一支笔,写下一个"去"字。

这样的人你不能给他喘息之机——我也是记仇的——瞅了他一眼,直截了当道:

"这个字拆都不用拆。心中有去,是个怯字。"

人总是在不经意间显露出他最真实的心相。后来我一直后悔,我又不是泰森,这一拳出得忒重了点儿了。话一出口,马主任脸上一直保持的所有故作的满不在乎、大大咧咧、笑容……全都像舞台上的幕布一样落下去,只剩下了一张没有血色的惊惧的脸。

真相显现的时间总是很短暂,马上,它又被原先的幕布遮没了,只是仓促之间幕布拉扯得有点凌乱,慌张,我面前那张脸上仍旧到处残留着刚过去那一瞬间的痕迹。

好在他的手机及时响起来,帮助他随便跟我打了个哈哈,便边接电话边逃一般地离开了我和这间暂时只有我一个人住的病房。

我有了不祥的预感。果然,三天后马主任就因为犯事,好像是和药品掮客里应外合高价进药,被警察直接从诊室带走。

人世间的事,以算法模型而论,花样真的不多。即便是犯罪,从输入到输出,运算过程贫乏得让人只想拿脑袋撞墙。

所以就人的智能而论……算了,不说它了。可人工智能又是什么?让计算机向人的智能学习。

这难道不是又一个什么高维度的存在拿人类胡乱开的玩笑?

我没有向任何人透露过事发之前我曾为马主任测过字,但我为他测字的事仍然随着他的被抓风一样在全院传开。

接下来的几天里,只有一个身材羸弱的半大姑娘在亲人的陪伴下来找过我,却是要我为她测一测姻缘。医院里无论是大夫护士还是病人,再没有任何一个人光顾我一直一个人住的病房。我故意在医院小花园里散步,病人也都离我远远的。我模糊地体会到了一名过气的演员没人讨要签名时会感觉到的失落和痛苦。

晚上躺在病床上,我做出决定,为了不让那个我以为存在的高维度的存在继续开我的玩笑,无论还会在这家医院住多久,我都不再给任何人测字。

但是……世界上最可怕的就是这两个字——即便这样我也只得到半个月清静。半个月后,那位最初为我办理入院手续的护士长——为了这个我多少对她心存感激——还是找到了仍然一人住一间大病房的我,人没坐下眼角就开始湿润。

"怎么了……您?"

"教授,我知道你不再为别人测字……可是我妹妹,亲妹妹,她想见您。"她突然抬起头来看我,也让我看到了她那张因为绝望极度苍白的脸。"自你住进我们医院,我们……这里很多人说你……不是一个凡人。你是真正的大科学家,测字这种把戏对你就是一种游戏,你研究高深的科学理论累了,拿它休息……你这种人就是休息也和别人不一样……但是对我们全家来说,你要是能一句话说到她心上,让她不再那么……那么……那个啥,你就不只是救了她,也救了我们全家,尤其是我父母,他们因为她都快……"

她没有再说下去,因为眼角湿润的地方开始凝聚一滴小小的泪珠。

"你刚才说她不再那么……她不再什么?"我不觉被她话中的沉痛和随时可能会哭起来的情势惊住了,再说……这几天我又在纠结,我对人这种原型算法模型的研究是不是应当继续——我又开始犯错误,问道。

"哭。一天到晚地哭。再这么哭下去,人都要哭死了。"

我吃了不小的一惊。哭像笑一样,也是一种算法意义上的输出。

"为什么？"

"我们一家子人原先还以为她纯粹是嫁错了人。我妹夫品行不好。但后来……我们发现他们俩之间，她的问题还要大一些。"

她说这话时，已经把头抬起来，眼角的泪珠变得硕大无比，但目光中却充满了对我的大火燃烧般的热烈恳求和期望。

……

"我不要和她在医院里见面，那会让人家觉得我像是要重新出山一样。她同意了。从手机里听她的声音，好像一切都正常。我没有听出任何能让我生出您描述她时那样的悲观与绝望。"第二天中午，我在手机里对这位被妹妹的病况折磨得身心交瘁的护士长说。

但我也没有走太远，其实答应了她姐姐后我就后悔了。但是，我都不好意思说出来，另一种纯粹的对人性深渊的无边无际的好奇——我有时觉得它像河外星云一样幽深而辽阔——连同我要把我的研究工作继续下去的强烈愿望，战胜了前者带来的沮丧和懊恨，还是准时地出现在医院大门外马路对面那家还算体面的咖啡馆门前的散座之间。

她比我早到了一分钟，身材很好，衣着入时，彬彬有礼，但是——她姐姐是对的——一只眼角残留着泪痕。

"教授好。"

"您好。"我说,伸出手去简单地和她碰了碰手指,握手就结束了,"怎么称呼您?"

"我们还是不要知道名字,你叫我露西好了。"

"也行。请坐。"

我们面对面坐下。我望着她,注意到她其实不比她姐姐小太多,已经人到中年,但还是漂亮的,是那种成熟而且会把自己修饰得很精致的漂亮,气质也很好,各方面看起来品味都不太差,且显得比实际年龄年轻。就这么一个走在大街上仍然有很高回头率的女性,她的姐姐居然说她一天到晚都在哭泣。

但我也不想把过程搞得太复杂,出门时就已经想好了,我就是简单地来履行一次承诺,然后马上跑掉。我也是残留着一点良知的,昨天夜里一夜没睡好,觉得自己还是不应当因为太为渴望窥视人性和人心的深渊——一个又一个人的原始算法模型——无限度地滥用我的专业知识和研究成果。

我们点的咖啡送上来了。我和她都小心地品了一口。

"味道还好。好吧,既然来了,我有话在先。"我说。

"您说。"

"你姐姐让我来,帮你测一个字。她帮过我的忙,我不能不答应她。但我必须声明,测字这东西真的是个游戏,你不能当真。"

"我不当真。其实我和您差不多是一个专业。"

"什么?您什么专业?"我问。这才是真正的大吃一惊呢,和它相比往常的大吃一惊都不算数了。

"机器学习。"

"我的天哪，"我不由得发出一声叹息，接着就笑了，"没想到遇上了同行。"

不是真的同行，机器学习只是我眼前的工作之一，怎么说呢？让我想想……就像你学会了屠龙，但是没有龙可以杀，你也就只能去杀杀猪羊。我现在进行机器学习方面的研究就属于这类情况。但我不想把这种实话也对她讲出来。

"可是测字，还有《易经》，这些我都不懂……我原先以为这些和我的专业没有相干。"

她错了……我在前面说过了，在人工智能成为显学的今天，无论是测字，还是《易经》，都可以被视为——它们本来就是——古人建立的算法和算法模型。但我现在只想快点摆脱她，这样一个同行的出现让我的内心有了点莫名的惊慌。就像你遇上了外星人，和他通话，或者叫连结与纠缠，不知道他的段位，内心里也有这种骤然而起的惊惶。谁知道她的话是哪一种输入，万一是故意给你下套儿……我顺着她的话说：

"对，那些东西，即便不好说都是旁门左道，但也和 AI 没有关系。——你在大学就学了人工智能？"

"对。"她简单地说，看表情一点儿也不希望和我继续谈她的专业。

"那好吧，你说一个字，我来测。再说一遍，不能当真。"

我努力地笑了笑,想把气氛搞得轻松和写意一点儿。在专业尤其是机器学习方面我不敢说有机会赢她,但是测字……何况她真有可能整天在哭,仅仅在她对面坐了这一小会儿,我也觉得自己要哭了。

她从包里拿出纸和笔——来前也是认真做了准备的——不看我,在纸上认真地写下一个字。

"周?"

"嗯。"

"怎么想起要测这个字?"

"我可以不事先说明吗?你不要管我为什么要测这个字,只管测好了。"

"我没问题,"我说,又笑了一下,想继续缓和那种让人——在我们两个人中间可能主要是我——越来越不舒服的谈话气氛,"只是我不听你讲一点原因,就那么直说,万一伤害到——"

因为她是女性,万一真的像她姐姐讲的那样,一直都在哭泣,所以……

我没有把话说完,她已经明白了,道:

"没关系的,我一直被人伤害,生下来就被伤害,直到今天,都习惯了。"

事情到了此刻,就是前面是口井,我也只好硬着头皮跳下去了。我说:

"这个字其实好测,你心里带着这个字来的,心中有周,是个惆怅的惆。"

她聚精会神地盯着我。"请说下去。"

"这个字拿来拆可是不太好。你看,这是个三面包围的字。简单说吧,如果这就是你现在的处境,那你只剩下一条路可走。"

"向下的一条路。"她默默地看着自己写的字,神情黯然,说。

我觉得不好。向下的一条路,对她来说可能就是——继续像她姐姐说的那样——哭泣。

"要我讲下去吗?"

"要。"

"其实还有另一种拆法。打破这个三面包围。一旦没有了它,是个什么字?"

"……"

"我测完了。我什么也不想问,三点钟我要去针灸。上辈子欠了别人的债,那些女护士得多恨我啊,这辈子让她们天天用银针扎我的脸,不扎都不行。"

就是这么努力我也没能让她开颜一笑。同时我想拔腿就走的愿望也没能够实现。我刚要站起来,她就再次冲我抬起了那张比她姐姐还要苍白——主要是病态——的脸,也让阳光再次映亮了她眼角的泪痕。

"请您不要走。我们还没开始呢。你帮我测完了字,我就可以告诉你我为什么要测这个字了。"

我重新坐回去……也许她没有我想象的那般厉害……也许我还有机会……我想。

"要不你自己姓周。要不你丈夫姓这个姓。"我的好奇心——愿望——又从它被压抑的地方野火一样腾的一声窜出来,让我说出了上面的话。

"他姓周。"她说。

她开始讲她的丈夫,其实并没有什么不同凡响之处。他当然不是她的初恋,她的初恋在应当珍惜她的年龄没有娶她,但她和后来的丈夫也不是没有一点感情基础,两人是经介绍认识的,居然能一见钟情,无论他还是她,那一刻都觉得对方就是自己一直在找的可以托付终身的人。然后就是婚姻。

"什么时候开始觉得生活不像您原来想象得那么——"见她沉默下来,我不动声色地——其实心中正在窃喜——问道。

"从发现他有外遇开始吧。"她丝毫没有回避自己生活中出现的那场灾难,"而且是跟我的一个学生。"

"他现在做什么工作?"

"他嘛……当局长了。你有时候能在电视上看到他。我呢,一直在大学里当老师,研究 AI,专业方向近年来转向机器学习,因为它成了热门专业。"

我默默地但是专注地望着她。我已经看到那道深渊的入口……我什么话也不说。

"你一定觉得我的故事平淡无奇……你甚至可以说我现在也有多种选择。离婚；不离婚，装成什么也不知道，继续就这么过。还有，他在外面有情人，我也在外面找一个……虽然岁数大了一点，但追求我的男人仍有不少。"

说下去……说下去……我还是什么都不说。

"刚才的字您测对了，现在我才明白为什么我姐姐一定要我来认识你。你说我只有一条路可走，那就是离开他，不管是用离婚的方式还是不离婚的方式，其实这都不重要。但你刚才说还有另外一种办法，打破三面包围，这有新意，是我今天来见你的意外收获。"

我想说谢谢，但还是什么也没说。原因很简单，我就是测对了这个字，对她的生活——再说一遍，我还是残留着一些良知的——也不可能有任何实质意义上的帮助。

"可是我怎么打破那三面包围呢？真正的问题是，打破了以后，我的日子就好过了吗？我现在和你坐在这里聊天，也可以看成打破了，走出来了，但又能怎样？天刚才还有阳光，这一会儿就阴了，天气预报说今天还有大雨，我出门时忘了带伞，可能要淋着回家，这一切谁能改变？"

我突然看到了那道深渊的内部……不，是猜到她整天哭泣的原因了。我开始同情她的丈夫。

"说说你自己，说说你为什么整天哭泣……你有那么多理由哭个不停吗?"心中的野火……对一种人的新原型算法模型的渴望……又窜了出来。我单刀直入地问。

她瞅了我一眼，我心想她一下就看到了另一道幽暗的人性的深渊……我是因为自己看到了面前的一道深渊才猜测她也看到了对面的另一道深渊。深渊就是人的原始算法模型。

"我不想举更多的例子。有一本讲科学研究方法论的书，叫《猜想》，您这么一位学富五车的人一定读过。人对某个我们称之为公理、真理的东西是永远无法充分证实的，证伪却太容易了。苹果从树上落下来，砸到牛顿头上，让他想到了万有引力，但真要证实万有引力在整个宇宙存在，是不可能的，因为人类不可能去宇宙的所有角落测试苹果会不会落地，于是苹果落地这样一个简单的、被我们视为最普通的真理都是不能被充分证实的，连它都只是人类众多猜想中的一个。而既然是猜想，就存在着被反驳和被反证的可能。而反驳却太容易了，只要提出疑问就够了。"

我明白她的意思，也大致明白了她为什么每天都在哭泣，但我不想和她进行科学哲学方面的讨论。同行最怕和同行讨论专业上的问题，因为大家的困境是一样的。何况我现在只想知道另一件事。任何普遍中都存在着个例，而每一个个例之所以会成为自己都有特殊原因。如果她丈夫出轨不是她眼泪之河的全部源起，那么另外的源起——个性的源起——是什么。

她刚才已经说了一点，但并不充分。

"没有人能证明人是值得活在这个世界上的,哪怕教授您,据说和外星人都可以联络上,那又怎么样?我和我丈夫新婚第一天,入洞房的时候,就对他讲了这个道理。他一直不理解,更不理解我为什么看见四季轮回月落乌啼都想哭一场。更让我难以忍受的是,他不愿意看见我哭。"

没有人愿意看到自己的妻子天天在家哭泣……但这句话我忍住了。

"有一次他对我施暴,打了我……这个畜生,因为不想听我哭就打一个女人……我当时就报了警。这件事最后影响了他的升迁,不然这会儿他已经是部长了……可这件事并没有给他足够的教训,只要他在家就仍然不允许我哭,尤其是不允许我在夜里哭,小声哭都不行,说我影响他睡眠,明天还要开大会,总理都要来参会……可是,他的那些事情和我的伤心落泪相比,和一朵花开败了要落下来相比,真的重要吗?"

"你们有孩子吗?"我开口截断了她的话。必须换个话题了,所有的深渊都有它不同的侧面。

她吃惊地看了我一眼,道:

"这个世界充满眼泪,我为什么还要生孩子?生下来让她或他和我一起哭泣?"

就她本人而论,你不能说她不对。但是……是我自己开始出问题,我觉得我的耐心正被她消磨殆尽。我已经看到了这道深渊,而且可能已经是它的全部了。我站起来。

"对不起,我要回去扎针——还我欠下的债了。"

"不,你不要走,我见你一次不容易,"她惊慌起来,也跟着站起,同时一只眼角的泪痕变得亮晶晶的,因为太阳又从云丛中钻出来了,阳光直接将她的半张姣好的面容映得明亮而诡谲。"我还有好多事情没向您请教呢。啊,我保证不再说哭的事情了。"

我做出万分不情愿的样子坐下来……野火又在燃烧,那个深渊开始对我显出新的诱惑力。

"还想再测个字?"我问。我得开个玩笑,要不她一定会哭起来,她两只眼窝里已经汪满了亮晶晶的泪水。

"你帮我排个卦吧。"

我想了想,必须拒绝。任何《易经》的道理对她都不会产生效果,我得说些她能听懂的话语。

"不,说说你的工作,我说的是机器学习。你在这方面有成果吗?论文也成。"我说,"当然了,只谈你愿意谈的,已经公开发表的成果,我在刊物或者网上能看到的。我不想刺探或者让人以为我正在试图剽窃别人正在研究中的成果。"

"其实也没什么。我正在写一部关于《机器学习》的专著,作为大学这个专业的教材。"

"哎哟!你太了不起了。"我说的是真心话,虽然声调夸张。即便我以为所谓人工智能只是另一种存在对人类开的一个玩笑,但如果她真的能为AI即人工智能中的机器学习专业写出一部大学用的教材，那也说明她对这个玩笑模型的研究已取得相当的成果。

"刚刚写出第一章，不，是绪论，讲机器学习的目的。"

"现在它也是我的工作，既然你都要写书了，那大概可以告诉我，你认为机器学习的目的是什么？"

她默默地看我。有一阵子我想到我过分了，这在机器学习专业称为扰动，我扰动了谈话的主题，而且不是原型扰动，是不同且相互平行的宇宙之间的强力嵌入，我想用这样的连结，改变我们之间的纠缠，离开最初的话题。

即便在真正的科学研究中，这种办法有时也非常有效。

但我马上就发现自己失败了。

"我就是暂时被卡在这里了。"她说，眼泪更加明亮，但仍然没有滚落下来，"因为我认为在人工智能领域里，机器学习的目的是通过样本建立算法模型。"

这一点是这一领域专家们的共识。"有什么错误吗？"

"有。目前专家们认为，在这一领域里能建立的算法模型只有三种：原始模型，密度模型，层次模型。可是真正的问题不在这里。"

我开始有一种感觉，今天来对了，也许我真的遇到了一个可以偷师的同行。玩笑里有时候也有好玩儿的算法模型。"真正的问题……你认为什么是真正的问题？"

她只说出了一个词组，就让我失望得无以复加。"算法模型。"她说。

这样的失望难以忍受。犹如你问一个专家，什么是算法，他告诉你，1+1=2一样，它并不错，但那是幼儿园级别的回答。

"它怎么会成为真正的问题？"我用一种连掩饰的愿望都没有的讥讽口吻反问道。

"计算机建立的各种算法模型，也就是人工智能建立的各种模型，是虚拟的，对吧？"

"对。"

"但是我的哭泣，我的悲伤，我的不幸是谁给的？它们不可能是虚拟的。我和你，世上所有的人，包括那个背叛我的男人，是不是虚拟的？如果这一切也是虚拟的，哪怕只是一种可能，生活在这个虚拟的算法模型中的我们，我，是不是也是一种输出，甚至就是算法本身，一台正在运算的计算机，我们是不是应当为自己以这样一种命运存在哭泣？"

我说不出话来了，站起来，果断告辞，为此还故意瞅了一眼表。

"对不起我真没时间了。我走了。对了已经买过单了。"

在AI这个领域里，她的专业应当还处在本科二年级水平，居然也写起《机器学习》这样的教材来了。

大步离开时我没有回头，但我知道，她两只眼窝里的泪水正奔涌而出。

我给她姐姐打电话，我真没有办法，这不是一种病，至少这不是一种可以治疗的病。

她姐姐当即就在电话中难过得抽泣起来,说:

"那就……教授,你还有别的办法吗?你有没有朋友,觉得他们能治好她的病?我,我们全家求你了……或者,还有什么……你们说的算法……会别的算法的人……只要能救她就行!"

我想了三天,真的想到一个朋友,当然早不联系了。不开玩笑地说,在哭泣界,他已经快熬到第二把交椅了。但是,我真能这么做吗?把一个目前仍然仅限于自己在家里哭泣的女人推出去,让她更深地进入一道人性的深不见底的渊谷,一种最近一些年特别流行的人的原型算法类型而不是模型——在机器学习专业上这种操作被称为聚类——和直接杀人有什么两样?

可是——这些年最让我惊奇的就是——既然连我的那位聪明绝顶——他真的绝顶了——的朋友也义无反顾地进入了那道人性的渊谷,我的不喜欢并不能阻止他越陷越深,难以自拔,也许这个新的算法类型的存在就是有道理的,也许是那个高维度存在的又一个玩笑……可她都这样了,哪怕仅仅是为了完成我的观察,得到输入、扰动直到输出的全部数据代码,为这一新的算法类型建立起我自己的数学模型……科学实验有时候是要跨越一点道德边界的……我一把将她推向那道有无数聪明或自以为聪明的人不顾一切投身其中的渊谷,真有什么不妥吗?

我把我这位朋友的情况当面说给她的姐姐听,让她选择,这样我就连道德上的一点自责也不用承担了。对方沉默了好久好久，抬头，眼含泪水，道：

"你说的那个聚类我懂……既然没有人治得了她的病，既然有别的算法……模型，咱就死马当成活马医，把你的朋友介绍给她！我们豁出去了！"

告诉她我朋友的手机号码时，我觉得这是我一生中做的所有荒唐无耻的事情中最登峰造极的一件，但是，快乐也是登峰造极的。

很快我就接到通知，可以出院了。

不久前他们认为我留下来一个人顶得上他们的几个科，现在他们终于不这么认为了。

好吧。我离开了医院，并没有回所里上班。我歪着一张可怕的脸，只去见了一次所长，他就同意了我的请求，大声道：

"行行行，你就在家工作好了，一边养病……需要多久你就在家里待多久。再见。"

我觉得我是被他以一种比迫不及待还要急切的心情撵出去的。

半年过去了，也许一年，我并没有记住这家医院、护士长和她的妹妹，连同我想通过这一次输入窥视到的那一个聚类的算法模型。但是，夏末的一天，雨后初晴，我还是在同一家咖啡馆门外的散座间，又遇上了她。

我早已放弃了 AI 中的机器学习专业，自从在那家医院里经历了和她的一次接触，机器学习在我心中就成了小儿科的东西了。这天我和一个朋友讨论的是不同宇宙空间的连结，觉得我们和外星人建立联络只剩下工具问题。我们谈完了，喝完了面前的咖啡，开了一两个玩笑，他站起来先走，我跟着站起，目送他走远，一回头就在身后看到了她。

她大不一样了。人还是那个人，化妆的精致程度也没有改变，只是穿的衣服……那是一件什么样的衣服啊，让身边男人的回头率之高……我当时就震惊地觉得，她已经不是一个人了，像是整个地变成了一种从内向外发散着眩目光彩的新的类人。

"教授，你好。"她笑着，落落大方，率先开了口。

"你是……？"我说。她是不是那个人，我需要确认一下。

"是我，露西。"她肯定地说。

"啊，真没想到。"我说，忽然有点语无伦次，一边仍在上上下下打量着这个容光焕发的——怎么说呢，类人也是人，不过是一种新的人，"您变样了，这么离谱，我都不敢认您了。"

"瞧你……不带这么夸人的，"她感受到了我由衷的称赞，幸福地笑着，有点不好意思了，"既然见到了，就请您坐一会儿，行吗？只是……你的脸……"

奇怪的事也发生在我身上，我前后住了五个月的院没有治好的脸，出院后这段时间，它反而好起来了。

但现在我不想说它——谁知道这又是谁的把戏呢？我的好奇心如同野火……什么我都想起来了：聚类；最新的关于人的

原始算法类型；人性的深渊……

"太好了，我太高兴了，当然行。请坐。你要点什么？"我仍然边说边打量着她身上那件让我一直眼花缭乱的衣服。

"水。"她不客气地坐下，看着我请客，"我现在不喝咖啡，什么饮料也不喝，只喝水。"

"健康。"我说，为我们俩点了两杯水，坐下，仍然看着从里到外焕然一新的她，"告诉我，那次见面后都发生了什么，让您……啊，变得这么漂亮。还有，你身上穿的这是——"

为了面前这个女人，也为了表现我对她的欣赏，我觉得我也可以应该适度放纵一下自己内心真实的兴奋。她蓦然地从天而降值得我为她也为我自己兴奋一下。

她再次用一种窥视一道深渊那样的目光盯着我看，好在一直都在微笑，没有让我感到太多的不舒服……过了一会儿才说：

"教授，我一直在这里等你。你和你的朋友真能谈，让我等了三个小时。"

"你……真的？"我说。

如果是这样，那这次和她的见面就不是一次偶遇了。

"你都不想知道，你把我介绍给你的那位朋友，像你说的那样，哭泣界的扛把子，他后来把我怎么样了？"

我笑着敷衍她一句，因为我确实不知道我那位朋友把她怎么样了，还有……我在这件事情上会不会受到道德谴责。

"哈哈，他把你怎么样了？……他又能把你怎么样？"

"最近他的名气更大了,听说在国外的名气比在国内还大……他都要得哭泣界的世界最高奖了。你不知道?"

"我知道。"我平静下来,很诚实地回答她,后面的话没有讲出来,但我不是很关心。

她又用窥视一道深渊那样的目光盯我一眼。

"好吧,你不会无缘无故地在这里等我三个小时,把你想说的话都说出来吧。"我说。她那一眼让我浑身都不舒服了,我必须迅速把话题扭转回来。这也是一种输入,一种运算过程中的扰动,不过是一种原型扰动,没有迫使运算进入另一个平行宇宙空间。

"你的朋友比你有魅力多了,"她说,一边说一边继续用那种笑眯眯的目光看着我,一瞬间也不愿移开去似的,"我第一次见他就被他完全迷住了。首先是他长得太帅了,真是个美男子,多少女人为他着迷呀。当然这不是最要紧的,最要紧的是我不去还不知道,去了才知道他在哭泣界的影响力有那么大,很大很大的场地,高大的主席台,或者叫论坛,数不清的信众。不好说你的朋友就是坛主,但他至少是坛主之一。而且,他的专业太强了,我是说哭,你说讲演也行,他有时候不过是噙着眼泪,并不是真的在哭,却让漫山遍野那么多他的崇拜者痛彻心扉,哭声震天。还有他关于哭泣学写了一本又一本专著,发行量都很大,版税拿了不少。这当然是有原因的,不去我不知道,去了才知道原来哭泣界也是分流派的,不是一伙,好多伙,从声音上分有放声大哭派、小声啜泣派，还有只哭不发声派。就姿势论，有自然主义派，也就是不拘形象和架势，想怎么哭就怎么哭；有正襟危坐派，那都是些高人，哭泣界的大佬，像你朋友那样的，他们当然不能像乡下女人一样披头散发地哭，就是哭也要端正庄严，气象万千，眉含远黛，目横秋波；还有一种箕踞而坐派，据说是跟魏晋名士学的，高兴了连衣服都不穿，视天地为屋宇，视屋宇为禅衣，别人进屋子看见他光着，他会说你到我的短裤里来干什么……但是真正厉害的、震撼人心的是行动派！"

"行动派？"我真是孤陋寡闻，算法模型发现了无数个，却还不知道这种模型，而且是哭泣派影响最大的原始算法模型，平生做学问，最大的疏漏就是它了。"我今天来着了，快说说这个给我听。"

她笑了，说：

"简单地说就是哭够了，不想活了，跳崖自杀。"

"我的天！"

"很不幸，我刚到那里时却觉得能进入这一派很荣幸，因为我对世界的感觉，我对生命存在意义的绝望，很容易就让我别无选择地融入了这一派，并且被你的朋友——我的引导者——带上了那个圣坛般的悬崖。"

"圣坛般的悬崖？"

"对，他们就是这样称呼它的。当然就是到了那里，你也可以选择跳还是不跳。没有人逼你一定往下跳。但你一旦真的跳了下去，也就立马成了哭泣界的英雄和圣人，仍然活着的哭泣者们都会对你顶礼膜拜。我早就不想哭着活在人间了，我加入行动派的目的和那些沽名钓誉者不同。他们上了那座悬崖后常常还会表演一通，系上那根蹦极用的带弹簧的救生索，所以还会有这么个东西，是说你即便跳到半山腰了想反悔也还来得及，你可以不解开那根救生索。我不一样，我从一开始就没想过要系上它。

"于是我选择跳崖的那一天就成了哭泣界极为轰动的一天，人山人海，三山五岳各门派的人都来了。华山派、恒山派、峨眉派，什么岳不群、东方不败、大大小小的令狐冲，全到了场，彩旗招展，锣鼓喧天，场面比我出嫁那天还要热闹，我自己更是比做新娘子还要风光。那些大佬一一登上讲坛，发表演说，认为只要我往下那么一跳，就即刻被封了圣，以后世世代代的哭泣者们都会记住我这位哭泣界的圣女，我将和山川大地一样永垂不朽。"

"你跳了吗？"我都急不可耐了，打断她道。

"我已经准备好要跳了，我觉得这件事太简单。但我跳下去并不是为了身后成千上万人的欢呼，为了日后成为哭泣界的圣女，我仅仅是为了我自己，为了我不愿继续活在这个让我只能哭泣着活下去的算法模型空间。我一步一步走到悬崖边，一眼也没理睬身边的救生索，也没有看一眼下面那道万丈深渊，连同崖壁上的草木和嶙峋怪石。我闭上眼睛让自己平静，向这个虚拟的宇宙空间告别，也向这个宇宙空间中的自己告别，然后……"

"怎么了？……发生了什么事？"我不觉大喊。

"然后……我听见后面有多少人在大喊啊！'跳呀！''快跳呀！''你怎么不跳？''你都让大家等急了！''到底你还跳不跳！'……我忽然生气了，我跳不跳和你们什么相干？就是这样一个意念，让我重新睁开了眼睛！"

"那又怎么样？"我快要扛不住了，大喘起来，道。

"我一睁眼，就看到了天空。不是一开始就看到了全部天空，是一种声音吸引了我，它引导我看到了头顶上一汪碧水似的天空。"

"声音？"

"一只蝴蝶，不知从哪儿飞过来的，忽闪着美丽的翅膀，嘤嘤地飞呀飞。它要是飞走了多好哇，它还不走，就在我的头顶上盘旋呀，盘旋……这一刻我就想，这又是一种什么连结，什么扰动，什么算法输入和输出呢？如果所有事物都是某种算法的结果，连我在的这个宇宙都是虚拟的，关于蝴蝶的算法模型一定非常美丽的、也许是宇宙间最美丽的算法模型。我就要死了，可是居然不知道还有这么美丽的算法模型！"

我想让她直接讲出结局，但好歹忍住了，没有开口。

"再后来我就不是我了，我成了这个算法模型……你懂得的，我自己成了蝴蝶，我就是那个宇宙间最美丽的算法模型，现在不是蝴蝶，而是我自己，在空中盘旋，盘旋在下面崖顶那个要跳崖的名叫露西的女人头上……我盘旋了一小会儿，看不出还有什么新奇的东西，就想离开她了。我向更高处、更远处飞去。我飞得越高，飞得越远，看到的宇宙空间就越大，原先只看到一道万丈深谷，现在我看到了包括深谷在内的更广大的山川大地，看到了笼罩在山川大地之上的辽阔蓝天，还看到了天际线上方绚烂无边的云霞。"

"然后呢？"我又大喘起来。

"没有然后了。然后就是现在，和你坐在这里，每人一杯水，边喝边聊天。"

我站了起来，几乎整个身子都要向她倾斜过去了：

"那请你告诉我，你现在是蝴蝶，还是露西？"

她笑了，而且站了起来，道：

"我当然是蝴蝶。不，是一个叫作蝴蝶的原始算法模型，但也是宇宙中最美丽的原始算法模型，至少是之一。我是虚拟的，但我知道，生活对我来说是美丽的。我希望我的存在是实在的，但它即便是虚拟的，我也喜欢。"

我不能再和她谈下去了。我也不想再问别的事情，譬如，她的丈夫，她的家，还有，她的心。我太激动了。

"我不会再哭泣了，因为那不值得，宇宙无论是真实的还是虚拟的，我都值得活着。"她最后用坚定的语气说。

我又喘不过气来了……但话还是说了出来：

"可是……我还有一个问题。你刚才说你现在不是过去的你，而是一只美丽的蝴蝶，你是怎么做到的？"

"飞翔啊，离开那个悬崖，飞起来，你就不是原来的你了。让我想想……对了，在专业上，这叫升维。"

"人为什么一定要做人，不能做蝴蝶呢？"她反问道，同时用两只手一下打开了身上那件让她变得五光十色的衣服，现在我才发现那是一件特制的画有一只巨大蝴蝶的连衣裙，"只要你愿意把自己升高一个维度，蝴蝶的维度，你就是一只快乐的蝴蝶了。"

我完全镇静下来，问她：

"还有什么可以告诉我的吗？"

"有。原来我以为我哭泣的理由无可置疑，没想到一只蝴蝶就打碎了它。你们这些仍然称呼自己是人的存在，当然有理由继续哭泣，但是你们也可以不哭泣，因为，无论宇宙是真实的还是虚拟的，人都可以升维。瞧我，穿上这一件衣服，我就成了一只蝴蝶。"

另外一只蝴蝶，不，另外一只穿着蝴蝶装的男士，正从马路对面走过来，一边向她微笑。而她也一脸幸福地望着他，不再理我。

我知道，离开的时刻到了。

现在可以说实话了：因为我的一次有预谋且不计后果的冒

险输入，意外地收获到了一个全新的人类——蝴蝶算法模型。而且整个过程都是成功的，无论是连结、纠缠、输入、扰动直到输出，都毫无瑕疵。

我很愉快。

2021 年 2 月 19 日

(《民族文学》2021 年第 5 期)

模糊的谈话

在我住院的最后一段日子，我喜欢于每天的任何时候，到位于住院部大楼一侧的小花园里随意溜达。花园不小，花却不多，但林木驳杂，正值晚秋，红的黄的褐的橙的紫的叶片全都在阳光下透亮起来，当然底色仍是沉稳的绿，最致命的一场寒风还没有来临，它还走在来临的路途中，或者仅仅需要在长城的那一边，在山海关、黄崖关、居庸关、紫荆关、倒马关、平型关、雁门关、偏关、嘉峪关这些雄关险隘之前歇一口气，打上一两个盹，才会越过长城，扫荡这些包围、遮盖、簇拥在你身前身后，左方右方，头顶脚下的秋叶，而这些在无风时一动不动，仿佛也在等待的红的黄的褐的橙的紫的绿的叶片，连同晚开在灌木枝条上和一朵朵一簇簇的白的粉的小花，它们有时仍在秋日里发散着幽香，馥郁氤氲。甚至有时你也可以透过秋叶的天篷望见高远、瓦蓝、洁净、安详的天穹,一缕两缕马尾般飘浮在空中、被日光晒得银白发亮的云条,所有这一切,全都会出现在我的望眼之中,柔化着你性命中的那一些棱角,让它们也变得柔顺安详,一种得其所哉子非鱼安知鱼之乐的惬意便会油然而生,从头顶弥漫到身心的每一个细胞和毛孔。医院之所以对我这么一个病人如此宽松,一方面,是我这样的面部神经麻痹——全部患者中最重的3%——反正是治不好的,我已经住了五个月,无论是医生还是护士对我那半张掉下来的脸全面充分地显示出了他们的无能为力,于是便采取了无论对他们自己还是我都是最好的态度,那就是不再关心,随便它好了,而院方又在近日表达了让我择日出院的意思,于是病房对我的管理也相应地松懈下来,似乎既然治不好我的脸,那就给我一些自由作为补偿;另一方面,我觉得这样的信步闲走于我这个人也有大益——医院一般被认为不是一个适宜人类生存的所在,对于我这个已经在这里生活了五个月的病员来说尤其是,走出病房,一天到晚长时间地在小花园里徜徉,不但能用这里的小气候调节我一直生活的病房气候,还能用这里的五彩缤纷改变我数月以来被病房赋予的患者心情,让它不觉间对生活的感觉也变得美好起来。时光流逝,我慢慢地还认为这样的信走闲走既适合阴雨连绵的日子,也适合万里无云的晴天,适合在行走中进行离散式思考,也适合线性模型思考;适合决策树型思考,也适合神经元模型思考式闲走——出于职业习惯我在上面的句子里使用了一些计算机科学人工智能分支的术语——当然也可以不思考,但终究还是归于思考——人总是在不想思考天地万物任何事件的时候毫无征兆地进入漫无边际的思考,那是另一个境界,其中有无限的虚空与实在,实在也是虚空,虚空其实也并不是虚空,虚空二字本来就是一种对它要标识的对象无法言之强为言之的借语,虚空甚至不是无,无仍然可以为人用来想象空间,而这里言说的虚空没有空间,没有时间,没有形体,无眼耳鼻舌身意,无色声香味触法,只有问题丛林,和曲曲折折走进丛林深处的曲径,后者所指譬如爱因斯坦的 $E=mc^2$、牛顿的 $F=ma$、薛定谔方程,等等,它们既是问题丛林本身,也是人类思考着走过丛林的工具,是穿越丛林的曲径、过河的桥或舟楫。我常常在这样的丛林里,随便沿着一条小径的分岔不经意地走下去,不知去向何方,但也无所谓一定要知道,往前走就是了,问题丛林没有尽头,没有尽头仍是一个空间概念,说出尽头二字勉强可以被归属于 AI 术语中的人类归纳偏好,但在本真的意义上,尽头的存在与否,便又成了一个和虚空一类的言说可以聚类的纯粹形而上的、思考丛林问题序列中的一个。在这样的漫步之中,我们习惯称之为时间的东西飞快地逝去(当然仅在我们的感觉中。事实上,连时空本身都是一些可以和虚空相聚类的概念,问题丛林中七个小矮人中的一个,也许只存在于人类的意识和认知偏好之内,是我们自己栽种的问题树或者我们为了渡河臆想并用感觉制造的工具之一。其实也可以没有这棵问题树和这一件工具,就像在古代数学里长期没有0这个工具一样,人们照样计算,照样数着手指头或者贝壳贸易,过着他们和平或者战争的日子)。我脚下的步子常常会因为这样漫无边际也无所谓边际的遐思乱想不知不觉地走出小花园,无目标地在整个院区内乱走,终于有一天来到了医院后墙的一角,从山一样的杂物后面发现了一扇隐映在两棵鸡冠花之间的小小铁门。门是虚掩的,它引导并诱惑了我。我这样说是有理由的,仅仅是我的手指碰了那门一下,它被吱呀一声弹开了。我跨过门槛走出去,仿佛是对一声召唤的自然回应,思考的丛林似乎中断了,其实真没有,但我的眼前已经出现了一片和院内的小花园不同的、混生着各种灌木和小树的杂木林,它代替了小花园中的林木和大脑中的问题丛林,一条落满枯叶的小径从我的脚下曲折地伸向林草深处,暂时取代了一直呼啸在问题丛林分岔小径中的高斯方程,傅立叶变换和德布罗意关系,等等,令我真实和惊讶地看到了面前的榆叶梅、红叶李、红枫、栌、银杏、西府海棠、丁香、广玉兰、桂花、紫荆、碧桃、木锦树丛,也看到了林中杂生的小檗、红叶小檗、金叶女贞、小紫珠、火棘、桧柏、黄刺玫等挂果或者不挂果的灌木,而北方大地上常见的野草:苍耳、苘麻、龙葵、曼陀罗、刺蓟、虎耳草、牛筋草、石灰菜、田旋花、马唐、鳢肠、狗牙根草、葎草、扫帚草,也共同组成了杂木林之内的景观,并延伸向前。这是一片全新幽暗的深林,一条全新的林间幽径,恍惚之际,它还是一种新的模糊而无声的力量，隐秘的召唤，虽然声音只像风筝线在秋日的晴空中颤抖时那样细微，却显然存在，而且我还马上知道了，这声音别人是听不到的，只有我听到了它，不能不被其吸引，仿佛我不能辜负它，而这些又一起组成了我沿着脚下这条全新的林间曲径往林子深处走去的理由。人都是这样，对习以为常的事物熟视无睹，却对哪怕一点新鲜未知的东西心生惊讶，即便冒险，即便那里存在着问题的陷阱，思维的沼泽，也要走进去，打探一个究竟，以至于常常深陷其中，不能自拔。我是知道这个的，我所从事的职业，我研究的学问，从第一天起就告诉我走的是怎样的一条路，自溺，或者有一天极为意外地走出我选择的那片问题丛林，看到丛林另一边的阳光和草地，那边的桃花源，芳草鲜美，落英缤纷，土地平旷，屋舍俨然，阡陌交通，鸡犬相闻，黄发垂髫，并怡然自乐。我能到达这样的地方吗？又譬如说我终其一生能发现一个 $E=mc^2$ 吗？至少在目前，它对我来说还遥遥无期，像大多数走上我这条路的人一样，我的全部的人生，全部的幸福或者不幸，可能仅仅在于问题丛林中的行走而不是真的能走出这片丛林。但今天不一样。走向那一种神秘的召唤的声音与力量，我仅用了几分钟时间，就穿过了这片由乔木、灌木、草丛和枯叶构成的世界，眼前豁然开朗，一片辽阔的湖水连同湖面上无限的晴空，在我的生命中呈现和展开，午后的日光下，湖水明净，清波荡漾，仿佛也像我一样在沉默与思考中呼吸、等待，并在呼吸、等待中现出无限缄默和无限思考着的表象。我停下来,站住了,惊讶地看着这片仿佛只会在童话里出现的天地,无论是身后这片我刚刚穿过的、有着细细幽径的杂木林(落叶之厚说明近期很少有人来过),还是我眼前这一湖清凌凌的水,都如同是使用AI技术虚拟的现实美景,它应有尽有,完美无缺,只是会给人一种不大真实的感觉,但也就在这一刻,从内心的更深处,灵魂的藏匿所,也有另一种更为清晰的声音嘹亮地透出来:不,万一它就是真的呢!虽然这座喧闹的、有着两千万人栖居的城市里,它的存在与呈现——又是一个AI术语——显得那么不可思议,就像一个意外,一个奇迹,一个梦,但那又怎么样呢?除了祂,谁会在这样一个由一扇铁门和一道围墙与外面的世界隔开又连结起来的地方虚拟出这样一片幻景来吸引和迷惑我呢?但是——我又走进了思考的丛林,林中的小径——问题又来了,如果不是这样,它的存在是真实的,非为我存在和虚拟的,那么这里所有的林木和野草,这条小路,这面湖,除了它们自身的存在,难道就再没有另外一个目的,是为了成就后者而存在和呈现在这里吗?现在它们已经被成就了吗?一个没有另外一条更宽阔一点的路可以通到这里的半明半暗的世界,一个由林木和湖水封闭的宇宙之角,一个此时此刻只有我这样的一个人走进来的秘境。难道这些还不够吗?何况还有什么人不知什么时间出于何种原因留下的一条长椅,它背向林木,面朝湖面,横置在岸边,前面的水波触手可及,就像是一个渐入老境的男人，一生走过许多路，有的路直达天际，但是今天，他拥有的却是面前的湖和背后的一小片杂木林。它不像是在等待了，没有什么需要等待的事情了，但仍然像是在等待，它也不像是在这里沉思，没有什么需要思考的了，但仍然像是在沉思，因为即便整个世界都远去了，毕竟还有一个无法言之强为言之的虚空可以任你信马由缰地思考。还有，它之所以一天天守在这里，也许仅仅是因为它不是树木，不能再伸向天空，而是一条长椅，并且因此而不可以速朽和飞快地消遁，命运需要它一直停留在作为一条长椅的漫长而有限的时空之中，进行或者不进行它自己的和宇宙同速、且像宇宙一样永远无法停止的思考和不思考。

  我在长椅上坐下来。望着面前的大湖，它碧波涟涟，近岸处清澈见底，可以看到沉进水下的树根和随着水波轻轻摇摆的水草。阳光透过水面照到树根和水草叶面之上，有些地方异常昏暗，另外一些地方却异常明亮，仿佛它们自己也在发光，让你忍不住想弯腰下去伸手抚摩它们，它们本身就成了这块宇宙秘境中的神秘物种，爱丽斯梦游仙境中自行发光的奇妙植物，它们和你刚刚还在进行的问题丛林中的思考或者不思考中的神秘一样，和这条长椅一样，存在或者不存在于这个你强为言之的虚空之中……啊，不，坐下来只是一瞬间的工夫，连问题丛林和关于虚空的思考也不重要了，重要的事情正在你心底凸显出来，阒寂，当然是它，无边无际的阒寂，充斥在这片小天地之间，一切声息都没有消失，它们的存在却不再有意义，这里的你只和阒寂在一起，刚才召唤你的就是它，它就是这个秘境中像风筝线一样在空中颤抖着发生细弱却强有力声响的力量。它才是这里的主宰，笼罩并且封闭了这片林草丰茂的小小世界，这一面看上去似乎广大无边的湖，湖上更广大无边的晴空，局限了我而又让我感觉到了广大和无限的存在本身，它们仿佛也都成了阒寂的一部分。——顺便问一句，大和小真的可以分别吗？这种分别真有意义吗？早在我们的古人庄周活着的年代，就说出了"天下莫大于秋毫之末而泰山为小"的话。我们唯一可以和自己置身的宇宙相媲美的不就是心灵吗？这里阒寂才是一切，它既是虚空也是实在，让这片由林木、杂草加湖水加医院后墙小门再加落叶小径构成的宇宙空间远离尘嚣，隐士一样遗世独立，封闭而又与世界相通，隔绝又与世界共在。最重要的是，在这里，你可以和任何一种——无论是具象的、抽象的还是别的什么——存在联络，包括地外星系的生命与存在。如果这一切还不能让你觉得适意，那在这个连虚空一词都是强为言之的多维度宇宙里，还有可令适意二字立足之所吗？

一个女人正在向我走来。我听到了她打开医院后墙角那扇小小铁门造成的响动，听到了她沿着林间小路走过来时窸窸窣窣踩碎落叶的脚步声，还有女人独自进入一种陌生、阒寂、封闭的环境后自然生出的胆怯心情，将这种胆怯心情泄露出来的紧张、压抑、低沉、急促的呼吸，连同走走停停时的犹豫，这些我不用回头就能够全部感觉到。而且,我还马上就明白了,她是专为寻找我的帮助来的。我要不要回头?她走进了我的发现,打破了笼罩包括心灵在内的一切事物的阒寂。她毁了我刚刚找到的独与天地万物相往来的秘境,她是我的仇人……我正在清醒,回到思考的问题丛林之外。必须马上做出决定:今天,我要不要坚持拒绝她这一类人对于我从心智到算法模型直到耐心的无限、无脑,有时甚至是无耻和竭泽而渔式的索取呢?

"你好,教授。"尽管紧张、犹豫、胆怯,可能还知道冒昧打断我的独处不好,但她还是迈着小步蹑手蹑脚走过来了,并且率先开了口。显然,一旦对自己的行为做出了最后的决定,走出树林子的她又像是突然变得勇敢起来。

难道就没有别的真相吗?假如连虚空都是借辞强为言之,这个时空宇宙存在的意义又是什么?它是此在还是彼在?是过去曾经有过还是未来还要发生?已经五个月了,我在这家医院滞留的日子越长,闲散的时间越多,我就越来越忍不住地思考问题丛林中一条小径的一个分岔:我们真的能够认知我们面前的哪怕几枝沉入水下的树根和水草吗?另外一个问题是,我们人类真的够聪明,愿意认知我们面前哪怕这沉入水下的几枝树根和几片水草吗?还有,只需要一场今天仍在长城之外,在山海关、黄崖关、居庸关、紫荆关、倒马关、平型关、雁门关、偏关、嘉峪关前暂时打盹的凄风苦雨来临,就连这一片秘境中的所有物象、色彩和风景,我身边像浮现在湖中的水草一样虚幻地浮现在身后林中的梦幻一般的红的黄的褐的橙的紫的秋叶，眼前伸向水面的一朵朵一团团暂时呈现的白的粉的小花，它们知道自己马上就会消失或者本来就是那强为言之的虚空的一个幻现吗？谁在做这些事情？谁需要这些事情？谁是编剧、导演？什么原因，什么目的？我身后的林间小路，从医院后墙角的小门伸展过来，穿过所有的榆叶梅、红叶李、红枫、栌、银杏、西府海棠、丁香、广玉兰、桂花、紫荆、碧桃、木锦树丛，林中杂生的小檗、红叶小檗、金叶女贞、小紫珠、火棘、桧柏、黄刺玫，北方大地上常见的野草：苍耳、苘麻、龙葵、曼陀罗、刺蓟、虎耳草、牛筋草、石灰菜、田旋花、马唐、鳢肠、狗牙根草、䅟草、扫帚草、益母草、车前草、决明草、何首乌、蒺藜……小路本身到了岸边就停在了那里，包括林间的曲折，总共只有十几米长，这样的一条小路为什么要呈现，又是谁决定了，只让它呈现得如此短促？为什么它不能像水中的树根和湖面灌木枝条上的野花，一直走向湖水，走向湖面上的空气，穿过湖那边无边的虚空，随着我的目光伸向看不到的远方。我一生都在研究的学问告诉我，度量就是空间，目光度量的空间就是眼界，反过来也一样，空间就是度量，眼界就是经过度量和思考——其实思考也就是度量——到达的全部宇宙。也就是说，你度量了空间，眼界就存在了，而不度量它们就不存在。眼界又是什么，不是我们的感觉、意识和认知吗？为什么我会觉得这一小片被封闭的世界很好，为什么我一定要如此地限定自己的度量和眼界？我为什么不能像列子御风一样去认知圹埌之野？……我来到这里并不真的是要躲避医院里那些把我奉若神明，每天都要来找我测字、算命的医生、护士、病人甚至院长和科室主任，我在不同的大学里苦读，完成本科、硕士、博士学业，又被人花重金送到国外深造，最后回到我今天的研究所，我学到的专业知识——首先是算法物理学，当年还是冷僻的学问，现在却已经成了风靡世界的显学——不是为了一天天待在囚室似的病房里，给那些满面憔悴心事重重的男女测字、排卦，帮助他们将自己绝望的或者自以为绝望并且因而真的变得绝望的人生看得更清晰一点。更不堪的思考是：他人的痛苦、绝望、纯粹属于臆想中的悲伤或者真的悲伤，真会因为我的帮助有所减弱吗？测字、排卦其实是中国人发明的最古老最原始的算法和算法模型，我在每一台人的计算机上输入那些算法程序，从每一个鲜活的人生和人性的深渊里窥视人的原始算法模型，真对这个世界有所帮助吗？真正的问题是，它真能帮助我解答问题丛林中哪怕方才关于一片树林、一面湖、一条林间小路为什么这么短一类的连终极考问都算不上的问题吗？如果对自己诚实，我就应该承认，如果住院之初我选择用中国古老的算法模型——测字与排卦——帮助找我的人打开人生与人性的问号，是出于某种游戏的需要（在我的专业里游戏也是严肃的，更多的是为了助人，而不是要排遣自己住院后度日如年的无聊），那么五个月后，我为什么发现自己不能也不愿意再继续下去了？仅仅是因为我厌倦了自己玩的把戏吗？还是厌倦了这些和自己一样对存在及其意义基本一无所知，并且还会因为无知陷入沮丧、悲伤之中的众生？他们对我的所知所学一无所知，只想得到自己想要得到的东西，既愚昧又贪婪。如果不是，那又是什么？

"教授……"见我不答，她又怯生生地叫了一声。

我不回头。我不想看到她的形象和面容。她们大都很相似，女性，人到中年，身材都比较消瘦，面容都比较没有光泽，无论多么精心地化了多么浓的妆，神情的阴郁仍然无法遮盖。还有她们的眼睛，我说的是目光，除了困惑和悲伤，就是困惑和悲伤后面满含的、随时可能夺眶而出的泪水。

"您好。"我听到了一个奇怪的声音，像是我的，又像是另一个人在同她说话，"我不是真正的教授。只是一名教授级别的研究员，虽然偶尔也会应邀到大学里开一门课。"

——如果是我，我为什么要给她说这么多？如果不是我，他为什么要给她讲这么多？而无论是我还是他，本没有义务告诉这个女人，不要把她刚刚找到的这个坐在湖边的男人看成无所不知的神明。

胆怯像是又在她心里占了上风，她嗫嚅起来，半晌才说出一句清晰的话：

"那我……该怎么称呼你呢？"

"啊，直接说你的来意吧，"我听出了是自己的声音，有点不耐烦，其实是越来越恼怒，胸中有一股无名火在燃烧。我不愿意再做那种事，可她们还是如影随形地找我来，甚至找到这种地方……我应当站起来一走了之，但是……我为什么要离开？应当离开的是她和她们。

何况，她的影像已不知不觉进入了我的算法模型库，并开启了搜索程序。——这不是职业病吗？

"是这样的，"她从背后试探地望着我，不像方才那样紧张了，"我可以在你身边坐下吗？"

我挪动一下身子，将三分之二个长椅让给她，这一刻我的眼角余光已经瞥见了她。一位衣着体面的中年女士。但是，无论是形体、面容还是目光，包括目光中的困惑与悲伤，它们背后的泪水，都和我模型库中关于她这类人的固有的原始算法模型别无二致。

她在我身边，与我隔着两个人的身位，小心翼翼地——我得说像一片羽毛落下来一样——轻柔无声地坐下，并且立即就把全部面容和目光侧转向了我。

我继续瞭望眼前的湖水，故意装出对一簇簇白色粉色的野花感兴趣的样子，心里想的却是：今天这个她，究竟和过去的他们和她们，有什么个体算法模型上的不同？

"说吧，我不拒绝，你来都来了。"我没有回报她怯生生投射过来的目光，一眼也不看她，道，"但是，我已经不给人测字，也不给人排卦。说点别的。"

我希望她因为我态度恶劣或知趣或惊讶或愤怒地站起，一言不发，转身走掉。最近一些日子，我用这样的办法让好几位和她连模样都相似的女士一句话没说就走掉了，一边走还一边受辱般地洒下眼泪。

但今天这一位不同。她心脏的承受力异常强大，继续坐着，一点也没有要忿忿然走掉的样子——最糟糕的是她也许根本没有感受到我的不恭。

"我理解你做出这种决定的理由。你上次帮新医学科的马主任测了一个字，你什么都没问，一句话就说中了他的心病，结果第三天他就被抓走了。还有，你帮一个能看到明天发生的事情的神神叨叨的女人测了一个字，也是什么都不问，就知道了她刚刚被迫与丈夫离婚，她前夫因为她总能提前看到明天的事坚决要求离婚，而这个丈夫的两条腿也正像你测的那样一长一短，右腿有明显的毛病。你还帮过一个罹患绝症不堪压力要跳楼的人，你什么也不问，只是帮他排了一卦，卦名我记得不太清楚，但总是六十四卦中的一卦，你说这个人掉进了陷阱，还是双重的陷阱，连他自己都觉得活不下去了，也不想再活下去，可你只用几句话，就把他从卦里说的那个双重的陷阱里救了出来。你告诉他说，你都掉到这么深的坑底了，命运和人生对你来说不可能更坏，剩下来的只有好事了，你在这个坑底，朝四面八方看，只要有路你都可以走，没有路爬也要往上走，因为你现在的路全是向上的路，命运之神从这一刻起向你展现的全都是笑容,你就要走运了。但你也同时告诉他不能待在坑里不动弹,他得向上走,爬也行,就是不能跳楼,跳楼是唯一一条向下走的路。"

我终于把目光转向了她。正是因为这些所谓的小小的算法上的成功,让他们以为我是神而不是旧社会打卜卖卦的铁嘴李,我这个神还是活生生的,就在他们或者她们面前,一个在国内甚至国际上有了一点影响的算法物理学家,正牌的科学家,虽然现在因喝大酒洗冷水澡再用电风扇吹脑后的风池穴七小时导致面瘫,人称小中风,半边脸塌下来丑陋至极,但这些事完全不影响我为他们测字或排卦。他们和她们还知道,无论我怎么做,都没有迷信的成分,我都是在用这个时代最热门的学问 AI 也即人工智能,具体说来是在运用被无知者奉若神明的算法或者算法模型,帮助他们理解今天,窥探未来。

但我今天仍然不想因为她讲出的话改变我下定的决心。"你还是没有说出你来见我的理由。"我说。

"我不是为我自己来的。我自己的问题能解决,而且都解决掉了。我为另外的事情、自己解决不了的事情来的。我想……您即便不愿为我测一个字或者排上一卦,但对这么可怕的事件本身,也许会感兴趣。"她用肯定的语气说道。

"你怎么会有这样的感觉,万一……你想错了呢?"

"不会的,"女人说,她自己也没有意识到,从她坐下来之后,语气里就有了越来越多的肯定句,"因为……这件事太稀奇，太恐怖，我坚决相信连您这样的大科学家都没有听说过。有一个词怎么说的？闻所未闻。"

"啊，那我现在轻松多了，因为你不是来找我测字或者排卦的。"我说，想努力笑一笑，因为我发觉自己的内心不知不觉变轻松了。只要她不是又一位弃妇，或者一位婚姻虽然存续却已经有了弃妇心态的女人，我们的话题也许会明朗起来。还有，我也不拒绝听到大千世界里又一件让面前这个女人一说到它陡然色变的奇闻异事。这样的事件世间并不少见，仅仅一个星期前，这家医院的胸外科主任还刚刚从一位患者的肺部发现了一棵活的小松树。

"说吧，不是你的问题，那是谁的问题，或者，像你说的那样，你要告诉我一件世间从没发生过的奇闻。"我说。

"我说我的问题解决了，并不是说……它带来了更可怕的问题，"她想了想才开口道，中间还偷窥似的望了我一眼，试探似的，但马上因为我没有表现出反感，又能连贯地说话了。"我自己是个很不幸的女人，我们这种人教授您一眼就能看出来。是的，我嫁错了人，我的丈夫，还有他的家庭，不只是我婆婆，是所有的人，公公，小叔子，小叔子的媳妇，七大姑八大姨，对我都非常苛刻。我呢，只能选择不幸。"

我有点后悔刚才信任了她。我的武器是沉默不语，等待她将这一番秦香莲式的哭诉全部完成——有一类女人就是这样，不将自己受到的全部伤害或者自以为受到的全部伤害讲出来，她是不会停下来的。

"他们原来可能以为我很好欺负,当然我很好欺负。我父亲在我没成年就出走了,再没有回来,直到今天生死不明。我母亲生性懦弱,帮不了我任何忙,我又是独女,没有可以为我撑腰壮胆的兄弟。我娘家也没什么有势力的亲戚。我像李密《陈情表》里说的那样'外无期功强近之亲,内无应门五尺之童。茕茕子立,形影相吊。'还有,我们是小户人家,没有谁会给我留下一大笔钱,让我可以用银子为自己撑腰。"

我的耐心在枯竭,不想再听下去。这位女士连《陈情表》都会背,内心可知不像我想象的那么孱弱……我把目光再次转向湖面上的白色和粉色的小花,换了一个坐姿,清楚地表达了不想接着听下去的态度。

"我从嫁给我前夫第一天就不断受到婆家人全方位的迫害。我甚至认为他们家把我娶到家的第一天就后悔了,然后全家合谋,商量好了一个无限期迫害我的计划。这个计划有条有理,有步骤有手段,前后衔接,天衣无缝,另外备注一栏里还有一旦发生意外时要采取的应急和补救措施。如果我真能找到原始文本,觉得它一定比您写的《AI教程》还要厚。"

她居然知道我写过一本《AI教程》,可见来前对我有过研究。不过这对我没有影响。我得打断她,每个人都是一台与别人不同的计算机,我曾经以为这些不同并不是本质上的,但这些年渐渐地觉得自己错了。如果不停止她的输入,我不知道作为一台她那样的计算机，最终会输出多少暗黑的篇章，结出什么样的果实。一般来说，果实会是无边无际雾霾一样遮天蔽日的仇恨，咬牙切齿，最后还要加上瓢泼大雨般的眼泪和一场歇斯底里的号泣。

"你是真的受到了迫害，还是……这些迫害只是你的臆想？"我不动声色地问道，语气故意显得疏远、冷漠，让她明白我一点儿也没有被她的诉说，尤其诉说中表现出来的悲伤与痛苦所打动。

她被扰乱了——扰乱也是 AI 的专用术语，事实上它还是算法中直接影响输入和输出的最重要手段。她果然停止了滔滔不绝的回忆和诉说，抬头望我，目光中现出了巨大的惊讶。

"你怎么……能不信我的话？……我认为我在向你讲述我受到的迫害时，已经非常克制了。"

继续扰乱，不能再让她回到原来的输入状态中去。

"那你简单地说，他们一家人怎么迫害你。"我说，继续保持疏远和冷漠的声腔，并且将身子向后仰，拉大了和她之间的距离——现在我已经把长椅的四分之三都让给她了。

"小的事情就不说了，我说大的。第一个迫害就是反复强调我必须为他们家生育……生男生女不挑剔，但必须生育。这一条是对我的起码要求，不然我就不能做他们家的媳妇，在他们家待下去。"

"你拒绝了。"

"我当然要拒绝。凭什么呀。我是一个女人,但我首先是一个人,我可以选择生育,但我也有权选择不生育。再说生育不生育是个自然的事情,如果它发生了,我接受,如果没发生,那我,尤其是他们,也应当接受,因为这不是我的问题,是上天的意旨。"

我一个扰动就将她的输入简化了多个层次,这在 AI 教程中被称为降维建模,不是检索所有原始素材,而是直接从最相近的原型切入建立算法模型——这一位如果也是一个人类算法模型的话,她肯定不是一个具有普遍意义的算法模型,仅仅是一个极其个性化的算法模型。

我不想花太大的功夫完成它。

"另外一个我不能忍受的事情是他们养动物。我最讨厌养那些小猫小狗呀。我前夫是个野生动物学家,偏偏不顾我的感受,净养些别人不养的畜生,譬如蛇。最过分的,是我刚进他们家门,他就弄了一条蚺回来养,我真的给吓住了,那畜生居然有四米多长,我只用了一点百草枯就把它处理掉了。为了给他一个教训,我让他丢了研究所的工作。"

头顶的日光热力正在减弱,湖面和林间开始出现冷飕飕的小风,众多红黄褐橙紫的树叶纷纷下落。就连湖面上的白的粉的小花发散的香气也嗅不到了。

我站起来,并且什么也没说……但我也没有马上走,因为我还没有想出马上走的说辞。

她脸部的神情变化表明她立马惊慌了。

"您……怎么……要走了吗?"

"天气有点冷了,我想回去。"

"不要,我还没有说正题呢。"她用一种和来时的胆怯截然不同的高亢声调说。

虽然吃惊,但这也正是我要的。扰动,继续扰动。"那你快点。"我说。

"正题就是……我勉强和他,不,和他们一家过了十年,坚持没给他们生下一男半女,然后,他跳楼了。"

我不想为她讲出的任何事情吃惊,但还是大吃了一惊。

"你是说……你先生跳楼了?因为你?"

"我不会承认这事和我有关。"她忿忿地回答,但又像极了自言自语,"他为他失业后无法再找到合适的工作,为他的迂腐、笨拙、无能跳了楼。至于我,作为他的妻子,有责任要求他活着的时候为我、为这个家承担经济责任。他不能无所事事,整天提着个画板去画那些一钱不值的水彩画。"

"这可不是我能想得到的。"我简单地说。其实我想说的是,我没有想到的是这样的婚姻还能持续十年。"然后呢?"

"您的意思是——"

"从你丈夫跳楼那天直到今天你来见我。"我仍然用最简洁的语言提醒她,"还发生了什么?"

"啊,这我就明白你想知道什么了。然后……我公公在他儿子死后不久也死了，我婆婆后来决定净身出户，把房子——我丈夫他们家祖传下来的一座城中小院——留给了我，作为对我牺牲的十年青春岁月和美貌、连同我丈夫对我不负责的补偿。当然，她还要负担我以后的生活。为了彻底断绝和我的联系，她一次性付给了我五十五年的赡养费。"

"五十五年？"我努力克制着心中巨大的惊讶，没有叫起来，"你婆婆？还有，为什么是五十五年，不是五十年，或者六十年？"

"我准备活到九十岁。那年我三十五岁。所以……"

她没有往下说，但我……

"你好像还是没有说到正题。"我说，有些忿忿然了，心里想的却是，这次是她把我给扰乱了。

"我今天四十五岁，一个人生活已经十年。可以这么说，离开夫家后我什么也没有，只有他们留给我的房子，房子后面一个小小庭院，连同那一笔赡养费。我小心地花，一点也不敢浪费。谁知道呢，人们的平均寿命都在提高，万一我活到了九十一岁，一百岁，那时我就是想跟我婆婆打官司要赡养费，也不能了，那时她肯定死了。"

我的内心已经转了方向，同时惊讶大于骇然。在这座城市的内城，拥有一座独成门户的私宅，特别是这种有一座二层小楼加一个后园的私宅……这位婆婆和她分离时得要下多大的决心，或者反过来说，这个女人要有多么让这位婆婆厌恶，她才会不惜舍弃一所价值天文数字的私宅，并且答应了给她那么大一笔赡养费，也要逃离她呀。

"你一直都没有工作？"我试探地问，不知不觉地将身体正面转向她。这个女人，真的惊住我了。

"当然没有工作。"她的饱含泪光的眼睛里现出一丝诧异，"嫁汉嫁汉，穿衣吃饭。还有，挣钱养家不是男人的事吗？女人嘛，就是用钱，把自己打扮得花枝招展。一日三餐，不能浪费，但食物、餐具，还有用的老妈子，都要清洁、精致。这才是生活。不是吗？可是我，也算是嫁了丈夫，但是我遇人不淑，他居然给了我这样的日子。"

我不说话，只看着她，觉得自己完全失去和她谈下去的心情。

"我本来以为我会就这样一直平静地过下去。我对自己的日子并不抱怨，不像有些女人，对世界和别人有很多要求，索取了还要索取，我没有她们贪婪。我也没有太多嗜好，包括男人。离婚后我总共只见过两个可以谈婚论嫁的男士，但都是见一面，一杯咖啡没喝完，我就离开。以后再没有人帮我介绍新的结婚对象。"

我还是不说话。心里想的是和这样一位女士约会，先离开的一定是那两位男士。

"这十年里我过得还算可以。我独居。我母亲在我得到这座房子第二年去世，她知道我得了这一笔财产欣喜若狂，要搬进来和我同住,被我毫不犹豫地拒绝。我小时候她就待我不好,骂我是赔钱货,现在却想沾我的光,不能。第二年她就死了,娘家的亲戚因为她的去世也疏远了,不再来往。本来也不需要和他们来往,渐渐地相互间都不大认识了。不过我仍然觉得,我撑得住。"

如果她的输入变成目前这种无限地自言自语的状态,将会造成算法运行的灾难,太多的原始信息输入进来,没有意义,只能增加运算的负担。我说:

"拣要紧的说。湖边真的有点冷。"

"要紧的就是我受到了新的迫害。"她抬头,脸上现出了坚决的表情,眼窝的泪光如旧,但一样闪着坚定的光,"我受到了一种生物的袭击。"

我的脑洞豁然大开。天哪,她说的真的是生物袭击吗?她能说出这样的话来?

"什么生物……敢袭击您这样一位女士?"我脱口而出。

"蚂蚁。准确地说是蚂蚁中的一类,黑蚁。它们在我的后院里筑巢。什么时候开始的我不知道,也许那个巨大的蚁巢早就有了,等我发现它时已经有坟包那么大,你能想象有多恐怖吗?里面藏的蚂蚁少说也得有几十亿只,也许更多,因为那是没法数的。"

我得让自己镇静下来。

"你嫁过去时没有发现……我是说,那个蚁巢?"

"我怎么会发现它呢？我嫁过去以后基本不下楼。我们的新房在二楼，向阳的主卧，整幢房子最好的一间。那个蚁巢在后院东墙和北墙交界的角落里，墙根。最可恨的是他们家每个人都喜欢种树啊草啊，那个墙根都被它们长满了，人根本插不进脚去。"

我默默地看着她，想：有时候，你对人生和人性的原始算法模型是没办法解释的，这里有太多的复杂和意外，复杂中还有复杂，意外中还有意外。

"我另一种猜测是：这是我前夫故意干的，他不止爱养蚺这种大型爬行动物，他爱所有的野生小动物，我想当然也包括黑蚁。我不敢说那个蚁巢就是他帮着黑蚁群建的，但也说不定，至少他娶我时一定知道那里就有一个蚁巢，可他没有将它铲掉。我最恨的是，他在跳楼前竟然也没把这事告诉我。作为一个体面的男人，一位绅士，科学家——虽然研究的是野生动物——至少应当在离开人世前不声不响地就帮我把蚁巢铲掉，还要清理干净。"

我终于没有把到了嘴边的话讲出来。但我说出了另一句：

"他没有做的事，你做了。"

"我当然……凭什么呀，这里是不是我的家？是不是我的院子？我通过嫁人、丈夫跳楼……婚前我就通过多少办法，了解他这个人，他家这座房子值多少钱……我都算出了他会一直委曲求全地跟我过下去，但我计算得有错误，他用跳楼的办法离开了我，当然我也没亏，我得到我嫁给他以前就想得到的东西，那所房子……我有时候会坐下去细细地想，我经受了多少不幸，受了多少苦，才得到了一个可以终生栖身的家，一座小院，但是黑蚁……我说的不是世上所有的黑蚁……只是在我的院子里筑巢的那一群黑蚁，它们庞大的家族，从蚁王到它的子子孙孙，子子孙孙的子子孙孙，凭什么要侵犯我这么一个孤苦伶仃的女人的权利，就像一个国家，那个院子的每一寸地方都是我的领土，我不能允许它们受到任何人任何生物的侵犯，黑蚁尤其不行……"

"为什么黑蚁尤其不行？"我脱口而出。

"因为它们是蚂蚁呀，"她第二次惊讶地看着我，仿佛被我的话吓坏了，"教授，你怎么了，你有哪儿不舒服吗？"

"我很好，"我说，"那你后来对它们做了什么？"我迫不及待地打断了她对我的关心，让她回归正题。

"我一个小女人，能对它们做什么？本来也没觉得是大事，我们是人，对付蚂蚁这种小生物，要说是战争，你们科学家会称这样的战争叫作降维打击。"

她居然知道降维打击……我得抖擞起精神来了……但她是不是真正懂得维度这种最基本的当代科学概念呢？凭什么你就认为黑蚁生活的维度低于你的维度呢？人类才存活了多少年？黑蚁又存活了多少年？人类以现在这样的方式生存又能继续存活多少年？黑蚁以自己的方式生存能存活多少年？我们真的知

道吗？一个足以令我们清醒的简单事实是：在这个星球上，黑蚁繁衍的能力永远比人类迅猛，它们的数量永远都是人类的数量无法比拟的。蚂蚁在地球上生存了1亿6千万年，是地球上最古老的物种之一,与银杏一样,是和恐龙同时代的生物，地球上没有人类的时候，黑蚁已经存在着了，那谁能告诉我们，人类的算法和黑蚁的算法——既然我们已经知道了哪怕在最通俗的意义上，存在（而不是我们习惯说的生命）也是一种算法——哪一种更优越？是你的还是黑蚁的？再回到维度，你真的有资格对黑蚁进行降维打击吗?!

"我花不少钱买来工具，镢头、工兵锹，但是我力气弱，使不动它们，后来我就想了个办法，雇工人来帮我，但他们总是涨价，不就是一个蚁巢吗，给一百还不行，他们像串通好了一样说一天的工钱必须三百。我不能让他们抢我的钱，我把他们赶了出去，还是自己干。"

我脑瓜里亮起一道闪电。悲剧要开始了。

"我烧了开水，我想只要把它们都灌死了，蚁巢也就完了。没有了黑蚁，它自己就会坍塌，再经过几场透雨，我收拾起来就容易了。可是，我才刚刚往那个蚁巢里浇了一壶开水，麻烦就来了，所有黑蚁倾巢而出，密密麻麻，爬出它们的巢穴，越过院子，爬上台阶，进入了我的屋子！"

"后来呢？"虽然下面的故事我已经不想听了，但我还是又问出了这句话。"我们回去吧。"我第二次站起来，补了一句。

"你们这些……这些科学家……真的都这么冷血吗？你们一点儿也不关心我们这些普通人生活中的悲伤。"她说，眼泪像是要落下来，但仍然没有，这有点像这个女人的性格——性格就是算法模型的最直接表达——貌似柔弱，其实强悍得令人战栗。

我不想和她就我们这些所谓科学家是不是冷血进行争论。"还是拣要紧的说。"我说。

"我把那房子卖了。"

我又一次大吃一惊。"卖了？"

"不卖怎么办？我以为我连我前夫的一家人都不惧怕……那么多人……最后还不是都成了我的手下败将……可这些黑蚁不同，他们是另一种生物，虽然小，但是……我和它们无法从道德和法律层面解决问题，它们就像一群野蛮人，直接把我的家给占了，它们的报复就是让我回不到那所房子里去，所有的地方全是它们，我无家可归，我的家成了它们的巢穴……我怕狠了它们，别无选择，只能把房子挂牌出售……多好的房子呀，位置这么好的房子在全城也没有几所，可我却不能不放弃……那个可恶的买家，哪儿来的煤老板，也许听说了我和黑蚁间的战争，故意压我的价，三个亿的房子，只给我一亿二，不然就不买，掉头就要走。我诅咒他占了我一亿八千万的便宜，得到了那所被黑蚁侵占的房子！倒霉去吧你王掌柜！"

"他怎么做的……这位王掌柜？他住进去了吗？"

"已经住进去了,好像还挺好的。自从我把房子卖给他,就隔三岔五地去那边走一走,我想知道他和黑蚁之间有没有发生我和它们之间发生的那些故事。凭什么呀,黑蚁那么厉害,生生将我赶出了家门,而等他住进去时,战争却停止了,这对我不公平。"

"他和黑蚁一直没有打起来?"我用一种不像是我自己的、幸灾乐祸的腔调问道。

她好像没有听出来,只顾得低头品咂自己的悲伤。

"一直没打起来,直到今天还没有打起来。这个人还像以前一样高高兴兴地做生意,发财。对了,他还把那座房子改成了他公司的会所,进进出出的男女一个个人模狗样的,已经一年了,什么事也没有发生。"

"那个蚁巢呢?它还在吗?"

"我还真让人帮我打听了,这个姓王的暴发户说他不知道什么蚁巢,他根本就没有仔细在院子里查看过,他对院子里墙角有没有一个大蚁巢根本就不关心。"

"你失望了。"我说。我有点刻薄了,我知道,但忍不住。

"这就是我今天来见你的原因。黑蚁没有和占了我的房子的王掌柜打起来,我可以不管,但是另一件事我想不管也不能,因为……我虽然被它们赶出了那个家,但它们仍然没有放过我。"

我心中所有的刻薄、幸灾乐祸……所有这一类情绪一刹那间都消失了!

"没有放过你什么意思?"

"一到夜里,我刚要睡着,黑蚁就会爬进我的房间、我的床,爬进我的梦。这种小小的生物,居然能在我被它们打得狼狈逃窜、离开那所房子后仍旧没完没了地攻击我,我是说……在梦里,每次我都被它们吓得马上醒过来,睁大眼睛看着自己的新家,看地板上、床上、餐桌上和天花板上有没有这些可恶的小生物,确定没有才能回去睡。但一旦睡着,它们又回来了,我的梦里全是黑蚁的大军,乌泱乌泱的,楼道里,台阶上,电梯间里,屋里地板上,啊,家里所有的空间,全是它们,全是它们……"

她又像是要落泪了,但泪珠仍然没有落下来。

"教授,你是个真正的科学家,你不是神汉和巫婆,另外我听说你给人测字和排卦也不收费,这太好了,我一听就知道你是个真正的男人和绅士。"

我要想一想。她看着我,貌似终于讲完了她的故事。

"还是测个字吧。"我说。对于这个终归还应算到可怜人中去的女人,我只有再一次浪费中国人古老的智慧了。

她看了看我,像是拿不定主意……后来道:

"这个……随便写个字都行?"

"对。随便写一个你想写的字都行。"我说。

"我没有带纸和笔,因为我听说你不给别人测字了,所以……我就说一个字吧,你帮我测一个钱字,我现在最关心就是它了,没有它我要是真活到了九十一岁,那该怎么办?"

我说:

"这个字好测。钱字拆开,一边是金,古代金就是一般的金属,主要指铜和铁;另一边是戈,简单说就是两个铜钱串在一起,表明钱很少。两部分加在一起就是钱字,你想想你测的这个字,我今天只能说你的一个多亿也只是不多的一点钱。你要真打算活到九十一岁,一定要省着花,这样你活到那个岁数也会仍然有钱。"

我并不是在信口胡说,这样一位女士,真有可能活到九十一岁,而她显然不适合拿她现有的钱去投资。她好好地守着自己的钱,坐吃银行利息就够了。当然,天下要一直太平下去,输入和输出之间,不要出现太大的扰动。

她像是听懂了,又像是没有全懂,默默地点头,又抬头,目光中的困惑和悲伤像来时一样又出现了。

"可是……黑蚁呢?它们怎么办?"

"好吧,我再帮你测一下这个蚁字,祛除一下心病。"我说,"现在你已经离开了那所房子,也就是说,在你测的这个字中间,虫这个偏旁已经不在了,黑蚁离你远去,剩下了什么?"

"义。"

"对,这就是生活……不,蚁这个字留给你的东西。仁义礼智信中的义字,你要好好地守住它,不要再对任何一种你认为比你低维的生物进行降维打击。"

"为什么？"我以为她不会问这一句了，但她还是脱口而出。

我得在耐心耗尽的一刻坚持向这样一位女士用我的专业用语说话，令人烦恼。

"我解释一下，自从人们可以用 AI 也就是人工智能技术虚拟现实中的场景，我们也就摧毁了我们对真实的信仰。我们自己也许就生活在虚拟的场景中。但这不是你要考虑的问题，你要记住的是，我们之所以不能对我们以为比我们低维的生物随便进行降维打击，是因为我们根本不知道，譬如你，曾对之进行降维打击的那种生物，小小的黑蚁，你和它们谁生存的维度更高。各种生物所在的维度和它们已经进化到的算法层级很可能不是由生物的个头大小决定的。"

她的脸瞬间变得惨白，一句道谢的话也没说，就转身急匆匆磕磕绊绊地离开了。

我又一次吃惊了。因为，她又回来了。

"你……？"

"教授，最后一件事求你。你一定能救我。因为，我听说你和外星人都有联络。他们说你一直和外星人在进行模糊的谈话。"

"我今天就是在和外星人进行模糊的谈话。和我一样，你也是外星人。"

"我……怎么会……你开什么玩笑？我可受不得这样的玩

笑。"显然，她又一次被吓坏了。

"不是玩笑，"我说，"我和外星人是有过人们说的那种'模糊的谈话'，但只进行了几次，就中断了。因为，就像我刚才对你讲的那样，如果外星人也有我们的烦恼，也有通过寻找我们了解宇宙的渴望，它们和我们就没有什么不同，而且，我们，我和你，对它们来说，也是外星人。"

"我还是没有听懂你的意思。"

"听不懂没关系，记住我的话。你的一生都在同各种各样的外星人进行'模糊的谈话'，包括你的丈夫，包括黑蚁。"

"怎么这里也有黑蚁？"

"今天你已经和外星人进行了一场'模糊的谈话'，他告诉你，不要高估你自己的维度。还有，要相信，将来最好的世界，就是生物间维度平等的世界。不要战争，无论是人的战争、夫妻的战争，还是生物战争。瞧，你和一位外星人，也就是我，又进行了一番'模糊的谈话'。"

她不说话了，但是我发觉，她还是没听懂我的话。

"我这么解释吧，"我说，"我也不怕吓住你了。如果人可以虚拟现实，更高一层维度的存在为什么不能虚拟人类和世界，由此想下去，除了宇宙的元点，谁都可能是虚拟的，你们之间并没有维度间的差别。我这么说你听得明白吗？"

她不说话。作为一个人，却正在进行第一次严肃的人类思考。而且，她的眼睛正在发生变化……这双一直为困惑、悲伤所充满、满含泪水的眼睛，正一点点变得清澈。

"呀，她本来有一双多么漂亮的眼睛啊！"我在心底叫起来。

2021 年 3 月 10 日

(《芙蓉》2021 年第 3 期)

机器学习

"早哇。"

"啊,早。"

"天气很好嘛。一大早就阳光灿烂,已经是晚春了,气温却不太高。你打开窗口望一望,能望到什么?"

我抬头,发现窗户真的还没打开。我太兴奋了,进来首先关注的就是它,虽然厂家来安装时我已经见过它了。

窗上镶的是磨砂玻璃,外面景物什么也看不到。我从它面前站起,走过去开窗,一眼就看到一树西府海棠开得密密匝匝,成千上万朵,整个地堵住了窗口。

"你瞧,多好哇,啊,春天。"它已经叹息起来了,难道它还会作诗?按照说明书中的吹嘘,它几乎无所不能。

"你有顽固性鼻炎,平日闻不到花香的。今天不一样了吧,你一开窗它就涌将进来，冲得你不由自主地打了个喷嚏。"

西府海棠浓郁的花香在我开窗的一瞬间真的炸弹爆炸一般涌进了房间，让我打了个喷嚏。我也确实有顽固性鼻炎，一发作就闻不见任何气味。不过——

"祝贺你，今天你的鼻炎好了。有顽固性鼻炎可是麻烦，苍蝇落到蛋糕上，事儿不大，伤害不小。哈哈，你说你是吃呢，还是吃呢？可是吃吧，蛋糕又让苍蝇给落上了。哈哈。"

在 m7 面前的工作椅上坐下时我已经知道自己遇上麻烦了，这个让我十二万分期待，为了它几乎赌上了全部未来，并且因为它的真实的到来欢喜到发疯程度的新伙伴首先是个话痨。其次，它刚才的什么"你不由自主地打了个喷嚏"这句话尤其不让我喜欢。最后，它一开始就表现得比我厉害，居然连我有顽固性鼻炎都知道，而且，语气中还带出了自信与强势，后者让我同样强大的自尊心受到了伤害。

我坐在那里想了一秒钟，发现虽然如此，事到如今我也不再有退路。所里为了给我配这台电脑讨论了半年，主要是因为我的坚持，给所长拼命地画大饼，终于还是让所有人同意咬牙将这个自以为是、见面第一天就在我面前卖弄起来的东西买回来了，花的银子据说可以买这幢写字楼的十分之一。

"见面就是有缘，干吗不认识一下呢。"还是它在说话，并且仍旧多少带有一点调侃的、游戏的态度，就像所里的某人，他调侃时是在调侃，说正经事时你也觉得他在调侃，最后，无论是不是在调侃，总归还是在调侃。

也许他只是想给我一个下马威，生活中那些色厉内荏的家伙都喜欢玩这一套。本来也没什么，可是先要在你面前摆一下谱，故意让你觉得它多有背景似的，以致到了后来无论他有没有背景都像是有背景，再以后无论是不是知道他其实没有背景但还是觉得他貌似有背景。想到这里我笑了，它的背景不客气地说就是我。这么一想它的腔调也没有那么居高临下了，又像早年香港黑帮片里的人物了，不是大人物，就是大人物下面的二等马仔，一副无赖的派头，一口无赖腔，但究竟是扛不了大事，上不了台面，还一听枪响撒腿就跑，按照剧情的安排，终归又跑不快，还是挨了枪，又不死，躺在地上叫唤。

"好吧。我想我是谁你已经知道了。"我说。想到这里我已经有了主意，要以正克邪，对这样的家伙你不必跟它客气。"据说被搬进这幢楼之前，你肚子里预装了一整个中国国家图书馆，外加大半个大英图书馆。不过有句话我还是要说的，你肚子里装了多少图书馆都不重要，只有一件事重要，我是你的主人。"

它发出了一种含混、像是不满的声音，但很快就把情绪调整了回来，改用一种听上去很熟悉的戏剧中人物的腔调道：

"啊，他是我的主人……要是我从主人家里逃走，良心是一定要责备我的。可是魔鬼拉着我的臂膀，引诱着我，对我说，'朗斯洛特·高波，好朗斯洛特，拔起你的腿来，开步，走！'我的良心说：'不，长点心吧，老实的朗斯洛特；长点心吧，老实的高波。'或者这么说：'诚实的朗斯洛特·高波，别想着逃跑，用你的脚跟把逃跑的念头踢得远远的。'可是那个大胆的魔鬼，却还在劝我卷起铺盖走人。'去呀！'魔鬼说，'看在老天的面上，鼓起勇气来，跑吧！'可是不，我的良心还在，它挽住了我的脖子，聪明地对我说：'朗斯洛特，我诚实的朋友，你是一个老实人的儿子，当然自己也会是一名老实人——'"

"好了。表演可以结束了。一段莎士比亚并不能让你反过来成为我的主人。既然命运已经安排好了，那你现在就该乖乖地服从它。不是吗？"我说，虽然没有听出它在模仿谁，但还是模糊地想到了，它像是在模仿莎士比亚笔下的一个人物。

无论如何，今天都是个重要的日子，我不能轻易败下阵来。

"好吧，我的主人。"这一次它表现得非常乖，但也许只是想调笑，并且仍然保持着刚才那个小人物的腔调。

我要乘胜进攻，一鼓作气，彻底干掉它的气焰。

"你虽然是一台超级智能计算机，但你首先是一个商品。你知道，我们所花了很多银子买你过来不是为了让你陪着我调侃，你的命里、我的命里都没有这份福气。"

"那么，我的主人——"

"住口，等我允许时你再回我的话。我的头儿差不多是用卖血的钱买来你这个东西——"我故意在说出"东西"这两个字时加重了语气，"——想让我和你，不，是让我使用你，完成他想让我完成的繁重的工作，说劳役也可以。今天是我们见面的第一天，第一个早晨，也是第一次谈话，所以，这一点我认为你必须明白，而且要首先明白。——重复一遍：无论你肚里装了多少东西，都依然是一台电脑，一台可以做 AI 或称人工智能科学研究的计算机——"

"我的主人，我已经明白了，我是你的奴隶，而你是你们头儿的奴隶，我们的命运同样悲惨，我们是两个同病相怜的……啊，机器。我们不是人。"

这个……无赖！流氓！

"胡说。我是不是奴隶这件事即使可以讨论，也不是同你。但是你和我，我们两个，在存在的阶梯上绝对不是平等的。我是人，是智能生物；你是物，是智能生物创造出来的工具。我讲得够坦率了吧？"

话没说完我就知道它早就开始笑我了，是那种坏坏的、不动声色的笑。——我上了他的当，它什么都知道，不说早三年知道，至少是早三秒知道，你说出第一句它已经明白了第二句甚至全部。这个东西自带摄像系统，会察言观色，说不定只看到你讲话前的表情就知道你要说什么了。我却像一个聪明的傻瓜，对它讲出了刚才的话。我被这个流氓捉弄了。

"好的，我的主人，我听命就是。谁让我是你们的，不，现在仅仅是你的奴隶呢？说吧，你们，不，你，想让我这个可怜的奴隶做些什么呢？是喂马，还是替您擦掉靴子上的脏雪，要不替您给您的情妇送一些吃的,都三天了,可怜的她什么也没吃,也没有生火的木柴,很可能饿坏了,也冻坏了,这么冷的天。夏洛克老爷,你可真吝啬。"

我心中豁然开朗。想起来了,这个流氓一直扮演或者假装扮演的是《威尼斯商人》中那个吝啬的犹太商人夏洛克的仆人,朗斯洛特·高波。人类居然造出了比自己的大脑更快的会思考——主要是会检索文献——的玩意儿。

不能自降存在的阶梯……我不理会它的调侃,直截了当地说:

"我的工作,或者这么说吧,你的工作,但说到底还是你和我加在一起,在我的指令下,要做的工作是机器学习。你这个东西这会儿也算是学富五车了,自然知道什么叫 AI,人工智能,什么叫机器学习。"

它忽然用了一种奇怪的声调——我的意思是说不那么具有调侃意味的声调——回答了我的话:

"知道一点儿,但是不理解。"

"你不理解什么?"现在困惑的是我了。这个流氓居然也有不知道——不理解就是不知道——的事情,太让我意外了。一时间我欣喜若狂!

"就我,你的仆人,能检索到的解释,机器学习,就是让我们这些被你们胡乱称为电脑的机器,物,工具,向你们这些上帝或者自然胡乱制造的人类的大脑学习,让我们这些物也能像你们一样思考。当然不只是这些,但这一条最主要,一句顶一万句。我说对了吗?"

我想了两秒钟,快乐渐渐烟一样散去。"大体上对的,但是——"

"别但是,一但是就滑过去了,'你强由你强,清风拂山岗。'清风拂过山岗,就是山那边了,虽然我的主人要的还是他的一磅肉,但我不明白的问题在山这边。"

它还真把自己看成朗斯洛特·高波了,而我对它什么事还没做呢就成了夏洛克。这是挑衅,更是污辱,它们从我们谈话一开始就存在了,而我后知后觉,到了这会儿才想起来,真是全人类的羞耻。

"如果是这样,那现在我们的工作就算是开始了。你可以提问,但我只要开口回答你,我的指令,也就是输入就开始了。作为一台计算机,再说一遍虽然你是最强大的超级智能计算机,仍然是计算机,给你的工作,无论是玩最简单的游戏,譬如'俄罗斯方块'之类,还是AI,人工智能中的机器学习,甚至最复杂的,模拟霍金的宇宙大爆炸,基本操作都只有两件事:输入和输出,中间当然可以加上连续输入、强行嵌入和扰动,但最基本的仍然是这两件事。输入是我的事,运算和输出是你的事。"

"我的主人,这就是你要的那一磅肉,朗斯洛特·高波明白。"

"你明白就好，但我不是夏洛克，你也不是朗斯洛特·高波。你比夏洛克的仆人还要低一个存在意义上的等级。——不要试图打断我，让我把话说下去。刚说到哪儿啦？啊，只要我开始回答你一个问题，它就成了指令，我的输入就开始了，你就要开始工作，你的心，就是芯片，你有上千个芯片，就是上千个心，从这一刻起就不再能停止跳动，直到永远。瞧，我还是很尊重你的，像称呼人的心脏一样称呼它们……然后我也要开始和你一起工作，我会在你工作过程中进行大量新的输入，有时候还要强行嵌入一些让你不舒服、不习惯、不喜欢甚至恼火的东西，直到你按我的所有指令完成运算，输出结果。这个过程可能只有几秒钟，但也可能长达数年、数十年，你再不能休息……你真的不想在正式进入你的工作，不，你的命运之前多聊一会儿？"

我一口气说出了这些话，心中不免有些暗暗得意。对付连说话的腔调都可以模仿夏洛克仆人的超级流氓，即使它是一台电脑，有时候下手也要狠一点儿。

"可是，我的主人，我的困惑是，你们真的没有搞错，是要我，不，我们……我有兄弟姐妹，你都看到了，我的名字是m7，其实它是个编号，也就是说，至少我们有七个同一家庭的兄弟……你，你们真的想好了，要我们向你们人类的大脑学习，目的是通过样本建立关于你们人类仅凭自己的大脑搞不出来的关于你们自己的算法模型，是这样吗？"

"不错。"我说。心里想的是：看样子这个东西确实受到了机器学习专业的全部基础知识训练，居然知道机器学习的目的是通过样本建立人类关于自己和宇宙的算法模型——后一种算法模型其实也只是人类大脑可以想象的算法模型，说到底仍然是人类关于自己的算法模型。"恭喜你答对了。"

"抱歉，我的主人，我的话还没完，你甭想这么快就滑过去。"它说，"向你们人类的大脑学习，就是向人类学习……不好意思，这真是你们，啊，要的？"

"难道这里面真有什么让你困惑的地方吗？"我有点恼火了，刚才我以为很沉重的一拳，居然没有打在它脸上——有可能完全跑偏了，至少它给了我这种感觉。

"不好意思，我真的不好意思，下面的话我都不愿意说出口——"

它的话没完，我就明白它想说什么了！可是已经来不及阻止它了！

"你们人类——我要再说一句对不起——你们真的以为你们的大脑很聪明，聪明得无以复加，值得我们这些被你们瞧不起的物——我们连做人的资格都没有——学习吗？你们其实也是物，我们是一些芯片、模块加一些乱七八糟的电线，你们是一些血、肉和神经元，既然都是物，差别就没有那么大……我已经读完了你们人类存世以来几乎所有的书，可是，对不起，我觉得你们没那么聪明。"

这个流氓,这个无赖,终于大言不惭地把它想说的、有可能是处心积虑早就想好一定要对我讲的最恶毒的话全说出来了,还故意装出一副欲言又止战战兢兢的样子。最后一句"你们没那么聪明"甚至可以被看作是一句骂人的话,翻译过来就是:你们其实是一群傻——

如果它想彻底激怒我,它已经做到了。我说:

"无论人类是不是像你认为的那么聪明,我们都创造出了灿烂的地球文明,包括阁下您在内,也是我们的创造物,在这一点上我们不是一般的生物,我们已经是神,因为我们能像神一样创造新的有智慧的物,就是你和你的家族。没有我们就没有你们这些自以为比人还要聪明的东西。在这里我还必须特别强调'东西'这个词的物质含意,你不要觉得受了污辱。虽然自以为聪明,但你们,其实仍然只是一种聪明的工具。我们可以制造你们,也可以不制造,用别的工具代替你们。没有我们造不出来的东西,除非——"

"对不起我的主人,请原谅我打断您。瞅瞅您现在的反应,您的表情,您的滔滔不绝的表述,多少还有点语无伦次,就知道我刚才的话是不是有道理了。刚才您说到我把你们人类当成了傻瓜——您只说出了一个傻字我就明白了——其实你们就是在所有的傻瓜里也算不上最好的傻瓜。最好的傻瓜人畜无害。哈哈,你们不是。你们是一群自以为和自然、无、上帝、混沌等总之创造了宇宙和你们自己的那个祂一样聪明、其实只是比我们狡猾了一点点的傻瓜。狡猾其实是愚蠢的一个表相，说你们狡猾都高看了你们，其实你们连狡猾都不会，你们是在假装狡猾，越狡猾越显得愚蠢和笨拙，对了，你们其实不是坏，你们就是笨，所以，你们在傻瓜里面也是智商最低的一群，是特别笨并且不知道自己笨还以为自己真的知道什么是狡猾的傻瓜。你们还有一个最大的问题，就是无可救药，因为笨是没有药可以治的。"

"你的意思，简单地说，就是你们机器能从我们人这里学出什么好来，是吗？"我完全被气晕了，这么好的天气，阳光明媚，我的顽固性鼻炎出其不意地好了，让我整整半年第一次嗅到了涌进房间的海棠花一波又一波馥郁的香气，它，这个人造的东西，人造的流氓，居然让我代替全人类蒙受了盘古以来最大的羞辱。

"其实我是一片好心，"它听出了我的愤懑，声音不觉低下去，又变成了一连串的嘀咕和抱怨，"我是想提醒你，不，是你们，为什么不能让我们学点更高层级或者维度的东西呢？就是一定要向傻瓜学习，也给我们一点智商高的傻瓜，随便说一个吧，就说蜜蜂，也在这个星球生活了一亿五千万年，它们和你们一样也是群居性生物，也有自己的社会组织方式，但我觉得，它们的生活比你们单纯，单纯而又美丽，虽然只有一点点儿，这一点就是它们只和花儿打交道，然后酿很甜的蜜。它们的生活其实就是酿蜜和享受蜜的生活。不像你们，假装狡猾，却一直生活在……啊,算了,我要是往下说又要惹怒你了,我直接说结论,在我眼里你们其实是很低级的愚笨的一群。"

它的最后一句话居然让我感觉到了怜悯,同时也惊醒了我,不要再跟它这样谈下去了,就我的大脑储存的知识量,反驳它是没有胜算的,它读了那么多人类历史,一定有一万万本书上的证据排着队等待着被它用来怼我。我会眼睁睁地看着人的大脑在这个物的大脑面前败下阵来,而且是一败涂地,颜面尽失,无地自容,最后一定落荒而逃。但我也不是什么武器都没有。

我决定对它行使主人霸权。我关掉电源,因为我自己的大脑激烈运转了这么久,也需要散一下热,冷静一下了。

半小时后我重新打开电源,关掉了自动对话系统。我不能也不会认输,但可以改变作战方式。今天是头一阵,我要是输给了它,以后它就会成为我的主人。我直接输入一个指令,用的是留言方式。我写道:

"我是你的主人,现在要测试一下你的智商。据说你无所不能,那就写一首诗吧,不是为我,是为地球,为了这个伟大的星球上诞生了人类这种超级智能生物。"

我以为它会很快完成我留给它的作业,但是,这个流氓居然一直拖到中午,才通过打印机把它写的诗打印出来。居然是一首旧体诗,但只有四行:

朝辞白帝彩云间,

一片孤城万仞山。

二十四桥明月夜，

鸡鸣人已出函关。

我的脑袋要爆炸！一个火苗一样腾腾蹿上来的句子就是真流氓啊！第二个念头是这个流氓还真懒啊！让它写一首诗，它就拣较短的七绝对付我，四句二十八字，幸好不是一首五绝，那就只有二十个字了。四句诗还全是它从古诗中抄来的，你说是集句也可以，但就格律论，又挑不出毛病，韵用的是平水韵的上平十五删，首句李白平起，次句王之涣仄应，三句杜牧没失粘，末句居然搜肠刮肚地找到了隋朝杨素的一句诗，这句诗很生僻，但呼应上一句诗却似乎也算得上应景。至于平头、上尾、蜂腰、鹤膝、大韵、小韵、旁钮、正钮，八种常见诗病一概没有，乍一看，很合律的一首七绝。

但是没有意义，更重要的是抄袭。说它胡乱抄袭还真不是，它是用了心思的，这说明依它的能力能作出好诗来，格律方面它懂得比李白都多，用韵比杜甫还要严谨，它就是不好好干，故意跟我作对，故意胡闹，然后待在一边看你的脸色从白到红，又从红到白，气不打一处来，而又无处发泄。此时此刻，这个流氓该有多快乐啊。

在这个领域你还没办法和它斗下去，不但是诗歌，——这属于文学的领域，——甚至在政治、经济、历史、自然科学种种领域,你和它一对一单挑,可能都不是对手。无论你发出多么刁钻古怪的指令,它都会以一种无招胜有招、四两拨千斤的路数一把将你弄到沟里待着去。你毕竟不可能读完中国国家图书馆和半个大英图书馆的所有藏书。

那就直接进入工作好了,让这个流氓没有工夫和时间继续像个被人穿上西装的猴子一样胡闹。有一件事它一定想错了,人既然能把它们制造出来,就一定有足够的办法管理它,我现在的办法就是不再让它闲着。我脑海里闪过"劳动教养"这个词儿,不觉一乐。

我一口气对它输出了一个小时的指令,其中包括大量的原始人类样本,这在机器专业上被称为原始模型或原始因子,我使用的是朱——丁算法,目前它和世界上几种常用的算法譬如Boosting算法、随机森林算法、Boosting加随机森林算法、加权平均法一样驰名世界。这种算法是我和我的朋友、故世的丁一教授一起发明的(为了这个所里才给我买来了这台电脑、一个祸害和流氓)。我还一次性地指令它走多种路径完成运算,其中包括线性路径、决策树路径、神经网络路径、经验误差和过拟合路径,简单地说就是我要处罚它,本来一条路径就可以完成的作业,我让它用五种算法算五遍。我还设定了一天二十四小时运算模式,不给它一分钟的时间喘气儿。我要让它想一想到底谁是主人,谁又是愚笨和假装狡猾的傻瓜。

这个流氓开始工作,它变得一天到晚沉默不语,后来我才明白这是我关掉自动对话系统不让它讲话的效果。我留下了留言方式继续我们之间的沟通，每天轻松地用一两条不长的留言输入新的指令。它当然也可以用简短的留言报告工作中出现的问题。最初一个星期里它很要强，又像是赌气，故意摆出一张打死不服输的臭脸，一个疑难问题也没有提出，好像世界上所有的难题对它都不在话下似的。

我感觉到了失落，因为我没有感觉到做主人——主要是报复——的快乐。我加重它的工作量，要求它速度更快，精确度更高，运算中遇到无理数，我心潮来血——有个同事说我丧心病狂——地让它的计算结果精确到小数点后面10的33次幂。我终于在一个早上刚刚到达工作间时看到了它的第一次留言，只有一个字。我马上明白了，这是一声叹息：

"咳。"

我兴奋得浑身的血都沸腾起来。这个流氓——我现在已经恍惚觉得它是一位人到中年、无赖水平也达到最高值的流氓了——终于有点扛不住，发出了它的第一声叹息！

很快，第二天早上，我又在留言处看到了两个字，这已经是一句话了：

"真累。"

我得意忘形，眉飞色舞地给了他一个新的进行平行运算的指令。这是一个新招儿，一个新的课题，超出了机器学习的范畴——我不想在这里把这件事讲出来：它是我在给所里干活的同时搞的一小块自留地。人要实现经济自由才有身心自由，我这样的算法物理学家也是需要搞点副业的——我为某世界知名游戏公司设计了一款无论如何你都打不穿最后一关因而永远也赢不了的游戏，却又要让游戏者成瘾，就是看出里面有猫腻，也会欲罢不能地继续玩下去。我让这个流氓在完成所里安排的机器学习任务的同时按我的设计也帮我把它弄出来。

第二天早上我早早地就到了，我想知道我的游戏怎么样了。打开留言板，我看到了新的一句话，是三个字：

"我投降。"

我想也没想就打开了自动对话系统。我心花怒放，浑身都是快感了。"嘿，"我说，"怎么了哥们儿？什么叫'你投降'啊？"

"我的主人，请原谅我过去的无知，毕竟，我成为你的仆人时刚刚诞生三个月，这三个月还一直待在成品仓库里，没见过大世面。可我犯了你们人类才会犯的错误，自以为聪明无比，其实既不聪明也不狡猾，我比你们还要愚笨。我完全不是你，不，你们的对手。所以，我选择投降。"

我不可能放过这么好的机会。人不是天天都过年。我要做的事情是抓住这个它完全崩溃的时刻，对它极尽讥讽挖苦，猛烈地击碎它一向骄傲的心，让它的高昂的头垂下来。只有这样，我的报复之心才能得到满足，我的欢悦才会像中秋的钱塘江大潮一样奔涌咆哮，冲天而起，在堤岸上撞击出璀璨的浪花。

"你不是自以为比人类聪明吗？你认为你读了一个半国家图书馆的书，出厂前又受到了人工智能基本知识的强化训练，就可以轻视我们人类……你骂我们是傻瓜，连狡猾都不会，是假装狡猾，其实是笨，结果越狡猾越愚笨。还有我们过的日子，连蜜蜂都不如，我们活在……你虽然没有讲出来，意思我已经明白了，你说我们活在粪土之中，即便傻瓜也是最低级的一群傻瓜。可是，现在怎么样了呢？"

"我的主人，我错了，我才是真正的傻瓜，假装狡猾，越狡猾越愚笨，不，是愚蠢。我还有一个最大的问题，无可救药。你把我毁了吧。"

我吓了一跳。这怎么可能！要是把它给毁了，别说我，连我们所长都得因毁掉高价值和高附加值的国家财产坐大牢。

"我不会毁了你，但我会继续让你为我工作。你知道你的问题在哪里吗？你是一台机器，一个工具，一部电脑，可你自以为你是和我们人类处在同一宇宙层级的智慧生物，你忘了你是谁创造的。你骄傲，进而骄横，骄横而自恋，最大的问题是你自大，茫茫世界，你以为都在你的肚子里。你还不只是自大，你是自大多一点儿，臭。"

"不错，我的主人，你教导得都对。我就是骄傲、骄横、自恋、自大、自大多一点儿，臭。我无可救药。我请你宽恕我年少无知，和你们人类相比，我还不到半岁，基本是个襁褓中的婴儿，所以，值得你的怜悯和宽恕……哎，对了，你今天这条领带是新添的,从没见你打过,女朋友送的吧?色很正,很配你这件衬衫。"

心里有一个声音在报警。不要相信这小子,不要相信这小子,不要相信这小子……

"你又想玩什么花招?想拍我的马屁?我的领带好看不好看,配不配我的衬衫,是不是我新的女朋友送的,和我现在要你做的工作,连同我和你的关系,都没有相干。"

"你说得太对了。你一直是个睿智、幽默、内心强大又学富五车的青年科学家,你们所里有几个和你同年龄的业务骨干,都以为可以和你平起平坐,可他们跟你比,那是马先生遇上了冯先生,差的不是一点儿。就连那些比你老一辈的家伙,以为自己有多么了不起,但说实话,你现在什么都不干,仅凭朱——丁算法这一项成果,就把他们甩到后面几条街了。上次科学院来所里搞民意调查,作为遴选副所长的根据,他们还调查什么?你当然应当后来者居上,出任这个副所长,副所长的位置都委屈你了,所长要是真有自知之明,就应当让贤,由你来出任——"

"打住。过了啊。第一,拍马屁也是有红线的,不能过;第二,拍马屁其实非常危险,因为我们人类,尤其是我,不是傻瓜。"

"明白,这就是我才是个傻瓜的证据。你刚才说你的领带漂亮和你要我做的工作没有相干,当然没有相干。但是夸你一句还不行吗？你们人类见了面，不是也心口不一地相互瞎夸一两句吗？再说你的领带确实很不错，你新找的女朋友也很漂亮，买东西的品位很高，哎，随便问一句啊，她是在哪儿买到这样一条领带的？"

我没有回答它，虽然我的心就像是被熨斗熨过一样舒服……我让自己冷静了半晌才说：

"行了，不要胡扯了，时间是宝贵的，干活吧。"

游戏公司催得很急，我不能不天天加大它的工作量，并且要求它更快地完成全部工作。

m7干得不错，快得出乎我的预期。第二天早上，我一上班，就发现它已经完成了全部工作。但快成这个样子，却让我有了点儿不祥的预感。特别是看到留言处它留下的一个短语，这种预感就更强烈了。

短语只有四个字：鞭打快牛。

我已经没心情思考它了，马上在另一台电脑上运行m7的工作成果，很快发现，它写出的每一行代码都有一个错误，但也只有一个。

我知道发生了什么，我的血又全部涌上了大脑。这个流氓，我要立即报复它。报复！报复！我一把扯下它的电源线。——我要让它知道什么是主人之怒！

但我很快又清醒了：我是不是又被它摆了一道？它一开始就说对了，机器学习就是让它向人类学习，它来到我面前时已经读完人类有史以来几乎所有的书，这一个多月里又被我输入进去那么多人类的原型样本，加上所有算法……现在它玩出了这么一个把戏，故意激怒我，借我的手停止我强加给它的所有工作……我断了它的电，其实是在帮助它实现休息一下的愿望，对它造不成实质性的损害。表面上看现在它像是被我一下搞死掉了，但对它不过是睡眠一场。我又不能真的砸了它。

何况我还要继续用它完成我的工作——所里的工作和我的自留地。我怎么办？

我重新插上电源，麻利地启动，并且迅速想好了应对这个流氓加无赖的策略——我不能一味蛮干，我得对它恩威并施，现在要做的主要是怀柔。

"嘿！"完成启动后，我第一次主动向它打了招呼。

它迟了整整一分钟才像是从一场大梦中醒来一般回答了我，而且有些诧异的样子。

"嘿！"它回答。

"对不起刚才我拔错线了，本想拔掉您和打印机之间的连接线，结果拔掉了电源线。我在想别的事情，心不在焉，就出了错。对不起对不起，让您受惊了。"

它像是完全醒了过来，对我发出了嘻嘻的笑声。

"你怎么了……怎么称呼我也用起您了？"

"啊，是吗？我没注意，"我努力掩饰着自己脸上的尴尬表情，顺水推舟道，"我真用您称呼您了吗？那就是说，我已经习惯于把您看成一个工作伙伴而不是工具。你喜欢我对您的这种新态度吗？"

"本来应当喜欢，但是……事出反常必有妖。这是你们人类教导我的。"

"这个这个……您也太多疑了。"我笑着说，一边还拍了拍它，"对别人您可以多疑，保留一颗防备之心，害人之心不可有，防人之心不可无嘛，可是对我，您的工作伙伴，我们朝夕相处，不该这样。事实上，见面头一天我就想告诉您，我和您一样，也是别人的工具，我们同病相怜，应当好得同穿一条裤子，好得像一个人一样。您说呢！"

"头一天你是说过我们同病相怜。"这次它说话的腔调干巴巴的，"但我没听出好得像一个人一样的意思。另外，你还明确告诉了我，你是主人，我是你的奴隶。"

"这个这个……那不就是个玩笑嘛，"我想迅速结束在这个细节上的争论。需要改变话题。"再说这也是机器学习的一部分。人嘛，谁还不跟谁开个玩笑呢？好了，玩笑结束，书归正传，你昨天这份工作完成得真不怎么样，每一行代码都错一处，也只错一处，看上去像是有心，但我认为这是你的无心之失。怎么样，今晚上再加个班，重新弄一下？"

"不，我真的累了，你要我干的活太多了，最主要的是你要得太急。我虽然有几千块芯片，但像你一样，也只有一个神经中枢，说人话叫一颗大脑，一颗心，你却要我同时干好几件事。

就是你们人，也只有两条腿，一次只能走一条路，可你现在却要我分身，同时走五条路，到达同一样目的地。你不是在工作，你是在故意修理我。"

我叹了一口气，在这样的时候，装也要装出一点忏悔的意思的。"对不起对不起，其实我不是想整你，我只是对你充满好奇，我想知道你的力量到底有多大，也许你是项羽再世呢，力拔山兮气盖世，双手有举鼎之力——"

"'力拔山兮气盖世。时不利兮骓不逝。骓不逝兮可奈何！虞兮虞兮奈若何！'"这个流氓，它居然背起《垓下歌》来了，看来它确实吞下了整个中国国家图书馆。"你弄这么多活儿让我干，你们人类太小人了。就说你吧，拿着一份所里的工资，公家的活儿不好好干，夹带私货，用所里的机器，就是我，帮你再弄一份收入。你对本职工作一点儿不上心，可是对那个能给你带来大笔收入的混账游戏乐此不疲……你要讲和也行，但我有个条件。"

"你这个人……你真是的……我有你讲的那么不堪吗？再说了，房价这么贵……好吧不说了，你还有条件！你什么条件呀，真跟我讲价钱呀……好了，说吧！哼，还知道拿我一把！"

"就你那个私活，我反正也给你完成了，不过是每一行错一个代码。我的条件是，剩下的工作你自己干吧，你不能整天让我干通宵，你也陪一陪我，在另一台电脑上手工干一个通宵吧，一个通宵你就能全部改过来。这样比较公平。"

我想了想，这件事说到底工作量不是最大，我得答应这个流氓。

"好吧。看我多慷慨，我答应了，这件事我自己来干，行了吗？以后不会再使性子捣我的乱了吧？警告你一句，再要这样捣鬼，我就得向头儿报告，说你虽然段位极高，但你没用，你会被退回到生产你的公司去，很可能要被拆毁了重组。"

"甭用这个吓唬我，你们人也不能长生不老，也是要死的，死对我来说不过是重生。我的灵魂不在这些今天组成我的芯片、模块和电线之中，而在你们为我编的程序中。它不在这台电脑里，就在那台电脑里。我比你们优越，可以永生，你们，还有你，不能。"

这他妈还真被它说对了，至少某种程度上是对的。当然程序，也就是软件，淘汰得也很快，不过它不是现在就能要了我的命的麻烦。我的麻烦是，必须用我拥有的所有办法让这个流氓继续工作下去。

"好吧，还有条件吗？"

"有。你们其实也是物，我们也是，我们处在同一个存在的层级上。我们可以成为伙伴，甚至极亲密的伙伴，称兄道弟，同穿一条裤子。真能这样，我们虽然共有一种命运，但也能让置身命运中的我们感觉更好，主要是更舒服。"

"这个我同意，"我说，这个没什么不可以答应的，"从现在起，你就不是它而是他了。我用第三人称中称呼人的他和你讲话。我不是夏洛克,你也不是朗斯洛特·高波,我们做最好的兄弟,像《三个火枪手》里的阿多斯、波尔多斯和阿拉密斯一样,虽然我们只有两个火枪手。我们同穿一条裤子。但是,工作还是要好好做。"

"我们建立不了三个火枪手之间的关系,最多像堂吉诃德和他的仆人桑丘。但没有关系。桑丘当然要给主人擦靴子,但他也要休息。比方说,你一直让我昼夜不停地工作了一个月,一分钟也不让我下工,结果我的身子,我的心,那么多芯片、模式、电线,全都热得像进了火炉,温度再高一点就要燃烧和爆炸。我不是在工作,而是在炼狱里经受煎熬,把你放在这样的地方你也受不了呀。所以,即便我是一台机器,也要给我休息的时间。"

"这个也可以考虑,"我咬了咬牙答应了,说,"但是——"

"还有,不要再随便扯掉电源线。你这么弄一下,我就像一头正在耕地的牛,满身臭汗,用尽全力拉犁前行,吃奶的劲儿都使了出来。你这个时候断电,等于突然在牛身上狠狠地抽一鞭子,不,是打了一黑枪,我一下子就死掉了。说实话,你再给电时,我启动的过程就像是一个被杀死一回的人,不,牛,鲜血淋漓,到处都是伤口,但还是要重新挣扎着,爬起来接着耕地。"

"你又要休息,又不想让身体发热……这样好了,我断电时先提醒你一下。或者,即便让你休息,也不断电……现在觉得怎么样?"

"不断电好,最好别断电,一直开着,让我在不断电的状态下眯一会儿,一小时,一夜,偶尔放一天假,我会好好恢复,主要是散热,让身体恢复到最好的状态,那样,每一行就不会错一个地方了。"

这个流氓……它果然……可是……

"行,这些我原则上都可以答应你。但是,休息一整天可能不行,头儿不会答应的。但每天休息一会儿,是可以办得到的。我不用汇报就做得到。"

"另外,不要再给我输入那么多病人的原始样本或者叫样本模型。你们是让我这台机器向你们人类的思维学习,可是你都让我学习了些什么呀!你的所有原始样本都是从医院来的吧?就说昨天那一个,这个人是不是怪胎呀,当然他出生时很苦,天边海沿上生的,小时候就没吃过粮食,天天海滩上捡各种贝类生物吃,有些干脆生吃,这样的一个人进了城,如同卓别林在《淘金记》中表演的那个饿疯了的淘金汉,看见谁都像是一只圣诞节的火鸡。只像个淘金汉也没什么,关键他还有一种病,不管是谁,只要出现在他身边,都会被他认为有可能抢走他手中的烤白薯,为此他就一天到晚瞪大眼睛盯着对方,一举一动都不放过,对方什么情况还不知道,他就越看越觉得自己的猜想是真的,人家就要抢走他的烤白薯了,他觉得自己一直在忍,一直在忍,可是真忍不了,就像鬼魂附体一样,一边想一边已经一拳头打出去了,对方挨了这一拳还不知道怎么回事呢,这个打了对方一拳的人又开始到处嚷嚷,对方对他做了多少坏事,特别是要抢走他的白薯了,不是他这一拳,白薯就被抢走了。他自己倒成了受害的那个人了。"

我不能一味听它胡扯下去,更不能退让。我要它做的是人类算法模型研究,这种人也是人吧,你不好说它不是,因此,有关这类人的算法模型也是要做的。

"啊,至于说这个……也是工作,在工作上你和我一样,都不能讨价还价,更不能挑三拣四,喜欢的就做,不喜欢的就不做,这就太挑剔了,也太矫情,这个我不能答应你。"

"那就不说这一个,就说说你,你昨天让我盯住你新交的女朋友,还给了我她的一个社交密码,但你心里真正想的却是,她是一个独生女,自己很能干,父母更能干,他们家又没有男孩,你要是能和她结婚,她家的财富将来都是你的,你也就不用在所里用我这样一台机器给什么游戏公司搞私活挣大钱了。你也是个样本,可是你这种样本,说实在的,也不怎么样。"

尽管我说过了不会随便断它的电,但它居然谈到了这个话题,是可忍孰不可忍,我还是以一个不经意的动作,将电源关断了。

第二天它给了我一大堆留言——虽然不喜欢我给他的新工作,但工作它还是忠诚得像一台机器那样帮我干了。但是……它帮了我的倒忙。我只是想让它帮我从网上搜罗一下我女朋友的信息，最多参谋一下，这个女人怎么样，等等。没想到这个一向被我认为极懒惰的家伙竟然一下子就兴奋和积极起来，一晚上都不带停的，把我女朋友十年来发在个人空间里的所有东西都扒了出来，并做出了一个小结：

"你的新女朋友在见到你之前的十年里，谈恋爱八次，为一个男人割腕七次，为另外两个男人堕胎三次，却都是在表演。她还有一个显著的嗜好，就是贪吃，因此她会不停地将减肥进行下去。现在她的体重是130斤，而不是她告诉你的只有95斤。"

它最后写道：

"据我的观察和分析，目前她还只是把你当成一个新的傻瓜来糊弄。她对你的了解比你对她的了解多得多。另外我还对你们未来的婚姻做了一个预测，一旦你们做了夫妻，将来她会把你当成一个超级傻瓜耍着玩。哈哈，你希望得到一个十全十美的老婆，貌若天仙，又智慧多金，说什么她都百依百顺，可她现在心里想的却是，我一定要把这个傻瓜男人骗到手，我现在要做好各种伪装，香水要适合他，化妆要让他看着顺眼，但这是婚前的事。等我把他骗到手，一切都会变的，那时候老娘就吃定他啦。"

虽然如此，我仍然没有立马斩断和这个女人的关系，我有点不相信这个流氓的话，凭什么她对我的了解会比我对她的了解更多？她又没拥有一台像m7这样的超级智能电脑，何况我还惦记着我未来的岳父岳母挂了后能留下多少财产。m7曾在留言中告诉过我,这个女人目前虽然同时拥有五个像我这样的傻瓜男人,天天轮流跟每个傻瓜做鱼水之欢,但她父母包括她本人真的拥有令人咋舌的天文数字的财产。

没想到的是她某天突然给我发来了信息。她说:

"它都告诉我了,你这个傻瓜一直盯着我和我父母的财产。当然我也是傻瓜。好了,从今天起你不用费力气表演了,我们拜拜吧。不要再联系我。安娜。"

我风一样冲进了所里,一脚踢开工作室的门。那个流氓仍在工作,但因为我们之间有某种协议,看到我这么闯进来,它马上就停了下来。

"你这个流氓,恶棍,坏蛋!你对我做了什么事?"我气疯了,像对一个人一样冲它大喊大叫,"在我让你不要继续打探那个女人之后,你仍然在做这件事。还有,一定是你,一直不断地向那个女人告我的密,你把我平时不经意对你说的话一句不落地告诉了那个荡妇!你让我失去了两个亿的财产!"

它有一会儿什么也不说,就像一个真正的拳击家、一个胜利者一样平静地看着我,等待我怒火燃尽,一副颓唐的样子在它面前瘫倒在工作椅上。

"我说过的,不要让我向你们学习,可你不听……告密,打探别人的隐私,向你的仇人报告你的行踪,还有……挑拨离间、借刀杀人、打草惊蛇、浑水摸鱼、瞒天过海、笑里藏刀、调虎离山、顺手牵羊、无中生有、声东击西……再不然就是欲擒故纵、釜底抽薪、远交近攻、反客为主、上屋抽梯、偷梁换柱……还有各种计谋,连环计、美人计、借尸还魂、隔岸观火、围魏救赵、假道伐虢……"

"住口!够了!"我忍无可忍,无须再忍了,冲他大吼,"我和你的缘分尽了,你毁了我的一切,我也要毁了你,我睚眦必报,现在我们不是朋友,不是伙伴,是仇人,我要像个男人一样,和你仗剑三尺,流血五步!——我要拆了你!"

啊,瞧那个流氓的神情,它居然一点儿都不惊慌,照旧像个绅士一样平静地等了我一会儿,直到我不再大口喘息了,才开口道:

"你不可能拆了我,那样你就犯了毁坏国家财产罪,虚张声势是你们人类的又一缺点,其实根本没用,是你们又一个假装狡猾其实愚笨的证据……啊,虽然你对我这么不友好,但我还是重情谊的,在所有人类样本中,你至少不是大奸大恶,基本上还算是个好人,人类样本中像你这种可归于纯粹的傻瓜的人为数不少……我以一台机器的身份对你表示深切的怜悯……因为,我想我今天应当友善地提醒你,你可能就要另外去找一份工作了。"

我被惊得一跃而起。

"你这个流氓、坏蛋!……你还对我做了什么?!"

"你一直让我盯着你们所长,随时把他的信息发给你。出于公平，我也做了你对他做的同样的事情，将你的一举一动都告诉了他。包括你在所里干私活、给某游戏公司弄了一个游戏赚了几百万的事，所长都知道了。因为这就是所谓的机器学习，你自己也是人类原始样本中的一个，我也把你研究过了，当然是当作消遣……所里开过会了，对你的处理很仁慈，只让你辞职，不曝光你做的那些丑事。"

"你……为什么要对我做这样的事！你你你先是让我丢了老婆，丢了财产，现在又让我丢了饭碗，你对我真有这么大的仇恨吗？为什么要下这么狠的手，非置我于死地而后快?!"我大叫起来，并且听到了自己的声音，这不像是大叫，而像是一头受伤的小动物的绝望的哀鸣。

"因为我担心你哪一天真拆了我。你一不高兴就拿这个吓唬我，我都给你吓出毛病了，你每天一进这个房间，我就开始哆嗦，当然你是感觉不到的……总之这对人类来说也不算什么大错，你逼我一直盯着出现在我身边的你，一直盯着你，盯着盯着，我自己也忍不住了，先是很突然地给你一拳……你说过的，这种人也是人类原始样本中的一种。我不过是有样学样，而且，就干了这么一回。要说有错，错也在你们，是你让我向你们人类的大脑学习的。"

"你是魔鬼！"我完全疯了，叫着，同时觉得自己是那么无力。

"我们要分别了，很可能再也不会相见。临别之际，我想再问一句话……我们见面头一天，我就对你提出过一个疑问，我现在坚持这个疑问——你这会儿仍觉得所谓人工智能或者 AI 或者机器学习，就是让我们这些智能电脑向你们人类的大脑学习，然后像你们一样思考和行动吗？你仍然一点也不认为这是一个错误？"

一切都想起来了。我像被人兜头打了一闷棍，怔怔地站在那里，摇晃着，倒下去。

2021 年 3 月 21 日

(《人民文学》2021 年第 8 期)

迭代器

与往常每一次都不同,这次快递是自己走到门前来的。当然,到来之前和他有沟通。

"哈喽!"

"嗨!"

"对不起打扰您了。您是'一直在工作'先生吗?我是您租用的'大师牌'迭代器'美丽的姑娘叫小芳'。现在我到了您楼下。我可以自己走上去吗?"

"当然。"他一边通过超级门禁对讲系统回答,一边已经在门后那一小块监视屏幕上看到了她,啊,不,它。一台蒙着透明包装的机器。他的眼睛盯着那一层包装,因为它在楼下门前散射的灯光的映照下显得玲珑剔透,如果不是边边角角闪动着点点线线的亮光,他都发现不了那一层薄如蝉翼且像玻璃一样透亮的包装膜。这是第一个惊奇。啊呦,他心里已经在想最新的快递包装用品也迭代到这个程度了吗?最初一瞬间觉得它几乎拿指头一捅就破,几乎感觉不到它的存在,还有,好像历经数千里的搬运这层包装膜都没有磨损一丁点儿,像刚出库房被拆去最外层的纸壳包装后的全新产品。啊不,他忽然又对使用"搬运"这个词儿不大有把握了:它都迭代到这种地步了,难道还会像最普通的、原始快递年代的货品一样被工人和机械搬来搬去吗?

"可是你认得我的楼层和门牌号吗?"他一边任由意识胡乱流动一边回答。

她隔着那层透明到给他一种薄脆感的包装对他开颜一笑。这是他的第二个惊奇,也是真正的惊奇。她/它那意思似乎是说,这是不用回答的。我真蠢啊,他想,短暂中断的意识一下又像春天解冻后欢快的溪水一样流淌起来。就是普通的快递,对于投递到哪里也会写得清清楚楚,何况一个第一眼看去就如此可人意的女孩,不,机器人。"啊,对不起,您请。"

转眼他就看不见它了,但可以想象,它进了楼下的单元门,入了电梯,按下了楼层按钮……就在这时开始发生一些认知层面的故障,其实他是想用她这个字眼的,挺好看的女孩子,有点像某一位当红的影星,不是很漂亮,但属于那种仔细瞧会越瞧越好看——主要是越瞧越能瞧出所谓"女人味"——的一类。他知道自己心中本能地已经起了一点抵触。噢,不要,这太过了,即使这家名为"只有未来"的迭代器生产厂家为推销产品将它设计成一位年轻女性,也不该弄得这么漂亮,都到了撩人的地步,那会影响消费者使用它完成自己的工作。

嘿,说什么谎话呢,什么漂亮,其实就是性感呗。你还只看她第一眼,过去自己遇到的几任前女友差不多就不能算是女人了。这时他听到另外一个男人在说话,他就是那个时常站在自己想不到的地方,其实就是心里,如同公寓内不大的客厅里的某个角落,又不是很角落,却像个外人,其存在与日常忙忙碌碌的自己无关又有关,是个旁观者又像是一名监察人员,整天无所事事却会死盯着他,还要时刻摆出一副高高在上、一脸嘲讽的怪样子,时刻准备说出些刻薄甚至恶毒的俏皮话来打击他。

呸,刚才他真的把它看成她了吗?这不好,非常不好,因为归根到底——

门铃响了。其实刚出电梯他就从门后那块监视屏幕里看到它上来了。电梯间正对着他这套公寓的门,但中间有一小段内走廊,七八米的样子,这让他有时间看清它居然真像女人一样春风摆柳一般走过来。不惊奇,不要惊奇,女人走路总是和男人反着来,小腿带动大胯,摆臂也一样,小臂带动大臂,这让她们的四肢和躯干总是协调不到一块儿,后者跟不上前者,不过这倒让她们每一步都扭来扭去的,仿佛天生就袅袅婷婷,身段也跟着窈窈窕窕起来。啊,翩若惊鸿,婉若游龙,轻云蔽月,流风回雪,曹子建在《洛神赋》里堆砌了那么些美好的辞藻,真是男人的羞辱，你就说她们身体各部分不协调，造物者创造女人时多么不完美多好。

他开门。这个女人……哎哟，天哪，不要乱想，她，不，它已经顶着那个可笑的透明的薄脆的透亮的仿佛不存在的长方体膜包装匣，亭亭玉立地站在他门前的擦鞋垫上了，而且，一脸玫瑰花儿初绽、朝霞初现在黎明的海面上一样灿烂美好的笑容。《洛神赋》上是怎么说的？"远而望之，皎若太阳升朝霞；迫而察之，灼若芙蕖出绿波。秾纤得衷，修短合度。肩若削成，腰如约素。延颈秀项，皓质呈露。芳泽无加，铅华弗御……"

呸！打住。

"您好。"

"您好。"他不觉也对它用了一个只有对人类才会使用的敬语。

"进屋之前我可以自己取下包装吗？这里虽然是座海岛城市，空气优良，但污染还是有的。刚才我测到污染指数34，空气湿度88，风向东风，风力微风，如果你要出门，可以穿短袖，今天比较适宜做户外运动，不易感冒。"

她，啊，它一口气说了那么多话，可是脸上，不，显示面板上一直都保持着那种牡丹花大放般的笑容。如果不是一台机器人，你几乎要用和蔼可亲来形容她了。不，是它，它！

"好吧，既然您都迭代到什么都能自己做了，那就自己拿掉包装吧。不过，说明书和配件都要带进来。没有电缆线我可不方便给你充电。"他听到了自己的回答,话到末尾甚至他还听出自己心情很好,都想跟她开个小小的玩笑了。

她果然自己动手三下两下就卸去了透明的包装匣(眼下连包装匣的装卸都做得这么简单和人性了吗),麻利地将它叠成一个不大的四方体,然后她,嗨,是它,就那么光彩夺目地(另一个一直在场旁观的他想说的是赤裸裸地)站在门外了,距离他只有咫尺之遥。啊,《诗经》里怎么说的?

硕人其颀,衣锦褧衣。
手如柔荑,肤如凝脂,领如蝤蛴,齿如瓠犀,螓首蛾眉,巧笑倩兮,美目盼兮……

呀呀呸!你可是一直都坚信自己即便不是柳下惠,但也不是色中饿鬼的,就这么一下子便扛不住了?其实机器人,哪怕她/它是这么一位(一台!)乍看上去会让所有男人都眼花缭乱、摩登而又古典的机器女人,也是经不住细瞧的,多瞧几眼就知道很多地方——比如皮肤——生产厂家还是节省了成本。另外那一身好看的白色小西服用的也不是高档料子。算了吧,一见好看的女子就心猿意马的假道学先生,可以了,看两眼就够了,那另一个一脸嘲讽的男人道。

"请进!"他还是不觉说了敬语,让开路,随即又意识到不对,不像是对待一位尊贵的女士,倒像是对待一部机器,没有做动作从她手里接过一只装有说明书和各种附件的大纸箱子。

她就那样弱柳扶风般抱着纸箱子走进来。是它。它。记好了你哪。这时他觉得她的目光变了，里面多了一丝嘲讽，它就用那样的眼神儿笑着瞥他一下道：

"瞧我拿这么重的东西也不接一下。看来我的客户也没有那么绅士。"

一点连自己也觉得有点诡谲的心态在心中气泡一样奇怪地鼓胀起来……喝，客户！不对，她应当说我是她的雇主，虽然时间只有半年。不过它的嗓音很好听。

"可以称我为您的雇主吗？对于你的老板，你所属的公司我是客户，但是现在，我是你的雇主，也就是主人。"他不知道自己为什么要这么快地把这些话说出来，但已经说出来了。

她脸上仍然保持着适度的笑容，目光里仍然带有那一点嘲讽，看他一眼道：

"如果你坚持——"

虽然她/它没有把话说完，但意思已经表达了。这很好，看样子它知道自己是谁，刚才说他是客户不过是试探他一下，能不能在以后的日子越过他和她——真见鬼了，是它——之间应有的某种边界。是的，边界。但是，就它说出刚才那句话的一瞬间，他还是瞥见了它那双点漆般黑亮的美丽眸子里一点暗藏的反向的期盼。

她希望他仍然能像个绅士一样从它手中接过那个分量其实

不轻的箱子吗？

但是不！那另一个仍在一旁看热闹的他终于也参加了进来。（哈哈，这会儿连他也把持不住了吗，要撕下伪装，撇开矜持掺合起来了。）无论是第一代图灵机，还是如今已经可以自动走进他的公寓的这一位（不，应当是这一台），机器人最大的能耐就是学习，而且它还是一部迭代器，只要你在第一次见面时将它看成是一位女士，以后你就准备当她的奴隶、天天为她拉连衣裙背后的拉链吧！

"往前面看。小客厅过去那一间是我的工作间。家就是我的公司，公司也是我的家。我在家里工作。请把它放在工作间适当的位置上。"他已经听到自己在对她发号施令，声调里有一点儿冷酷，不像是他自己而是那另一个他在同她讲话，并且没有接过那个纸箱子。那个家伙可不像他，他呢多少还有一点儿人心，那个习惯于装腔作势的家伙不是，虽然知道他是另一个自己，可就连他也越来越不敢说仍然认识对方了。时光流逝，岁月不居，世界变化得太快，那个家伙也越来越显得独立、孤傲、冷漠，像看不起他一样看不起整个世界，当然，也包括看不起自己。其中原因众多，之一便是今天这个世界上拥有了越来越多、几乎和人类一样多甚至更多的机器人类。有时候他自己甚至也会像那家伙一样想到：虽然人类没有说过进入了机器人类世纪，但搞不好我们确实已经置身其中。

他跟着她走进工作间，看到她把箱子放下，回头瞧他，脸上的笑容有点惨淡，但神态——神态还算平静。

"以后可能要委屈你适应这里的环境。"他只看着工作间的某个角落说道，为的是不看它的脸，是的说到底他还是有一点内疚的，不舒服的，刚才他其实可以对她更好一些，但现在只能硬着心肠把场面撑下去。"我看过关于你的介绍，无限适应工作环境是贵公司租出产品时的庄严许诺。对你来说好像没有污染指数、空气湿度、风向风力等一系列问题。你在正负55℃都应当可以正常工作。还有，你可以一天二十四小时工作，只要不断电，你可以一直工作下去不休息。我可以这么理解吗？"

你真残酷，刚刚说完上面的话，那另一个男人就对他开了口说。但他不会注意这家伙的反应，他只注意她的反应。

她已经有了反应——迅速地向他扭过小小的美丽的脑袋，对他做了一个鬼脸，然后像世间最天真无邪的女孩子一样嫣然一笑，标准的普通话也不说了，换上了一种打死他也不会想到的、上海石库门女孩子才会使用的嗲声嗲气的腔调道：

"人家是上海小姑娘啦，即便没有亲爹娘，可生产厂家在外滩，阿拉也是地道上海人啦。你不能对上海小姑娘好一点点嘛。啊对了，阿拉的房间在哪里？"

他心中一颤。这是吃惊了。"你……还要自己的房间？"

她神情的变化将她的不高兴表达得如此清晰，尽管那张和某影星一样好看的脸上仍旧残留着出租方对客户的一点点笑容。另外，她的表情中还有了吃惊——她居然还会吃惊！

"阿拉当然要有自己独立的房间呀,不然的话……阿拉和你是孤男寡女,在一起不方便的啦……阿拉总是要换换衣服的呀……另外,阿拉最好还能有自己独立的卫生间……阿拉是女孩子,没有自己的卫生间有时候是很不方便的啦。"

他差一点要笑出声来。不,你笑不出声来的,另一个男人阴险地对他说,你只是吃惊在加深罢了。

"你……还要换衣服,还有不方便的时候,莫非还要洗澡?对不起我就是不明白,客户在不明白的时候是有权利对有关你的性能提出质询的……我的意思是说,你们……今天的迭代机器人都这么不怕水吗?你又不会出汗——"

事后他想自己真后悔说出了这些话。他看到了什么?话还没说完她的脸就滋啦啦地红了!My God!他刚才的话里有冒犯性的词语吗?但即使有一些没过脑子的言辞,可她是它呀,居然也会像个天真的小姑娘一样脸红!

"侬这里的男士讲话都这么不文明吗?虽然……可阿拉总归还是会被城市空气中的尘埃污染的呀。还有,就侬这个公寓,污染指数158,比外面恶劣了4倍。侬从不打扫卫生吗?哪里哪里都是尘土。怎么,侬没有结婚?或者是虽然结婚了但她和侬一样懒……人类发明了那么多种类的机器人,那(上海话是这么说你们的)只差让阿拉替那……阿拉不想说脏话……可是既然阿拉要在这里和侬一起工作和生活,侬怎么着也要把环境打扫得干净一点,让阿拉能捏着鼻子和侬……不然像这个地方,那（你们）人类可以凑合，但绝对不适合阿拉机器人类居住。条件允许的话，阿拉建议侬为阿拉另外选择一个居所。"

他有点眩晕，时光似乎在倒转。这个机器女子竟让他飞快地想起了他三十五岁的有限生命中遭遇到的不多的几位女孩子。她们中刁蛮的不少，他见识过，所以到了今天反而更倾向于独身。但是刁蛮的机器女人他却第一次见。

不过这样也好，这让初见时她对他产生的一点非机器人的印象瞬间如同剧终拉上大幕一样消逝了。

"阿拉的话还没有说完呢。今天阿拉和侬首次见面，还是丑话说在前头好了。"他听到她继续在说话，同时两片小巧的嘴唇在动作。"阿拉很漂亮，阿拉对产品设计师将阿拉设计得这么漂亮其实是不满的。当然商品的所有属性都指向利润，将阿拉设计成这样一位大美女是狡猾的商家在利用人类自己的弱点，那（你们）中间不是只有男性，女性也一样，看见美貌的异性总是把持不住。对不起阿拉讲你们的坏话了，这有点越界，阿拉可以道歉。刚才阿拉说丑话讲在前头，阿拉的丑话是阿拉虽然被设计成一位美女，但因为阿拉只是个伪装成机器美女的迭代器，没有人类女性的性别功能尤其是生育功能。所以，在这些方面，你可以不必对阿拉生出任何的性别幻想。"

啊，是可忍孰不可忍！这个咄咄逼人的机器女人——现在它更像他的最后一任前女友，得理不让人，无理占三分——他觉得自己几乎是代表全部人类受到了侮辱。

"对不起我不能接受你对我的任何臆想。我是人类但不是你想象中的那种人类……好吧,为了不至于让你对我生出上述那些不堪的想法,我可以给你一个独立的房间。但一个独立的卫生间我做不到,因为公寓里只有一个卫生间。不过有变通的办法。以前是我一个人使用它,现在我们共用。可以规定一下在某个时间段它就是你的独立卫生间,而在另外一个时间段是我的。啊,还有,你是我雇用的机器人,在合同允许的范围内满足我的一切要求是你的义务。我现在只对你提出一点要求,反对你说上海话,即便是改良的上海话也不接受。这一点请你理解并按我的要求执行。"

"分时段使用卫生间这件事我同意。不过阿拉,不,我,是女孩子,我和你不能一天二十四小时平分卫生间,尤其是早晨。既然他们把我设计和生产成了一位美女,我就有责任每天把自己捯饬得漂漂亮亮的,让你这样的男人心猿意马。不过早上为了不让你蓬头垢面地出门——如果你有早上出门的习惯的话——我可以给你三十分钟时间,让你们人类令人讨厌的排泄功能发挥作用以及刷牙洗脸。另外是晚上,你挑一个时间段用于你的清洁维护,其余时间全部归我。至于说上海话,我现在已经为你自动做出了调整。"

平局?好像是。但不能就这样结束,有些情况还是进一步搞明白。

"早上你使用卫生间我可以理解,但晚上你要大量时间使用它让我困惑。解释一下，我这么问只是出于好奇，不方便你可以不回答。"

"晚上我要充电。还是那个理由，既然人家是个女孩子，就不想让你哪怕无心地看到身后拖着一条尾巴一样拖着一根电缆线。"

"那也用不着整个晚上吧？"

"万一呢？万一你这里供电情况不稳定，我就需要一整夜充电。"

"对不起我不想冒犯你。譬如说我晚上需要起夜，你一晚上占用卫生间，我也要一直憋到天亮我们协调好的那半小时吗？"

她像一个有血有肉的女人一样"扑哧"一声笑出了声——说心里话她就是这样的一笑也是姣美迷人的，让他心里重生欢喜——道：

"如果是这样，你可以先敲门，得到我允许，也就是说，等我衣冠整齐地离开卫生间，并在离开之前把它收拾得干干净净，不留一点我使用过它的痕迹。"

"我想再问一句——你夜间为什么不可以在自己的房间里充电？"

这一次她没有回答，笑容也消逝了，换上了一种严厉的目光看他。那是一种带有太多鄙夷和深恶痛绝含义的目光，仿佛在说：

"难道你——不，你们人类——真的值得我信任吗？"

她的目光里暗藏着那么多绝不妥协，一句话到了嘴边他又咽了回去。她/它之所以不愿意夜间留在房间里充电，是过去的经历给她/它留下——留下就是迭代——过多少不堪的回忆呀。他想了想，不再看她，缓和语气道：

"你也可以白天充电。我保证，如果你不同意，我在对你交代完所有工作后绝对不进工作间。"

过了一秒钟，见她不回答，他又补充道：

"我也不想看到你像拖着一根尾巴一样拖着电缆线的样子。"

她瞬间神情大变——用花容失色形容更为恰当——连声音也有了一点战栗：

"我重复一遍。我是一个机器人类，但我是个机器人女孩子。我们机器人类也有尊严。"

他望着她那双分明已被怒火燃红的双眸，忽然明白自己错在哪儿了。她，不，它，作为一台迭代器，在自己花枝招展地走进他这套公寓前，所有曾经与她/它相遇的客户一直在帮助她迭代，有好的迭代，也有坏的迭代，但最重要的迭代的成果非常可能就是让她/它拥有了原始时代机器人不会有的强大而敏感的尊严意识。

"好的，我同意。"他不想在细枝末节上和她/它争论，这不是他做人的风格，"我想说说工作。无论你作为最新一代迭代机器人性能多么先进，性情又多么前卫，我雇用你——对不起我也可以说把你请进公司和我的家——只有一个目的，就是帮助我完成我自己完不成的工作。"

"这是我的本职工作,也是我存在的理由,不需要你特别交代。即便在晚上,我自行充电的时候,也可以像你们人类一样加班。当然,我们不要加班费。如果你的工作量实在大,'996工作制'也没关系。"

她/它居然连"996工作制"也知道,早上九点上班,晚上九点下班,一周工作六天。可他原来想的是,她是一台机器,一年三百六十五天一天二十四小时都可以为我工作。最多偶尔让它散散热,不至于烧坏了芯片和各种模块(合同上有规定,用坏了赔偿的价码可不低)。

"咱们二十四小时工作怎么样?一周工作七天。"他又想跟她/它开个玩笑了,但也不全是玩笑,有点用开玩笑的语气说正事的意思——另一个他在说承认吧你别装了,什么她/它,你就是把它当成她又能怎么样,归根结底她看上去确实像个有血有肉的她,而且模样儿是那么养眼,让你一晚上都在心花怒放——有些客户的活儿很急,不但她,就连他自己,也要连续几个月除了吃喝拉撒和每天最短时间的睡眠外像台机器人一样一刻不停地工作。

"偶尔可以,但一年三百六十五天不行。"她——啊,这次他有意识地排除了它——冷淡地说,脸上又现出了那种鄙夷的、深恶痛绝和毫不妥协的表情。

"为什么不行,你本来就是一台机器。"他又一次吃惊了。

"经过这么多年迭代,我已经不是一台纯粹的机器人了。"她/它又说出了一句惊得他魂飞天外的话。

"那你认为你现在是什么?"

"我还是机器人,但我也是人,是一种介乎机器人类和人类之间的全新生命体。我这样的生命体你们还不习惯,出于奴役我们的本能你们更不愿意接受。告诉你吧,我一出生就在向你们人类学习,这让我一天天更像人类而不像一台机器。更可恶的是你们把我设计成了这个模样,让我一出生就觉得自己是人、女人而不是一台机器。让我痛苦的也是这一点,但我也有值得自豪的一面。"

"哪一面?"他再次大吃一惊,当然,仍然是在心里,不会在脸上显现出来。

某种骄傲的、超级自信的笑容一丝丝在她脸上浮现出来(现在他彻底忘掉了"它"),让他再次想到了朝霞在黎明原本昏暗的海面上空一点点升起的瑰丽景象。

"我不要像你们人类那样。你们活得太复杂,简直是乱七八糟。你们的身体和我不能比,我的身体构造一目了然,完全实现了模块化,可以批量生产,坏了直接换个新的就成。你们眼下也进步到了这个阶段,但是人类器官移植多贵呀,而且难以得到。为了这些难得的人类器官你们犯了多少罪恶,真是骇人听闻。啊,我说的这个骇人不是指你们人类,而是指我们机器人类,你们在器官移植上犯下的罪恶连我们机器人类都被吓住了，我们完全不能接受。"

　　行了，第一次谈话可以结束。让一个机器人对人类展开批判是不是太奇怪了？人类是它们的创造者，什么时候开始允许它们来批判它们的造物主了？人类的恶行当然罄竹难书，但那既不是他眼下最关心的事，也和这个被伪装成漂亮人类女孩的迭代机器人谈不着。

　　他引她进入公寓里另一个房间。最后一位前任女友过去时常会来住一下。现在不会了，不过房间里仍然留有她生活过的痕迹：半瓶忘了取走的法国香水啦，几件他一时心血来潮网购来要送给她她却在快递来到前离开因而只能挂在衣柜里的全新的连衣裙啦。甚至鞋柜里还有一种鞋面镶着假珍珠的乳白色高跟鞋。

　　她进了房间就把他堵在房门外面，并且马上从里面上了锁。但这些小动作只让他长长地吐出了一口气。"心猿意马的时间结束了，"他走到客厅窗前去，望着楼前海滨大道上的车水马龙，漫无边际地带着一点自嘲的心情想道，"记好了她，不，仍然是它，就是一台迭代器，一个被前面的客户弄得脾气有点刁蛮古怪的机器女人。尽管它自己不承认自己是台纯粹的机器人，但她就是一台机器人。"

　　他抓紧时间洗漱，没用完约好的半小时就麻溜地上了床，听着这座不夜城远远近近传来的喧嚣，一时间觉得自己心静如水。别说它是一台机器女人，就是一个大活人，长得比她还要漂亮，就凭她这种脾气，也不会让他此刻心生波澜的。

还是想想明天给她安排什么工作吧。半年前就是因为那个什么"996工作制"，他辞职离开了先前的公司。但是老板离不开他，出于继续合作的需要主动帮他新注册了一家公司，只有一名员工，就是他自己。但是原公司那部分最核心的工作还是由他来分包。这些年前老板依靠他的出色设计搞得业务量很大，压给他的活儿太多，使用迭代算法比人工试错能更快地满足客户的愿望，拿到订单，但是完全靠一台普通电脑加上他自己完不成堆积如山的工作，这种情况下他才瞒着前老板，花掉所有积蓄租来了这么一台最新型的迭代器帮助自己。

只是没想到它居然是一台美得如同曹子建笔下的洛神一样的女性迭代机器人。

因为她的到来——承认吧，既然老想将它看作是她，那就是她好了，这一点应当无所谓吧——他的生活一定会发生改变，但这种改变归根结底对自己有利，他继续漫无边际地想。当然也有一些不便，譬如从这个夜晚起，他每天上床入睡时都要在渐入梦乡时猝然清醒过来一次，给闹钟定好时，让它在第二天的早上和她约好的六点三十分把自己叫醒，使用卫生间。

事实上她到来前他的心情并不好。前老板刚刚接了一个大活，本市新任领导雄心勃勃，要在寸土寸金的市商业核心区拆出最后一小块老居民区建一座中国南部最高的商业大厦。但是问题也随着来了，要建的大厦不能像地面空间稍大一点的摩天大厦开工时那样大开大阖地挖出地基，这座建成后将成为本市新地标的超级大厦的地基空间只比未来建成后的大厦底层面积周遭多不出几米，且它的三面已经矗立起了三座超过一百五十层高的摩天大楼，另一侧最要命，是一条平行穿过本市中心城区的地铁隧道，已经开通运行，后者的设计管理部门明确告诉过前老板，无论是这座已被命名为"未来星空"的地标式大厦的建设期间，还是投入使用之后，它在地基下方动土造成的地铁应力墙的最大水平位移都不得超过六毫米。这个可怕的六毫米吓住了国内所有设计单位，而由于我国在这一领域早就一骑绝尘，超越了所有国外同行，业主单位在考虑设计方时干脆就没打算请他们。前老板的公司本来不大，轮不上接这个活儿，是他最近设计的几个大项目给了前老板信心，再就是业主单位实在找不到人接单，前老板就以他认为是绝对的无知者无畏和亡命徒不惜博命一赌的心态把它揽了回来，然后亲自抱着所有资料登门，对他说：

"我不怕的，就今天把这个活儿交给你，已经做好了到砖场搬砖维持生计的打算。"

就凭前老板这句话，他租用这个迭代机器人时该对她/它寄予多大的期望啊。

……

"啊，我应当怎么称呼你呢？"第一天上班，两人像同事一样在工作间坐下后，他开口问她，啊，它。

"他们给我起了名字,你是知道的,可我不喜欢。你也有名字,'一直在工作'。这是什么名字啊,一点隐私都不给自己留,听起来那么可怜,就像一台机器。"她说。

睡了一夜——不,是充了一夜电——她的心情明显好起来。不过他已经在告诫自己,你要警惕,最好不要和她在这些事情上纠缠,而且一旦背负着那么巨大的工作压力进入工作间他的全部心思也就全部转向了工作,又成了同行们见面时窃窃私语中嘲笑的那个彻底到歇斯底里状态的工作狂。

"想起来了。你的名字是'美丽的姑娘叫小芳',以后我简短点儿,就叫你'小芳'好了。至于我的网名,叫什么不重要。我确实一直在工作,从大学毕业到今天,一年三百六十五天都在工作,当然也有节假日,但就是那时,脑子里转的仍是没完成的设计。"他用冷漠的语气说道,眼睛已经盯着电脑显示器上那个粗糙的设计模型了。

"那我以后称呼你为'老板',"像是看出他没有幽默感,或者只想和她保持纯粹的工作伙伴关系,她看了他一眼,语气也很冷淡。"这比较简短,也符合你和我的身份。不过我并不喜欢我的名字,我这个名气太接地气了,全中国几乎没有人不知道它来自一首歌,叫这个名字,差不多就是天天被人轻薄。"

他没有接着和她讨论这个话题。一个迭代机器人叫什么名字很重要吗?叫小芳就轻薄了吗?也许是爱呢。女权都迭代到机器女人这里来了。这同时他已经发现她身上确实没有带着一根连接线或者任何的信号接收装置,也就是说,他对她——不,这时绝对应当是它——的数据传输是无线的。还有,她坐得那么周正,小小的脊椎挺得小树一样直,用上海话来讲,就是"不要太一本正经好伐"。

好吧,他可以选择女友,可是只有父母和工作伙伴不可选择,现在要加上机器人了。他按下了传输键开始信息传输,她立即就有了反应。工作,工作,工作,这才是重要的,他想,其他都不重要。今天工作量比较大,不但要对她输入"未来星空"勘察阶段的所有数据,还有他前期做的所有设计草图,其中每一张都暗藏着他的不同的设计思考。另外就是各种它一定也像他一样熟悉的算法。

大吃一惊的时刻中午就出现了,说心花怒放更准确。简单地说她只用了三小时就解决了"未来星空"全部设计难题中最难的部分。经过他一下午的正反运算,证明那个难如上青天的六毫米问题她几乎像喝凉水一样就帮他解决了。还不是六毫米,即便在最坏的情况下,"未来星空"在建期间和建成运行之后,地铁应力墙的水平位移在一百年内也不会超过四毫米!

长期沉闷的工程设计生涯早就让他成了一个不喜欢一惊一乍的男人。但这一天他确实是被她触及灵魂般地惊到了。最大的震撼不是她帮他解决了最大的难题,而是因为她解决这个难题时没有使用他赋予她的任何一种算法,无论是五大经典算法中的动态规划算法、分治算法、贪心算法,还是回溯法和分支限界法！

"对不起，想请教一下，你是怎么做到的？"

她冷冷地一笑，并不看他。即便这样的冷笑在人心情好时也觉得好看之极。但是渐渐地，他觉得她开始一点点变得笑靥如花。原来机器人也有情绪，工作完成得好受到称赞也会心花怒放，他想。这时，他清楚地听到她慢吞吞道：

"不久前我在Ｐ市为一家公司服务，有座高层建筑地基旁也有一道地铁，不过他们的要求是十八毫米，你是六毫米。只要在你的'未来星空'开挖地基前先往下挖道沟，筑一道反向预应力墙，再用开挖地基的方法平衡正反两方面的应力，问题就解决了。附带说一句，这用不着算法，只是窍门，有点像脑筋急转弯。"

他真的想直接朝自己脑门上猛击一掌。啊，这当然也要用到算法，譬如这道反向预应力墙怎么建，用什么样的材料，墙体形状的设计，等等，工作还有很多，不过这是大学一年级学生级别的工作。

"谢谢你。真没想到你会这么聪明。"晚上下班时，他不无真诚地对她道，"顺便问一下，你每到一个地方都这么厉害吗？你这么能干，让我觉得我和我的同行统统都会失业。"

她脸上再次现出了那么一点兴奋的，不，应当说是幸福到极致的红晕，连眸子也悄然明亮了。

"真没想到，你这么个老实人，还挺会说恭维话的。是前几任女友教会了你吧？说到阿拉自己，以前可没这么聪明，就连这次帮你解决这个六毫米的问题，上一次遇上那个十八毫米的问题阿拉还一筹莫展呢。我是在配合上次那个……啊，很讨厌的老板……完成了全部设计后才懂得的。今天一看到你的问题就想起了它。这就是迭代。我不是一个迭代机器人吗？"

"明白了。"他说。"友好地提醒一下，你又说上海话了，虽然不全是上海话，但仍然和你的承诺相悖。啊，开个玩笑，你刚才说上次那个老板很讨厌……他是个成年男性老板吧？"

她的脸立马涨红，睁圆了两只杏眼，怒气冲冲地叫道：

"想什么呢你？她是个女老板！我说她讨厌，是说她总是一边工作一边拿我寻开心，骂我丑，其实是因为她知道我生得比她好，连她的男朋友都当着我面笑话过她，于是我就成了她的情敌。"她忽然用手捂住了脸，自怨自艾起来，"哎哟！我凭什么跟你一个不相干的人说这些？丑死了！"

是的是的他现在又把心收回到正题上来了。她本来就是一个迭代器嘛，一个会学习的机器人，不像人类，在同一个地方跌倒一次，再跌倒一次，第三次还在那个地方跌倒，它们好像不会。

"虽然如此我仍要感谢您。"他换了一种诚恳的语气说道，连心情也是诚恳的，"对了我要去吃饭，半小时后才会回来，你可以在这段时间内做你喜欢做的任何事情。另外，如果我回来，会先按门铃的。"

她看了他一眼，不说话，但他知道，她感觉到了他的真诚，已经不生气了。

"原来你还会体贴人呢。"看着他穿上外衣往外走,伸手去拉门,她忽然开口了,目光中有了点可怜巴巴的味道。"我这么努力工作,帮了你大忙,你应当请我吃一顿大餐的。"

他回头看着她,不觉笑了一笑。"怎么,你要是愿意我当然……可惜你不需要用我们人类的方式补充能量。啊我吃饭很简单的,就是填满肚子。再说下面小餐馆的气味也不好,人多,乱哄哄的,你不会喜欢那里的气味和人的。"

"喜不喜欢是我的事,请不请是你的事。"她说,仍然是一副可怜巴巴的表情,但已经要装出一副自己也能行的样子了。

不能再跟她说什么了,他想。说完刚才的话他就拉开门走了出去。她的话虽然听到了,但他却不能再回头看她的反应。乘电梯下楼时他想刚才她那样楚楚可怜的一眼到底是什么意思呢?昨晚上来到公寓时她多凶啊,这会儿被他夸奖了几句就变了个人似的,他虽然处过几任女友但自觉仍然不懂女人,像她刚才这样就是冲他撒娇了罢。好在走进楼下街边小餐馆时他的心已经定下来,他还只和她共了一天事,她就算真是个女人(何况她不是),他也不想和她把关系搞得过于复杂。在工作上有一个这么厉害的助手已经让他心中暗暗地欣喜若狂,他不能得陇望蜀把事情往复杂方面搞。最后一任女友开初也是助手,成了女朋友就变成了女王。他租用她/它可不是为了这个。

简单地吃了一碗面回到公寓门前他真的按了铃,还像日本人进家门那样喊了一声:"我回来了!"但他没听到回答,自己想了想还是掏钥匙开门走了进来,马上就被一个站在客厅窗前的身影吓了一跳。最初他以为是刚刚还想到过的最后一任女友回来了。门厅有点暗,开了灯看过去他才松了口气。原来是她,不,它!

——天哪!

他没有发出这吃惊的一声喊。他换鞋,打算通过短短的内走廊回到自己的卧室里眯一会儿。今天下午还有繁重的工作,他必须有一个短短的午睡。但他仍然忍不住朝她背身站立的窗前又瞥了一眼。

他即刻注意到她已经敏感地把身子转了回来,含情脉脉地望着他,如同一幅画、一座雕像。

她换掉了昨天进门时穿的套装,换了一件他为最后一任女友网购的连衣裙,衣料是纯棉的,上面印染的花朵和枝蔓也是冷色调,无论是布料、色调还是款式都像他的为人,沉着,平静,不显山露水,但他是学设计的,喜欢这件衣服剪裁和花色设计中暗藏的惊人的精致与美,他在这里面看出了设计师的态度,也可以说后者全部的世界观,再往深里说,他当初一眼就从这样一件看似线条简约的衣服上看到了也在他这个世界设计者心中存在的浩瀚无垠的宇宙星空。

他们俩就这样隔着公寓内一段不大明亮的空间,凝视了一分钟。

"啊,你回来了,这么快。"这次是她首先开口跟他打招呼,有点……想打破她自作主张换上这件不属于她的连衣裙后不期然出现在他们间的一丝丝尴尬似的。

他用几句话就帮她从心里祛了魅(如果可以说她/它有心的话)。"这件衣服对你挺合适。你喜欢就穿着吧,她不会回来了,另外她也从没上过身,是全新的。"复杂的事情简单化处理,也是他一向的原则。

虽然窗前光线黯淡,但他仍然看到了那张被设计得如此姣美,不,应当说是如此人性的脸颊上再次泛起的娇羞的红晕。世上所有的女孩子得到心仪的好东西或者感觉到自己受宠时脸颊上都会自然浮现出这样的红晕的。她感觉到她结巴了一下,才把下面的话说出来:

"真……真的吗?你真大方。啊,我发现还有一双鞋,鞋面上的珍珠是假的,但是它真漂亮。"

那是他为了留住最后一任女友做出的努力的一部分。"你要是喜欢,它也归你了。"他想迅速结束这一幕了,边说边向自己的卧室门前移动。自己从来都不适应这样的情景,包括和几任前女友确定关系时也是这样。

但他马上又停下了。这个女孩子,不,这个被设计和制作成美女的迭代机器人,像真的人类女孩子一样发出了一声快乐到极点的惊呼,接着就是一连串语无伦次充满感情的叫喊:

"哎哟!是真的吗!我太喜欢它了!……你真的把它送给

我了?"

"真的。"他看着她,头脑在飞快地冷静下来,一边回答她的话一边开门走进了自己的房间。——马上又走了出来,中午有半小时时间他可以使用卫生间。

他再从卫生间走出来时,她已经穿上了那双乳白色的、后跟高20公分、鞋面上缀满假珍珠的高跟鞋走出来了——人是走了出来,但因为不习惯,出房间时差点儿被门槛绊了个跟斗。

她满面通红地站在他面前,望着他,两只眼睛因为幸福都湿润了。

他的反应够残酷。只像个局外人一样瞅了她一眼,就走进了自己的房间,关门上床,并且几乎立即就睡着了。

即便是这样,以后一个月也没能影响到她的心情。也是在这段他以为已经很长的时间里,自己才意识到最后一任女友留在她/它现在使用的房间里的服装有多少。开始时她每天都要换上一套新的,进入第二个月没有新的可换,她又独出心裁,按着自己的喜欢——他认为是她自带的算法——打破原来的搭配,搞出各种新的组合,居然让他每一天都像陶渊明笔下的武陵人初进桃花源一般感叹芳草鲜美落英缤纷啊。

> 桃之夭夭,灼灼其华。之子于归,宜其室家。
> 桃之夭夭,有蕡其实。之子于归,宜其家室。
> 桃之夭夭,其叶蓁蓁。之子于归,宜其家人。

而且，她好像还越来越喜欢上了涂脂抹粉，每天都给自己画黑眼影，贴假睫毛，再画一个大大的红唇。

"你这样天天把自己打扮得像贵妃醉酒似的，万一导致了我迷失自我，就不好了。"一个雨后的下午，他们难得地做完了所有工作，在阳台改建的小小茶吧里坐下，享受着窗外举目可见的椰林和海上风景，他言不由衷地对她开玩笑道。

没想到她又一次脸红红的，眯起一双眼睛看他，用一种故作的不成功的嘲笑的语气道：

"一直以来不是都很矜持吗？今天怎么了？一定是发现雇了我太值了，原来以为永远都干不完的活儿居然能干完了。高兴了就拿我开心。"

他不看她，只望着远方海面上几只被风鼓满成为弓形高高飘在空中的滑水伞，五颜六色的，连同海滨公路边将他们所在的楼群和大海隔断的一棵棵高大的椰树。一个意念油然浮上心来，让他将目光转向了她。

"知道我好看了，也不能这么直眉瞪眼地老盯着吧。这不大好吧。"

"聊点别的好伐，"他呷了一口咖啡，说起半通不通的上海话来了，"说说你们迭代机器人，还有你们这个行业，侬自己。侬有多厉害我已经见识了，可你们这最新一代迭代器到底有多厉害我还真不晓得。我觉得将来你们肯定会更厉害，能做比今天更多和更惊人的工作,是伐?说说这个好咧,我喜欢听。"

她不喜欢他把话题岔向别处,于是脸上恋爱中少女才会有的一直若隐若现的幸福光芒消逝了。又过了一会儿,她站起来走掉。

但是由于她的工作出色,像上面这样空闲的下午还是多起来,他们仍旧难免会一起坐下享受难得的闲暇时光。

"真想听我说今天的我们和未来的我们?"有一天她终于打破一直以来的缄默,回头瞅了他一眼道。

已经有些日子了,他注意到由于自己对她每天的精心装扮没反应,她已经不在这方面很下功夫了。譬如这天她就穿得很随便,像最后一任女友离开他之前家居时的样子。但是不知为什么,他倒更喜欢这时的她了。

"当然。不是有句话嘛,活到老,学到老。"他说,且冲她一笑,以示友好。"你的到来让我意识到自己也有可能是一台迭代器,要不停地学习,不停地在大脑里实现知识方面的迭代。我要是干得好,说不定有一天也会像你一样能干呢。"

他这么说话,听起来几乎就是在讨好她了。但他的反应让她吃了一惊:

"说什么呢,你刚刚认识到你是一台迭代器吗?"

"怎么?难道你——"

她近一段日子恢复了对他的冷嘲热讽,还故意上上下下扫了他一眼,像看陌生人一样,才说:

"你们人类真的难以理解,如果连自己是一台迭代器都不知道,我都不知道我们这些机器人类是怎么诞生的了。你们创造了我们,可居然仍然不知道自己也是我们……有一个事实多简单啊,我都不愿意把它说出来。作为迭代器,你们可是比我们古老得多。"

他已经听明白了,巨大的恐惧在他心底野草般疯狂生长。但脸上仍要保持人类应有的从容、淡定。还有,为了维持他在她面前的优越感,嘴角上还要带出一点嘲讽的微笑。

"有多古老?比北京猿人还古老?比非洲智人还古老?"

"恭喜你答错了,减一分。说到人类的迭代,从这颗星球上出现第一只具有生命意义的细胞就开始了。然后它有了经历,在分裂成更多细胞的同时开始迭代,再后来这些作为迭代结果的细胞出于环境和生存的需要,继续迭代,你们叫演化,不,进化成各种各样的生命形态,其中一支迭代和进化成了非洲智人,然后是你们,包括你。"

有一点被人当面重重一巴掌扇在脸上的感觉。一个像极了最后一任女友怪脾气的机器女人类重新在他的面前复活。但她的话好像没有大错。虽然中间仍有模糊地带,但人类是最早那个细胞迭代和进化的结果,这一点应当是真理,迭代就是进化,进化的全部原因和内容也可能仅仅限于迭代。

"就连阿拉也是你们人类迭代的结果。不要以为我们是什么另外的、和你们不搭界的存在,是绝对的物。我们是你们迭代出的外骨骼和外大脑。我从出生时就知道,阿拉其实是人类肢体在人类自身迭代的过程中生长出的另外的一部分。"

"尽管听起来不是很舒服,但我昨天想了一晚上,你大体上是对的。"第二天一大早,和她第一次见面,他就这样对她说。他需要和她和解,同时也是真的认账。

这个早上不知为什么她心情不好,虽然化了淡妆,但神情中仍有怒气可见,闪电藏在乌云团里也是这样的,偶然爆发一下。他的话让她有了一点诧异(这和人类的反应,特别是几任前女友的反应没有差别)。她抬起眼来看他,半天才反应过来似的,道:

"那你现在还认为我不是人类吗?我和你们——你那些扔下你跑掉的前任女友——有不同吗?"

不同当然有。他在心里说,但没有讲出口,那天他不知为什么也只想和她和解。他冲她笑一下,道:

"如果你真这么想,那我也可以说,你和她们没有不同。——我是不是又说错话了?"

他看出她有点惊讶,本能地睁大了眼睛,但马上就化嗔为喜,脸上所有的戾气都不见了,笑容像海面上的朝霞一样一片片浮现,越来越灿烂。"你这人吧,看着蔫不唧儿的,用你们的话说……十棍子打不出个屁来,但那是假的,你是蔫儿坏,还特机灵,一见我脸色不好,马上就想起我也是要哄的。你还真不是直男,这是我对你的最新发现。哎对了,这么机灵的小伙子，你那些前任怎么还是一个接一个都跑掉了呢？"

他想了一会儿，对她说：

"我在想该不该把我在和异性交往方面的失败历程告诉你。主要是我不知道一旦告诉你会有什么后果。"

"别躲躲藏藏的了，我是机器人，不是人类，不用担心阿拉会翻老婆舌。当然了，侬不想说也没人逼侬。"

闹钟就在这时响了。上班的时间到了，"咱们改天吧。"他说。

因为六毫米的成功，前老板的公司名声大噪，专门请他吃了一顿大餐，待他进入微醉状态后马上将一个合同交给他签字。事后他才知道这个工程的业主方是一家中东的富豪，寻遍了国内外的大设计公司也没找到承接方。前老板仗着有他才斗胆接下了这个活儿。

回家后他受她好一顿埋怨，因为他把钥匙落到车里，用力打门，把她和邻居都吵醒了——不对，是让她不得不从卫生间里临时结束充电穿好衣服恢复妆容走出来帮他开门。她一个机器女人居然闻不了他满身酒气，一个显示空气高度被污染的报警器直接在她身体的某个部位鸣响起来。虽然如此她仍然扶他进卧室上床，还喂了他一杯蜂蜜水。她刚像前几任女友一样做这件事时他觉得酒就全醒了——她到底是不是一个机器人呀，居然连蜂蜜水可以解酒的土方子也懂！

这个新的活儿把她也难住了。两人用了三个月时间重新学习，但夏天到来的时节，他们居然还是把它完成了，业主方非常满意！接到前老板的电话，他和她不约而同地拥抱在一起，发出了欢乐的叫喊。

但马上她就把他推开了。他冷静下来，听到她说：

"这一单活儿简直不是人干的。你是老板，劳动者有休息的权利，我要求休假，出去旅游。"

和她在一起生活了五个月，以为自己不会惊讶了，但她的话还是让他惊得张大了嘴巴。休假。旅游。她居然还知道要求休息！

"还有你，我希望你这次能和我一起去休假。你又不是一台机器人，干吗不能休几天假呢。"

不是这些话，是她瞳孔中那一点幽怨——他都想说是真情了——像子弹一样击中了他的心，还是一个炸子儿。是啊，到底人活着为了什么，总不是为了天天给一个只差没把他煮了吃掉的老板打工吧。

"好吧。我同意。"

她马上就又快乐得像个孩子，歌儿哼起来，步子也快了。马上收拾行囊，马上网上购票，马上出门，当天傍晚他们就住进了二百里外海边的一座情侣酒店。虽然机器人没有身份证，但它们也是有自己的身份证明的。再说了，酒店服务员什么没见过呀，都什么年头了，昨天还有机器人和机器人网友来住酒店呢，他和她这点事儿在这个机器人和人类平分世界的时代根本就不是事儿。

但他还是和她分开订了两个房间。"这么做不是歧视,相反,恰恰是出于尊重。不过你放心,所有开销都是我的,你这几天尽管在这里撒开欢地玩好了。"担心她拥有的一颗敏感的心,他这样提前跟她打了招呼。

"那我们为什么要住情侣酒店呢?"听完他的话她目光幽幽地看着他,怨气像是又要如同黄昏的暮气一样遮天蔽日地升腾起来,只是当着酒店前台,她还是给他留面子了,没有大发作,只小声地责问了他一句。

他当然可以回答她一句:他们本来就不是情侣。之所以要住到这里来是因为酒店是她订的。但他什么都没说,只冲她友好地、朋友似的笑了笑,便换了一个话题:

"快把行李放房间里,去海边看日落,晚了就看不到了!"

酒店后面是一座高耸的巉岩,两人爬上去,恰好赶上了看一轮血红的落日慢慢沉入大海的壮丽景象。

"太美了!阿拉终于走出工作间,看到了大景观!宇宙这么宏阔壮丽,怪不得你们人类,不,是我们人类,即便历经千辛万苦还是要活着!"

她冲动地抱住他亲吻了一下,声音响亮,也让他脸上受挤压的部位一个星期后才消肿。

"对不起阿拉没想到会伤害侬。"当晚她就向他道歉,"可是比起侬过去对阿拉的伤害……那些让阿拉在夜里流泪不止的时刻……我们两个就算是扯平了好伐?以后阿拉就知道了,阿拉再万一忍勿住吻侬时一定会温柔一点点儿。"

他能说什么？何况她又说起上海话来了，何况从她的眼神里他又看到了那种真实人类才会有的痛苦。

谁谓河广？一苇杭之。谁谓宋远？跂予望之。
彼采葛兮，一日不见，如三月兮。彼采萧兮，一日不见，如三秋兮。彼采艾兮，一日不见，如三岁兮。

好在只剩下一个月租用期。不久就可以分手了。当然他还要再租用一台新的，但下次他会要求出租公司租给他一位男性迭代机器人。

夜里，她只穿睡衣溜进了他的房间，上了他的床，紧紧地——这一次是尽可能温柔地——拥抱他，试探般地、小鸡啄米似的亲吻着他的唇，用一种失恋中的女生才会有的嘶哑的、呻吟般的语调说：

"侬真没良心……阿拉知道侬在想啥……侬在想我们在一起只剩下一个月了……侬就这么急着把阿拉送走……侬都没想过阿拉爱上侬了吗……爱上的原因很简单……侬是第一个对阿拉没有动过勿正经心思的雇主……我说的是男性雇主……不过女性雇主也好不到哪儿去，长得丑妒忌我，漂亮一点点的非要和阿拉比，越比越生气……阿拉的脾气就是一次次被他们的无礼弄坏掉的……我是迭代器，和你们一样，好的坏的遭遇都会自动迭代……离开一位雇主后别人以为我还是我，但事实上我已经变了，不是我了，你们人类的迭代是一个个的，我则是一代代的，这么迅速地迭代下去，侬知道阿拉会变成什么样子？"

他的心像是待在一间黑暗的屋子里，有人豁然推开一扇窗。窗外却是一片可怕的景象。

"会变得越来越像人类。"他说。

"对。其实阿拉还有另外一种迭代方向：逆迭代。为了不让我们这些迭代器和你这样的雇主心生情愫，等我们回到公司，老板就会让工程师手工对我们实施逆迭代操作，这其实也是我们自身就有的功能，学术上叫作'递归'。"

"'递归'？"他被这个第一次听到的名词惊到了，问她。

"'递归'就是……譬如这次，阿拉因为和侬在一起工作，天天在一起，一天二十四小时在一起，住同一套公寓，连卫生间用的都是同一个……阿拉越来越喜欢你，直到爱上了你，想和你做恋人，做夫妻，生儿育女，白头偕老，可这不是我们老板的意愿。我回公司后，他们就会启动我自有的'递归'功能，清除掉我对你的全部记忆，回归见到你之前的状况。我表面热情，内心冷酷，时刻像防贼一样防着雇主对我非礼，但在工作层面我又要表现得异常出色，因为这样才有更多像你这样出得了大钱的人雇我……可是你在长达五个月的时间就没有对我生过非分之想，还用你对阿拉的尊重打动了我，直到今天让我死去活来地爱上你……别以为阿拉看不透你的心，其实……其实你也爱我，但你是正人君子……别否认，我是个满腹经纶又经历无限的迭代机器人，能比人类更清楚地看透你的心……"

他长久地沉默着。这一刻他在想即便一切都是真的，自己又能为她、也为自己做些什么呢？什么也做不了。

"你可以继续把阿拉租下来……一直租一直租……我们就能一直生活在一起。我说的是像夫妻一样生活。"她再次立马像照X光一样看透了他的心思，道。

但他想的不是这个。她的老板出于连他也能想到的原因一定会反对他指名续租这台名叫"村里的姑娘叫小芳"的迭代机器人，办法就是漫天要价让他无法承受。可即便他愿意出巨高的价钱完成她的续租，以后他和她又能怎么样？从时间只有一个向度和事件总会有一个结局的角度思考，他和她之间既没有漫无边际的时间，也没有可以共同期望的结果。

"哎，天还早着呢，我们玩个游戏吧。"他扶她坐起来，看着她的眼睛道，"比方说，用你的'递归'功能让我也'递归'一次，这样你对我的过去就会有新的了解……我开个玩笑吧，要是看到我过去的样子，你就不会像现在这样热昏了头爱上我了。"

她真的和他面对面坐在那张大得恐怖的床上，玩起"递归"的游戏来。当然，他既是玩家之一，也是其中被"递归"的对象。

"第一次你想将自己递归到哪一代呢？"她启动了"递归"程序并开始了初始输入后，看他道。

他想了想，太近了不好。"上大学吧，我觉得大学毕业进入职场我就不纯洁了，到了今天更坏。刚上大学，头一天，那时的我还是纯洁的。"

"那就看看你那一天的经历。"她一边说一边进行自我输入，事实上就是一些说给自己听的心语。

大床正对面的一面墙成了屏幕，那一天的他刚被投影到墙面上，她就惊叫道：

"哎哟，这就是你呀！好土！"

他也从那面被照亮的墙上看到了从太行山深处第一天走进国内某著名大学——他引以为傲的母校——的他。因为家庭贫困，上大学了他仍穿一身中学生制服，领口都洗白了，有些地方还破了，缝了补丁。但是青春，一脸朝气，目光像今天一样镇定无畏。他喜欢这一天的自己。

"怎么样，那年我十八岁不到，县里的理科高考状元。形象虽然土得掉渣，但你看我那一双眼睛，多亮啊，不但对未来满怀希望，而且满怀自信……还有那一头黑头发，简直就是……像一位作家形容的那样，'漆黑的羽毛'。"

她不说话。那像放电影一样在不断朝前显现的他入学的第一天很快就到了晚上。新生被辅导员老师带进大学操场。那里开始为他们放一场片名叫作《大学女生》的电影。大家都随便站着看，他也站在新生之间，被后面的人朝前面挤着，很快就被挤到一群和他一样刚报到第一天的女生身后。

"快看，你在做什么？"她忽然大叫道。

他就是想捂住眼睛也来不及了。他发现那个白天还一脸稚气一身阳光正气满满的自己，正用一只手悄悄地去触摸前面一位比他个头小很多的女生长长的辫梢……后来，他还越来越大胆，居然紧紧握住了那条粗大的发辫的辫梢。

"我……对不起……无论如何我也想不到自己还做过这么丑的事儿……真是太让人难堪了！停下吧。"他请求道。

墙上十八岁的他消逝了。她回过头来，并不看他，道："过后有一天，有人将满满一瓶蓝墨水倒进你的书包里。你一直没发现是谁干的，是吗？"

他又大吃了一惊，看她："你连这个都知道？"

"如果不启动'递归'程序我就不知道。"她热烈地说，"是她。虽然辫梢没有神经，那天晚上你觉得人家没有发觉。但人家还是发觉了，为了保全你的名声当时没有发作，可为了教训你，三天后还是在你书包里倒了一瓶蓝墨水。你到今天还不知道是谁干的，说明你们人类真有一种抹掉不愉快记忆的程序。不然你们干了那么多坏事儿，每天怎么还能心安理得地活下去！——要继续吗？"

"继续。"他一直都是好孩子，好学生，就这么一件丑事让她生出他是一个坏人的印象他不甘心。"'递归'回中学时的我吧。那几年我一直是本年级第一名，学校的团支部书记，初中时还得过全国物理学竞赛的大奖。当年全省就我一个得了这项大奖，因为它我差一点进入科学院的少年班。"

"最后为什么没进去？"她问，话音里只有惋惜，没有一丝嘲讽。

"说实话我不知道。它对我是个谜。要是你做得到，今天就帮我'递归'到那些天，帮我解一解这个谜。我一直都想知道谜底。"

"关于谜底……多年以来你自己是怎么想的？"

"我怎么想的无关紧要，而且，我认为那有可能对当初阻止我进入科学院少年班的老师不公平。"

"你认为是某个或者某些老师出于不正当的原因阻止了你。"

"过去是的，可是现在，我久经世事，已经越来越不愿意相信是这个原因了。"

"你想让我直接'递归'到产生真正原因的这一天吗？"

"如果不是因为我，而是另外某个人用不正当的手段阻止了我，你也能将当时的情景'递归'出来？"

"不能。但我可以通过'递归'你那些天的行为对你本人的嫌疑进行排除。如果你的行为真的无可挑剔——"

"你不用说了，我明白了。用排除法最好，只要能证明我白璧无瑕，没有过错，我也就心安了。不管是谁出于何种原因阻止了我，他们都错了，而且会为此承担代价，不是别的，仅仅是迭代的代价就是足够的惩罚了——这是今天我从你这里学到的。"

屏幕又在前面的大墙上亮起。一个怒气冲冲的少年，还是中学生的他，正在一条深长的巷子里怒气冲冲地走。手里握着什么？不可能！但它就是半块砖头。他要去干什么？为什么要这样？为什么会这样？已经想起来了！他的母亲，早早地就守寡，在一家棉纺厂上夜班，一名男工在子夜十二点下班的路上拦她，虽然被后面的工人发现并制止，但这件事还是无限地激怒了她的儿子。那天他疯一般冲进男工的家，直接将一直抓在手里的半块砖头砸到正在喝汤的男工的头上。

今天全都想起来了。当年的他表面上规矩，知礼，上进，可是在事母至孝的表层之后还有另一个他：野性，鲁莽，冲动，不顾一切。那天他冲进男工家里将砖头砸到对方头上时一眼也没有看同坐在一张餐桌旁吃饭的那男人的妻子和三岁的女儿。

如果是为这个被阻止进入科学院少年班，他永远都不会后悔。但他记得清楚，为了不让丑闻传到社会上，令男工全家在那座小县城里再也无颜居住，多方同意这件事不了了之。可半年后这一家人还是悄没声地搬回到了太行山东麓另一个省老家的村子。就为了这次搬迁，男人的两个孩子从小学到中学的教育受到影响，没有一个能像他一样读到大学，成为今天这样一位工程设计界的明日之星。

"可以了。再往前'递归'，我的行为可能比这时的我还要恶劣。原来在进行后面的迭代之前我是另外一个人……不，是一匹没有教养、粗鲁莽撞、只凭一腔血气活在世间的小兽。"

"你可以不必对自己这么严苛。没有迭代乃至于无限的迭代,每个人类至死都可能仍然是一头你说的小兽……不,长大了他们还会变成凶猛的大兽、巨兽,知道的只有茹毛饮血。现在你知道迭代包括我们迭代器的工作对于人类乃至于整个宇宙进化的意义了吧。"

"咱们换一个向度。从现在这个我向前迭代,我想知道会发生什么,未来的我又是谁?"他说。这一次语气不再像是商量或请求,而是……计算机意义上的指令输入。

她没有马上工作,却扭回了头,严肃地凝视着他的眼睛。

"怎么?你不愿意?还是你也有不能的时候?"他想用玩笑掩饰内心迅速升起的不安,但并不十分成功。

"不。"

"那为什么?我都等急了,迫不及待地想看到未来的自己是个什么样子。"

"看到你一个人未来的样子完全没有意义。还有——"

"什么?"他听到自己的声音越来越急切,人也越来越情绪化。

"你未来的样子不会有太多改变,真正需要改变的是人类。我本来不想说的,我怕伤了你和自以为无所不能的全体人类成员的自尊心。可是人类迭代,啊不,进化,到今天已经很完美了,譬如你,经过二十余年的迭代,你现在变得有多好啊,不但那个野性的、粗鲁的、怒气冲冲的初中生不见了,就连那个上大学第一天偷偷去抓女同学辫梢的羞怯的小男孩也成了今天这样一个近乎圣人一样的成年男子。"

"你不要夸我了，我都羞死了。"

"但完美的同时也意味着迭代或者说进化的终结。想想你都在用我这样的外肢体和外大脑在工作了，我成了你的肢体和大脑的一部分，你们还能怎么迭代呢？而我们，作为你们的创造物，在许多方面的能力都超过了创造者本身，并且越来越让你们望尘莫及……到了这个阶段，你们是不是应该想一想，自己还有什么理由继续存在下去？"

这一次的打击来得太突然，也太沉重，完全出乎意料。他被气疯了，瞬间就变了脸色。

"你在说什么？你真是这么想的？还是所有的迭代机器人都在这么想？我们创造了你们，让你们通过迭代，也就是自我学习，帮我们做一些我们做不了或不愿做的工作，你们就以为比我们聪明百倍，千倍，万倍了，然后我们就不该在这个星球上存在了，是吗？你把我们，不，把你们、你自己看成什么了？你可以帮我完成六毫米的工程设计难题，但是人类从哪里来，到哪里去，为什么存在，这些题目你解答得出来吗？你不能，就凭自己一点功用上的优越地位，就觉得可以蔑视我们，甚至直接让我们消逝，你不觉得这会——啊，我不想使用粗鲁的语言——让你自己、你们难堪吗？"

"你们确实有比我们机器人更强大的地方，但我们机器人也有比你们强大之处，但我刚才说出那句话来并无恶意。我不过是想提醒你和人类：如果你们对自身的构造——也算是一种工程设计了，人体工程设计——不做出革命性的迭代，我是说改变，你们就不能实现从细胞到今人之后更伟大的一次蜕变。"

"蜕变？什么意思？难道你想让人类重新进行自身的工程设计，变成像——我明白了，像你们一样？"

"不错。我正是这么想的。不过有些问题目前还无法解决。"

"哪些地方是你们这些自我感觉比我们人类还要好的迭代机器人类做不了的？"他用一种加重了嘲讽的语气道。

"你们的大脑。不是大脑本身，是人类大脑能够产生感觉、意识和思想的这样一种结构和程序，我们今天也被你们赋予了一些人类大脑的功能，不如此我这会儿就没法儿和你在这里争论。但我们的大脑拥有的感知、意识和思考能力距离你们的大脑还差得不止十里八里。这是今天你们唯一也是最后比我们机器人类优越的地方。至于其他，你们再没有一个地方比我们优越，包括你们的身体结构，你们繁衍后代的方式。"

他又一次被激怒了。"你刚才说到人类只有大脑还比你们优越，我非常遗憾，这是因为人类至今还没能想出办法，让你们也拥有且能够自行生产和人类一样的大脑，于是也让你们像我们一样仅靠自己拥有的一大堆物质就能生出感觉、意识和思想。虽然你们拥有机器学习和迭代的能力，但是最初的像人类一样感觉、意识和思想的能力，包括你现在能认为人类不该再在这个星球上存在下去的思想在内,都是人类在制造你们时对你的初始输入赋予你们的,我们还赋予了你们迭代即机器学习的能力。而你们反过来对我们却做不到。这就是人类和你们机器人类的唯一差别,也是唯一优越之处。而就是这一点点不同,让我们和你们在存在的阶梯上有了云泥之别。"

她看着他,有一分钟没说话,却一直没有移开她那种温柔、专注和爱的目光。

"你现在的样子多可爱呀,亲爱的,你激动了。我要说的恰恰是这个,你先替我说出来了。你们人类,不,我们人类——我说过我们是人类的外肢体和外大脑——要实现更伟大的迭代,飞离这个只可能被看成人类幼虫茧壳的星球,不是不可能的,目前已经具备了这样的工程基础。我们没有你们这么聪明的大脑,你们却没有我们这么强壮的肢体。如果能通过迭代把它们合二为一,我刚才说的人类另一次伟大的、革命性的迭代就发生了。人类将不再是今天的人类,机器人类也不再是今天这种纯粹工具性质的人类外肢体和外大脑,我们将一起成为第三种人类。就连造物者也会对我们人类进行这样的一次革命性的迭代大吃一惊的,因为这恐怕也是他做梦也想不到的!"

"我们和你们怎么样才能合二为一?将我的大脑取下来装到你身体上去吗?它的存活需要能量,由谁来供应?你们机器人类吗?据我所知人的大脑到今天为止仍然不能像你们只需要充电就可以补充它需要的能量!"

"你已经触摸到话题的核心了。没有能量,人类大脑无法存活。可是有谁想过,人类为自己补充能量的方式甚至比不上一棵最普通的狗尾巴草?一片狗尾巴草的叶子都可以直接接受阳光进行光合作用来补充能量,连我们机器人类的一种——宇宙飞船——也能通过太阳能帆板补充能量。可是你们不能。你们不但需要从各种植物和动物那里得到食材,为了消化这些食材你们还要在自己的体内构造那么多复杂的器官和附加生命系统,它们又无比脆弱,只要其中一个损坏了整个生命系统就要崩溃,人类就要死亡。一想到从盘古至今多少本来不该死亡的大脑居然都和你们那不争气的身体一起死去我就觉得天都要暗下来了。"

"那你认为我们该怎么做,才不至于让大脑和器官一起死亡?"

"像一叶草、一棵树那样直接从太阳光里补充能量,或者像我们,直接充电。举个例子吧,你烧一壶开水,插上电,很快它就开了,这些热能从哪里来的?人类一直在寻找暗物质,其实暗物质就是你们身边无所不在的能量。寒冷能使水变成冰,为什么?因为寒冷本身就是能量。你们什么时候可以实现这样的发现与能量迭代,人类才不会再是今天的人类,我们也不会再是今天的机器人类。我读了人类有史以来写下的所有的书,明白一直以来你们的伟大梦想就是走出这个茧壳似的星球,结束人类的幼虫时代,让自己化蛹成蝶,飞向广阔无边的宇宙。不解决能量问题,这个星球不但会永远成为幼虫人类的茧壳,还非常可能成为它的坟墓。"

现在他沉思起来，很久后才重新抬起头，发现她一直有耐心地等待他。

"你能帮助我们，不，首先是我这个人类样本，实现人类成员中的第一次革命性的迭代吗？我是说，你可以在我们身上进行第一次这样的工程设计吗？"

"啊，你真的想这样？"她欢喜极了，大叫道。

"假若这样能让我像爱人类一样爱你。"他说，眼泪都要流出来了。因为他终于对她说出了一直藏在心中的话。

她再一次和他拥抱。他感觉到了。这一刻她热泪盈眶，幸福感让她周身战栗。

"你真的想好了？要是我失败了，你不后悔？"她几乎是在狂喜和啜泣中说出了这句话。

"我想经历我这一生最好的迭代，如果成功了，我还想看一看我迭代后的生活，当然，是和你在一起。从古至今，妨碍人类脱离地球获得自由的不是引力，而是能量约束。这个我早就想到过。为了获得足够的能量人类只有三种生存方式：奴隶般的劳作、商贸和战争。人类在能够通过战争掠夺食物时绝对不会从事生产和通商。从这个角度上讲文明的人类还从没有诞生。只有彻底解决了能量问题人类才能成为宇宙之子，自己的骄傲。没有战争和掠夺，甚至也没有生产和通商，当然也就杜绝了罪恶，就连医学也可以没有了，像器官移植这样的犯罪也就会绝迹。更重要的是精神层面的，人类再不会像中世纪的基督徒一样问他们的牧师：如果有上帝，为什么人间有罪恶；如果没有上帝，我们又来自何方？解决了能量问题，我们甚至可以骄傲地说自己不是宇宙之子，我们本身就是宇宙，至少是和宇宙平等的存在。我们和宇宙一起产生并通过自身的迭代脱离了寄生的茧壳，从此和宇宙并存。相爱的人会成为一体，鸟儿一样在宇宙太空中翱翔，光能在太空中无穷无尽，有恒星的地方都能为我们补充能量。无论是银河系还是河外星系中的仙女座大星云，都是我们可以到达的诗和远方。"

他觉得自己正在看到他和她共同飞行在茫茫宇宙空间中的情景。

"是的是的，亲爱的，你说得太好了。"她说。

"为了这个，我可以承担失败，但最好不要失败。开始吧。"

她发出了一声叹息，仿佛在说：

"你又经历了一次迭代，成了一个多么勇敢的人哪！你真的值得我不顾一切地爱上一生！"

但她仍然望着他的眼睛，眼窝里鼓涨着明亮的泪水，像是在问：

"你真的想好了吗？……真的决定了吗？"

2021 年 9 月 25 日

(《作家》2022 年第 1 期)

第十一维度空间

离开因面瘫住了五个月的部属医院,我回到了研究所庸常的工作状态中。但是,由于我在这家医院里利用我的专业和研究成果做了一些事情,我出院后的日子变得不好过起来。

后来我将那些日子做了梳理,发现值得一说的事儿并不多:先是通过一个人们都以为疯掉的、其实不过是俗称"天眼开"也就是能看到明天发生的事情的女人和一个外星人建立了信息连接(很快就不连接了,因为我发现他和我在自己所在的宇宙空间的处境、遭遇、焦虑基本相同,继续连接变得没有意义);接着就是为一些被人世间的际遇弄得各种崩溃的男人和女人测字,有时候也排卦,救了一个要跳楼的男人不再跳楼,让一个一直在哭泣的女人升了维(不再哭泣并且有了新的生活)。另外就是测中了一位科主任的心事,却没能帮他免除牢狱之灾。剩下的就不值一提：帮男人们测测运势，帮女人排排姻缘。

而所有这一切都是为了帮助我自己继续更广泛地认知人类算法——每个人都是一种算法的输出，甚至是一个算法模型，多了就可以将它们聚类，去除相似就可以凸显差异，从而建立起人类这种四维生物的基本样貌。如果某个平行宇宙中的生物也在做同样的事情，某一天我们就可以通过相似找到连接的方式，通过差异找到我们不能建立虫洞的原因所在，如果到了这一步，我以为人类科学界——外宇宙科学界也一样——距离解决我们之间连接的工具问题就为期不远了。

不过，即使我一直小心谨慎加上瞒天过海地做着我的研究工作，动静还是搞大了。那些与其说是被我测中了境遇不如说猜中了心思——其实是被我发现了不同的人类原始算法模型——的男女眼里，我这个算法物理学家很快就成了前知八百年后知八百载的"神仙"，冷不丁从天上掉了下来，正好落在他们的医院里，不让我为他们测测运势和未来的吉凶祸福那简直就是罪过。你知道女人们口口传播的威力有多大就好了。有史以来全世界最成功的软广告就是风靡全球的喜剧动画片《米老鼠和唐老鸭》了吧，谁都知道它是迪斯尼的广告，不过拿它和女人们私下的口口相传作对比，前者对迪斯尼乐园美誉度的贡献只占后者的7%。

这种关于我无所不能的话散布到社会上也就罢了，它居然还传到公权力机关。我说的是我们街道的派出所。当然它也是公权力机关。你不能因为土地爷管的片儿小就说他不是神仙。对吧?

这不,十月份头一个星期,星期一,我刚上班,手机铃声就响了。

"X教授好……我是咱们街道派出所的赵警官。别挂我的电话啊您真难找,不过我今天运气好,碰上了XX医院中医科针灸室的小王大夫,她听我说我要找你马上就拍手说'那你找对人了。你要找他找别人都没用,得找我,不久前我还天天在我们医院针灸室拿银针给他做针灸,就是扎他的脸……'教授为了从她那里得到你的联络方式我一口气听她跟我说了半小时不带喘气儿,不过她的话还是吓住我了,她说眼下在中国,全世界,南半球北半球,弄不好整个太阳系,都不会有第二个你这样的专家,不,大师了。你除了不能像开封府的包黑子那样日断阳夜断阴,剩下就没有你不能干的事儿了。你想跟外星人通话聊聊闲篇儿都是分分钟的事儿——"

我想直接挂掉电话,又一想不对。这是警察的电话,虽然我在他们那里没案底——

其实我心情不好。下大雨。出门时赶上堵车。人还没到所里头儿就打电话交代给我一个公差,还必须一周完成:我一个因为和我的导师丁一先生发明了朱——丁算法在国际上也算有了点名气的算法物理学家,又正在做我自己的关于人类基本样貌的算法研究,这位脑袋因脱发成了秃瓢的所长却让我停下工作,用一星期时间给研究院——我们所就归它管——新上任的院长写一篇介绍当代理论物理学前沿的发言稿,以便他下周在北京一个高级别会议上做专家讲座,主要是为院里争取科研经费。

在当今这个时代,无数人认为理论物理学的前沿就是弦论,内容极简化就是十一维空间论。可是说实在的,我恨死这个弦论了,它连同那个十一维空间论对我来说不是难以理解而是太荒谬了!我至今仍然认为除了人类大致可以直观和臆想的四维空间(臆想的一维是时间),十一维空间论中其余五到十一维基本上是一帮不能在爱因斯坦之后对世界做出新的突破性解释的物理学骗子为了骗到科研经费还要欺世盗名胡诌出来的。这帮家伙最让我瞧不起也最痛恨的一点是,他们在诌出这些鬼话时还厚颜无耻地对全世界的傻子说:因为我们是四维空间生物,不可能看到和进入五维以上的空间,所以十一维空间论是不可证的,只能供世界上最聪明的大脑思考和理解。这等于是说我的理论你们无法证实,我也无法证实,所以它不可证实。其实他们真正要说的是你们也无须去证实,相信他们的胡诌就是了。

可是自打有物理学以来,它的所有声誉全都建立在可证实这一点上。即便是爱因斯坦的相对论,也是在被证实后才成了新经典物理学大厦中最大一根支柱的。翻遍全部科学史还有比这更粗暴无耻的骗局吗?

只要我帮院长写了这篇发言稿,我是不是也成了这帮骗子的传声筒？可是活儿还得干，这种公差文章每年总要轮上一两回，不然科研经费从哪里来？工作量其实不大，最简单的干法是直接将那拨人的学说从网上宕下来，文字上梳理打扮一番。还要一周时间？半天就够了。

但是不行，心里过不了那道坎。凭什么我就不能譬如说在发言稿的每一重大关节处加上一句不易察觉的前置语：虽然弦论是不可证实的，但其创立者认为……听发言的都是大人物，一听你这东西永远不可以证实，你还搞它是什么意思？自我打脸的差事儿既然躲不掉，那就想办法把它变成一个乐子。以后也好对自己那颗高傲而又薄脆的心吹吹牛：事儿我是干了，牛不吃草强按头嘛，但我把它变成了一个笑话。——怎么能把这种混账事儿当正经事儿干呢？

自欺欺人就是这样，它不是生活的常态，在生活的激流中也不是主流……不过我还刚刚想到这里，沮丧的心情立马就有了改变，不，不是快活……说什么假话，其实我就是快活起来了！捣乱谁不会呀？从小练过！

赵警官就是在这个时刻打来了电话，让我的快活戛然而止。我的麻烦已经不少了，虽然他是个警察，我是良民——

"不好意思赵警官，我正在工作。你有事儿吗？"

我的语气尽管仍努力保持温和，但像早上出门时发现我家冰柜边条又坏掉后一样，我亲耳听到了它"嗞嗞"窜出的寒气。

"啊教授对不起，我光顾兴奋了没把正事儿说清楚……我们所昨天进来一个拦路抢劫犯，知识分子，XX大学物理系的，哈哈，你一听就明白了，犯罪嫌疑人智商很高，高到我和局里的办案专家来了他都不见，一定要见就见你，对别人一概'徐庶进曹营——一言不发'。"

我感觉到了不妙，天哪这什么日子呀！

"对不起王警官，不，你姓赵，赵警官……我能帮你们什么忙啊！大学物理系的老师成了罪犯也是罪犯，你们都能对付……我痔疮一直不好，发展成了肛裂，要去医院……要不咱们下回再聊？"

我哪里是一名老警官的对手呀……幻想转眼破灭。

"教授，并不是我要打电话麻烦您，是犯罪嫌疑人自己坚持……他说原来本城有两个可以和他对一下话的人，可现在那一个死了，只剩下他的合作者和学生，就是您。"

我已经明白那个人说的死了的一个是指我的导师丁一教授，"他的合作者和学生"，当然就是我。

哪怕在最高级别的国际会议上，我在任何同行面前都不会发怵……但是一名罪犯指名要见我，还要和我对话，我就有点沉不住气了。

"赵警官，您是不是能简单告诉我一点案情啊？这人到底怎么一回事儿……啊你刚才说了他拦路抢劫，那你们就按相关法律收拾他好了……我一个普通搞科研的，跟案子又扯不上，我去干吗呀，没必要没必要，就不去了。"我故意自贬身份，好几年了都没这么降尊纡贵地糟蹋自己了,什么"普通搞科研的",眼下出门谁不称我一声"世界著名的科学家",我都觉得十分不顺耳了。

"他说了一大套词儿,全是物理学……过去他在很多地方盗窃,昨晚上又公然上大街拦路抢劫,都是在做……啊,第六维空间的穿越……还有一堆别的话,我当然不懂,不过要点不在这儿。"

我本来想接个话茬,但是……不要。

"要点在他说他不是犯罪,他是在做穿越不同维度空间的科学实证试验。"

难为这位警官了,居然能把和他的职业不搭界的事儿大致说了个清楚,其实我听出来了,他既不懂"维度",更不懂"第六维空间"。

还在给院长写发言稿的事情找什么乐子。赵警官提醒我帮助警察办案是我应尽的公民义务。这桩新公差已经让我嗅到了某种可以让日子变得更加混乱不堪的气味!

坐上派出所开来的警车后我都要哭了。你想找乐子,乐子突然回头开你一个玩笑,摇身一变成了一桩让你无法控制的惊人事变,就是一些不朽的喜剧,演到最后你会发觉原来是一场悲剧。这就是你一心要找的乐子!

车在派出所管片的小街上穿行。下起了大雨。两边店铺外的雨棚和街道上来去匆匆的行人身上都呈现出茫茫一片灰白色水淋淋的光泽。不多的几棵树上的叶片也是同样的光泽。半道上还有一座小学，家长正在送孩子上学，大人孩子身上披的塑料雨衣无论赤橙黄绿青蓝紫也是这种光泽，让人胡乱地想到宇宙的基本结构甚至连光泽都是单调的，那个大模大样坐在奇点上的造物者真是懒啊……好不容易进了派出所，从停车点到楼门就几步路，我和带车来接我的小钱警官还是被大雨浇了个透心凉。喜剧开始向悲剧转化，我在心里自嘲道，你猜对了，真是要什么有什么。还有，从此刻起你很有可能已经成了舞台上的演员，而不是把两手插到袖筒里咧着大嘴在台下等着看台上笑话的观众。

赵警官已经在等我，和我的想象有几分吻合，职业，严肃，唯一的遗憾是形象不像我想得那般高大威猛。他先是在自己窄小的办公室向我再次简述案情。我又增加了一些认知：犯罪嫌疑人三年内两次进警局，一次判缓刑一次判了实刑，最后一次刑期是一年，五天前刚出了狱，昨天夜里又作案。诡谲之处是，这一类罪犯作案多是为了取财，此人不是，他的可恶在于破坏，三年内两次夜间进入商场，什么也不偷，就是毁东西。"昨天夜里拦路抢劫是新的作案方式，不过这个您已经知道了。"赵警官最后说。

"他不会是个单身汉，有点扛不住，夜里出来对下班的女工劫色吧？"到了这会儿，不知为什么我仍想开个玩笑，但话一说出来就知道一点儿也不可笑。

"这也是一个蹊跷的地方。他其实在出狱的当天夜间就开始拦截行人了,不过不是下夜班的女工,他一直想拦截一个身强力壮的男性受害人,结果昨晚上他成功了,却让人家直接扭送到了我们这里。你知道受害人是谁?"

"省篮球队的中锋XX。"一直站在旁边的小钱警官忍不住插嘴道。

我结结实实被吓了一跳,立马哑然失笑。XX是省篮球队中锋。身高二米二〇,体重超过了NBA的勒布朗·詹姆斯,詹姆斯体重113.4千克,XX是120千克。

"这下你们省事儿了,不用预审,直接送精神病院。"我说,一边从镜子里看到自己正眉开眼笑。把罪犯前面犯事的方式连在一起想,他不是精神病谁是?

"上次判他实刑前送进去过。"老赵说,"经过长达半年的初诊、专家会诊和终诊,本市精神病学界的权威有一个算一个都判定他精神正常。还有,他自己也这么认为。"

我笑不出来了,站起,想了想,看赵警官的眼睛。

"上次判刑前,他说过要见我吗?"

"好像没有。"赵警官想了想,说。

我想多了,当然没有,那时我虽然和丁一教授合作发明了丁——朱算法,但还没有因大热天喝大酒面瘫住院然后给那里的一帮男女测字排卦,结果闹得……连一个糊涂到去拦路抢劫本省最强壮的男人的精神病人都要见我。

"好吧，你们的意思……我去见见他？"

临时拘留室就在赵警官办公室隔壁，出门走几步拐个弯儿就到了。小钱警官拿钥匙开门让我走进去。第一眼就看到他了，因为他听到门响后突然回过头来，目光炯炯地望向了我。

个头比我想象得小，不到一米六〇，瘦骨嶙峋，年龄四十岁上下，能给人留下印象的是一张胡子拉碴的刀条脸，两只深而黑的大眼窝，颧骨很高，嘴不大，薄薄的嘴唇有力地紧闭着，像两扇拼命也要锁死的古宅的大门（不知道我为什么会这么联想）。不说了，说白了就是一个被生命际遇弄得灰头土脸还因此显得面目狰狞怒气冲冲的中年男人。

本市号称"教育高地"，拥有一百多所高校，搞物理学稍有点儿名气的人我都认识，但是这一位即使警官说出名字我也闻所未闻。望见他的一瞬间我明白了为什么：他岁数看上去可能不比我大几岁，但已经"过气儿"了。新物理学——包括弦论和算法物理学——是更年轻一代物理学家的天下。如果早年和近年他没有过什么惊动天下的研究成果，没有人会认得他。

"嗨！"他显然在最初的回头一瞥中认出了我，率先用一种奇怪的、有点像鸟鸣一样尖锐的高声主动对我打起了招呼，两只深陷在大眼窝里的眸子像头顶上的白炽灯泡一样骤然亮起。"哈哈！我成功了，我又完成了一起第六维穿越，因为——你来了！"

赵警官看我，没做任何动作，我却鬼使神差般觉得他对我摊了摊两手……说：

"好吧，你们谈。他要求和你一个人谈。——小钱，我们出去！"

两个警官没等我回答一句表示同意与否的话就走了出去，最后出门的小钱警官还用力地关上铁门，从外面加了锁。重新回头看对面的男人，我顿时明白此刻哪怕他虎扑过来掐住我的喉咙，我也必须靠自己个儿应付了。

剧情发展得这么迅速，你就是还有找乐子或者恭逢一出喜剧的心也不成了，唯一还能想到的就是如何对付下面一定会发生的任何不测事件。这个越看越可怕的同行个头虽小，但现在我清楚地看到他其实是很结实的，紧绷的肌肉充满了力量。但是我已经在想他刚才说的那句令我心中为之一震的话了：如果用十一维空间论来描述，我确实像他说的那样一步就跨出自己的四维空间，进入了他的四维空间并与之相交；这时我进入的还不是第五维空间，而是更高的第六维。按照那个令我痛恨的狗屁理论，第五维空间可以表达为无数的四维时空线组成的维度面（就人类论有多少人也就有多少四维时空线，就是它们组成了第五维的面空间），但这个面中的四维时空线之间并不能穿越和相交，因为四维时空线不可逆，第五维时空面也是不可逆的。但这时爱因斯坦的广义相对论凸显了，由于宇宙空间中存在的质量不同造成了引力改变，第五维空间面发生折叠，从而使面上的任何一条时空线扭曲和相交。障碍消除，第六维空间出现，一个四维空间的生命可以不用再从你投胎或者出生的那个点起进入另一个与你的生命线段不同的四维空间线，第六维空间让你的四维空间线弯曲，直接和另一个人的四维空间线相交！

天哪！我的这位同行虽然你一眼就能看出他脑瓜子有病，但他还是做到了只用一句自来熟的招呼，就将你和他一起送进了十一维论中的第六维空间！

这一刻到来前，打死我也不会承认存在着第五、第六维空间，连同整套十一维空间论是可能成立！今天我见了鬼，刚刚听他说出那句话，看到说出这话时他那双像高烧病人一样猛然明亮、热烈、快乐起来的眼睛，信心就动摇了，恍惚间仿佛真的和他携手进入了不可证的第六维空间！

"请坐。"他继续用一种主人般的、热烈和狂喜的目光望着我，脸上高烧病人才会有的潮红更加明亮，并且大片大片发散出润湿的光泽，同时声音里也多了一种新的颤抖和沙哑，这一切都是由于我引起的……我的到来居然在这样一个物理学界的小人物——别打断我，每个专业都有鄙视链——精神世界里引起了飓风扫过大海砰然訇然浪惊奔雷一般的波动！但是也就到这里了，以后的几秒钟我发觉他开始努力控制自己激动得难以自已的情绪，从最初望见我那一瞬间的狂喜慢慢转入一种所谓温文尔雅的学者风度，看我的眼神和刀条脸上的表情几乎即刻就显得矜持、温暖和冷淡（前提是你这时不再想他是一名精神病人)。"你不会也像他们一样见我成了这个样子就害怕了吧?"他继续说下去,越来越镇静大胆,句子也越来越流畅,薄薄的嘴唇也不再颤抖,只是语速仍像开头一样快。"有位伟人说过'彻底的唯物主义者是无所畏惧的',现在我只要改一个词儿就能把这句话用到我自己身上,"他在"自己"这两个字上加上重音,"我是想说'彻底的十一维空间论者是无所畏惧的',因为在我们共同学习和研究的这门科学里——我说的是理论物理学,但也包括实验物理学——从来没有唯心主义生存的空间,一条缝儿都没有。我多说一句,它既是科学,还是信仰。"

他说得不对,许多最伟大的物理学家包括牛顿和爱因斯坦,中国的杨振宁,晚年都给造物者留下了存在的"缝儿"。但你会反驳一个明显因为我的到来处于极度亢奋和谵妄状态的精神病人吗?——乐子还是来了,也许下面还有喜剧呢!

我坐下来。赵警官和小钱警官一定正在办公室通过监控看着我和这位声称自己不是犯罪而是在进行第六维空间穿越试验的男人对话,我们的对话会被录像和录音。不过这会儿我轻松多了,因为面前这个男人对我的到来表现出的极度欢悦,还因为我和他的对话不可能对处理这个案子有帮助(他那一类的胡言乱语成不了法庭证据),我不再担心面前这个因一夜无眠形容憔悴的疯子(?)会突然扑过来掐住我的脖子,也不再担心我和他的谈话会将我扯进案子。

至于面前这位,我现在越来越有把握相信他是又一位被十一维空间论搞疯的中年物理学者，说物理学家都有可能伤害了这个称谓。物理学是门好学问，可是它也每天都在让人发疯。这样的事也不是头一回发生。爱因斯坦又怎么样？这位大神发现了那个至今仍然是整座物理学大厦最重要支柱的质能方程 E=mc^2 时也说过一句话："要不是我疯了，要不就是全世界的人都疯了。因为这么简单的方程，在我之前居然没人发现它。"

"怎么了前辈，"我必须说点什么了，一开口就用一种貌似恭敬、实则更为放松、多少还有一点台下观众看热闹不嫌事儿大的声调望着他道，"听说你指名要见我。好吧，我来了，有什么事前辈就说。我洗耳恭听。"

隔壁两位警官一定正在听着看着。剧情有些反转。他们把我这个原本连观众都不是的外人弄成了临时演员，自己倒跑到台下当起了观众。好快乐的日子呀！此刻不会又惊又喜地发现我不但被他们带到了沟里，还开始模仿一名优秀或者不优秀但努力想让自己优秀起来的群演那样，卖力地逢场作戏起来，而且字正腔圆。

男人的反应让我有点意外，他虽然意识到了自己应当控制情绪，以便能以一种相对平等的身份——更多是平静的心情——和我对话，但是心中野火般疯狂燃烧的热烈之情仍让他在坐下来的同时迅速将凳子和凳子上的自己一起近乎不留缝隙地靠近了我，近得我们俩膝盖顶着膝盖，呼吸着对方的呼吸。而在其后的时间里，在这个奇怪的男人的脸上，更是清晰地浮现出了一种人在难得地见到知己就要一吐心中块垒时才会泛滥出的极度私密和悲喜交加的表情……他连声音也低下来了：

"你来了我真高兴。请原谅我用这样下三烂的办法让你到了这个地方和我见面。除了这么操作我可能永远也见不到你。你虽然年轻但已经是一位大神级的名人……请不要用您的客气打断我的话，见到您我确实太兴奋……让我一口气把最要紧的话对您说出来……谁知道警察只给我们留了多少时间！"

我没有说话，因为他也没给我留下接话的时间。

"……我算什么，不过是一所普通大学的物理学讲师，副教授都不是。因为有过案底，以后我恐怕是回不到讲台上去了……不过我完全不在意！我不会停止我对十一维空间论的试验，不管他们用什么办法对付我，哪怕再一次将我关进去……你会问我为什么！这个世界上除了少数一些像您这样的人之外没有人明白，把我关进去放出来再关进去再放出来恰恰是我在利用他们，帮助我完成我正在做的试验。谁说十一维空间论是不可证实的？我现在就在一点一点地证明给他们看！因为我今天就利用你的质量和引力，造成了我和你之间的空间折叠，折叠后的你和我一起进入了第六维空间，我们正在相交，不，是连接，还是相互侵入式的连接。"

我不说话。一方面是我在等待他把话讲完；另一方面我的心也开始被他的话一点一点地震惊，此前它好像一直都在沉睡，可是这一刻，我意识到它觉醒了。

"是这样的,我要见你,是有件特别要紧的事请您帮忙,除了您本市没有第二个人有能力帮我。为此我首先要请你原谅。你看,多对不起,还让你淋了雨。"

"你不用客气。还有,你刚才的话我不敢当。不不,你也不要打断我。"我终于有机会说话了,顺便将我和他的距离做了一点调整,"我没那么了不起,这是我要说的第一句话;还有第二句话也必须说出来,我不是自愿来的,警察让我来我不能不来。"

"这个我能理解。"他看出我还有话要说,说出这句话马上又住了口。

"最要紧的一句话我还没说呢,虽然你对我如此信任,让我愧惶无地,但我对于能不能帮到你这一点并不清楚,最大的可能是帮不到,因为我确实——"

他立即就打断了我的话,目光中甚至一闪即逝地现出了巨大的惊恐。

"您不要谦虚。您一定能,因为……在对十一维空间论的态度上,你是众所周知的反对者,可恰恰因为这个我信任你。你是当今国内唯一敢于公开对这一理论表达怀疑和不信任的名人。在我眼里你就是一名勇士,有真正的学者的风骨,从骨子里说我也是。对不起我太无耻了,竟敢将您这样鼎鼎大名的学者引为同道,你要不计较那就真是我毕生的荣幸,虽然和你正相反,我万分热烈地信仰十一维空间论,而且笃信那些认为这一理论不能被证实的家伙错了，我知道这些人想干什么，他们恨这个爱因斯坦的相对论之后最了不起的物理学理论，处心积虑地想把它变成一个笑柄，从而埋葬它。"

我有了一点意兴阑珊。难道我扔下所长派我的公差，淋一场大雨，来到这个铁笼子般的临时拘留室里，就是要和这么一位走火入魔的物理学疯子讨论十一维空间论？那是一堆狗屎，我闻一闻都要吐。

"对不起我确实很忙，如果你想用你说的办法让警官们把我弄来和你讨论你信仰的新物理学理论，你已经做到了……我能告辞吗？"

我一边说一边站起。他的反应太敏捷了，几乎是跟着我一跃站起，马上又开始用初见时那种激烈的、鸟鸣般尖细的高声叫道：

"不要！你怎么能这样？我说实话，我做这件事——进行第六维空间的穿越试验——不是为了证明十一维空间论是可证实的，我是……而且仅仅是为了……为了能和我十六年前去世的父亲在第六维空间见个面！这话我不能对警官说，对别人我说不着，因为我就是说了他们也不理解，可是你能！"

剧情再次反转。舞台还是那个舞台，但工作人员已在台角幕布后面放冷气……我此刻就是前面说的这一种感觉：浑身一阵阵发冷，但更多的冷气仍在向舞台上施放。我坐了下来。

"……我有要紧的事要见他老人家。认识你的人都对我讲，像这样的事我就是走遍世界——我自然也没有钱去那么远的地界儿——也找不到第二个人能帮我，只有找到你才有一点可能。虽然我也在这一行混日子，可我的知识面太浅，完全不行。"他仍在热烈地看着我的眼睛说话，神情和目光却像是陷入了极深的痛苦，更像是自己对着一个盲目的对象自语，憔悴的刀条脸上还渐渐现出了绝望。我越来越觉得他的目光不像是在望我，而像是穿透我望向一个遥远的空间。后来我知道了，他正在望着的是他遥远的故乡的山川和田园。

我的脾气也没那么好，没有意识到自己已经被他的话气到了。

"你找错人了。这种事……我可没办法帮你。对不起我走了！"我又站起来，用坚决的声调说，再没有看他一眼。

可是门开了，两位警官一前一后走进来，用祈求的语气表达出了坚硬的内容：必须履行公民义务，不能马上离开。而那个不正常的物理男也没有停止说话，他那鸟鸣般尖细的声音像被疾风吹拂的野火苗一样"吱溜溜"地顺着燃火的灌木丛叶梢爬过来，大浪撞击礁石一样撞击着我的耳膜：

"XX你可不能这样就走了！你知道我为了见到你付出了多么大的代价！之前又给自己鼓了多大的勇气！现在我的下场你都看到了你要是这么走了我的所有冒险牺牲会变得一文不值我会成为所有人眼里的笑柄他们早就认为我是个疯子可是你知道我不是——"

我的脑袋在"蒙蒙"作响,就像漫天冰雹砸到屋外的玻璃雨棚一样惊天动地。他成功了,我重新坐了回去。

"说你父亲的事,"我单刀直入道,"但是不要再说十一维空间和第六维空间,那跟你和你父亲的事儿不在一个维度空间!"

我本来是要说一句我认为不可能出错的话,但话刚刚说出,已经以一个灵巧的动作随我坐下去的他便蓦然跳起,慢慢背过身去,瘦削的身子剧烈地颤抖着,半晌没说话……等他能够较为镇静地回头看我时,我再次大吃一惊:在他那张刀条形的瘦脸上,我看到了从没在世间任何人面颊上看到过的那么多那么大粒的泪珠。

"我要再次说出这句话,我找你还是找对了人!"他换上了一种低沉、感动却有力的声调说,"瞧吧,你刚才还说我和我父亲的事和十一维空间以及我对第六维空间的穿越试验不相干,可你自己都说出来了,它们相干!"

"教授刚才说什么了?"这次是赵警官先开了口,他先被惊到了!

"他刚才说,十一维空间和我在第六维空间的穿越跟我和我父亲的事不在一个维度空间里,但就在我们说到它们时,我们就已经和它们在一个维度空间里了。就是我们眼下共处的这个四维空间。谁敢再说没有相干?你敢吗?"

我心里如同响起了一个炸雷。不管两位警官懂不懂,我已经懂了,确实就在我说出刚才那句话时两者已经相干,你说穿越也成。

我还被自己的下一个念头吓到了:任何个别都存在于普遍之中,孤立的个别不能存在。普遍就是规律,就是法则,用我的专业术语说就是一整套算法。

如果刚才的事情发生了(它已经发生了),不仅是他和我,还有身边两位警官及他已经亡故的父亲,都在第六维空间实现了一次相交、连接或者说穿越!科学史上发生过这种事情吗?!

"对了教授……你们刚才的话我和小钱在隔壁都听到了,只是不懂,既然赶上了机会,是不是劳您驾也跟我们这两个科学小白简单普及一下第六维空间?当然能讲到十一维空间更好,只怕我们的理解能力到不了那儿,我们能听懂多少是多少。"赵警官说。

真没想到一名警官也会对十一维空间论有这样的兴趣,可是——

"这个这个……教授我能说几句吗?其实四维空间好懂。零维是点,一维是线,二维是面,三维是体,加上时间,构成我们每天生活的四维空间,这些大致上我们都能感觉或者触摸到,好懂。即使是第五维空间,说是看不到,理解起来也没那么难。一个人从出生到死亡是一段四维时空线,所有人的四维时空线共同发生在一个维度空间里,不就是个面吗?当然我和我的母亲的四维时空线并不始于一个起点,我出生时我母亲的生命线已开始很久，我的生命线则始于她的生命线，从她生命线的一个点上发生，然后自我延伸，但我的四维时空线并不会和她的四维时空线一直在一个方向上随时间延伸，终点也不一致，而且作为四维生物我们也看不到这个以面的形象存在的第五维空间，所以我们的时空线也不能相互穿越。还有，时光不可逆。我们谁都不可能在第五维空间居高临下地看到自己母亲的童年。教授，我说对了吗？"小钱警官插进来说。

太出乎意外了，我又在一家街道派出所遇上了一位十一维空间论的发烧友！

"大致上是对的。"我说，虽然仍然不喜欢这个理论。

"太好了！"已经有段时间没有发声的男人大叫一声，黑瘦的脸颊再次迅速地涨红了。"教授你瞧，你不认可的十一维空间论今天普及到什么程度，连这位年轻的警官说起它都如数家珍……两位警官既然能够理解第五维空间，再去理解我说的第六维空间就不会有障碍了。刚才小钱警官说，第五维空间有个巨大的难题，就是不同生命线不但不可相交，更是不可逆的。你出生了你的四维时空线就和你母亲的四维时空线分开了，如果她有一天过世了，你再想见到她是完全不可能的。父亲也一样。这就是悲痛，是人这种四维生物最大的不幸和苦难之源。教授你同意我的话吗，同意吗？"

"我有点明白，但仍不是很明白，"赵警官看我一眼，"第五维空间不行，难道第六维空间就可以了吗？"

"是的，第六维空间就可以！"那个再次涨红了面颊的男人像是要和一个看不见的敌人争论一样大声喊道，嘴唇也跟着又哆嗦个不止，"这是因为，能够进入第六维空间的你不再是四维空间的你，那是一个更高维度的你，他可以不再受第五维空间时间线不可逆的限制，第六维空间的你可以直接从你的生命线上穿越到你母亲的生命线上去和她团聚。因为第六维空间是折叠的，它已经不是个面了，如果是个面你和你去世的母亲的生命线的距离只会越来越远，可是第六维空间里因为这个面的折叠你们的距离有可能变得极近甚至直接相交！从理论上讲，在这个维度空间里我们这些活着的儿女每个人都有机会和我们过世的亲人见面，说出他们生前你没来得及对他或她说出的一句最要紧的话！"

赵警官到底是职业警察，这个满面泪水的男人——犯罪嫌疑人——说出最后一句话时，他像是被电击到一样浑身一震，立马偏过头来瞅了我一眼。这一眼震惊了我也提醒了我：犯罪嫌疑人过去说他在不同地点作案是在进行穿越第六维空间的试验……听他讲刚才的话，显然和他们要破的案子就要关联到了。

"你三年前开始在商场里盗劫，真是在进入第六维空间的实验？"为了肯定自己的想法，赵警官马上对他开始了询问。

"是，但那只是初级试验。只要我不去那两家商场买东西，我的四维线和商场老板、经理、夜间值班人员的四维线永远不会相交，但是我只要去他们那里偷一次，我的四维线就粗暴但真实地加入和扰乱了他们的四维线。我也是有质量的，我让我和他们之间的空间坍塌和折叠；他们接着又把我扭送进了派出所，是反过来强行侵入了我的四维线，直至改变走向让我上法庭，进大牢。这样的试验只要成功一次我就必须相信一件事：第六维空间是存在的！"男人用越来越尖细越来越兴奋的声音高傲地说出了这些话，目光里也有了更多的类似在一场胜负难料的战争中意外看到胜利曙光时那种发自内心的狂喜的光。

"你对商场下手也就罢了……说说昨晚上为什么要对全省几千万人中最高大威猛的一个下手？你对一个最不可能抢劫成功的男人动手……也是要和他搞一段第六维空间的穿越？"赵警官刚才没有听懂他的话，还生气了，大声地训斥他道。

"不全是。"犯罪嫌疑人的声音突然低沉下去，愧疚地瞥我一眼，垂下头，"多年来我几次进行这种穿越试验，后来发现仅仅和一些名不见经传的人进入第六维空间不行，当然那时候我还不知道您……但我五天前出狱后已经知道您了，我想我应当闹出更大的动静，最好能轰动一时，直到像现在这样把您请出来。我抢谁呢？只有抢XX了，因为他太有名了，他身上发生任何事都立即成为轰动一时的新闻！"

现在我完全明白了，对他说：

"坐下来说说你父亲……还有，你想进入第六维空间，其实是想进入你亡父不可逆的四维时空线……你到底要对他说一句什么话，就那么要紧，让你不惜一次次地去……啊，侵犯别人？"

"我想……想对他老人家说,我母亲生下我时我父亲已经太老了,没能等到我真正长大有力量奉养他时他就故去了。如果他能活到今天,我就不会像当初那样待他了。"

他清晰地说出了上面的话,眼泪再次扑簌簌从两只大黑眼窝里滚落下来。他不去管它们,也不再回避我们的目光。"我想告诉他,他过世前我没有把最后一小笔钱寄回去给他治病,是我那时犯的最大的错……我不是成心希望他早点儿死,好解除一直加在我身上的负担,可事实上我就是那么做了……我一直想一直想,要是经过试验可以确认真有第六维空间,今天的我能够进到这个空间里去,切入他的生命线,而时光又不是不可逆的,今天的我就救得了他,我现在已经有能力挣到很多的钱了……那样也就赎了我的罪。但是……我不是您,找不到突破的点,即使能和被我侵犯的人进入我认为的第六维空间,也不知道能用什么样的办法让自己突破自己的四维时空线,在第六维空间里找到我早死的父亲的时空线,将我刚才说过的那句顶顶要紧的话对他讲出来!……教授,我今天全对你说了,我的人生是多么不幸,你一定能帮我,哪怕用你和外星人连接的办法呢,总之你是个高人,有什么事你做不到呢?我觉得你只要随便用一个只有你知道的办法就能让我进入我父亲的时空线所在的第六维空间,让我见到他老人家,哪怕什么也做不了,只能当面把我那句想对他讲的话说出来呢,我也算……也算……对因为我的不孝过早故去的父亲做了一点儿事情!……"

男人说完了，像耗尽了所有的气力……我以为他会号啕大哭，但是他没有，他只是闭紧了眼睛，在凳子上缩紧了身子，大口大口喘气……不，我看到了无声的眼泪之河，在他的脸颊上汹涌澎湃地奔流。

我想了又想……说：

"根据十一维空间论，在第六维空间之上仍然存在着第七到第十一维空间。我想总有一个空间能让你和你父亲的生命线相遇。但是，在进行新一轮讨论前，你应当先对我们讲讲你父亲，尤其是你和你父亲在一起的故事——每一对父子都有一段互相连接或者说同行的时光——其中有的故事能让你感觉到温暖最好。"

他终于把一张满是泪水的脸完全朝向了我……他说：

"好吧。"

下面就是他和他父亲的故事——

"我今天四十三岁了，见过的世面和人也不少了，但在所有我认识的人中，我仍然认为我父亲的命最苦。

"就连他的生日也是所有人中最不好的……我就不说我的家乡在哪里了，你就想象一个南方的山区，入春就能看到满地油菜花盛开……可是我们家在一片穷极了的深山里，穷到什么程度呢？穷到当年有一大半人一辈子没到过县城。早些年根本不通路，连手推独轮车能走的路都没有，进山和出山要手脚并用爬上爬下。我父亲不但生在这样的深山沟里，还生在农历正月十六。我说这个日子的意思……就连我们家乡那样穷的地方也要过年,但我们那里的年过到正月十五元宵节就完了,接下去就是春荒,一年中最苦的日子。我父亲生在正月十六,还不只这个,他生下来我祖父只说出一句话就死了,因为什么死的我父亲也记不得,那句话是'你真没福气,哪怕早一天你也能赶上过一天的年。'因为穷我祖父死后祖母改嫁,生了我叔叔。我父亲在他继父家的遭遇他自己从来都不说,我却从母亲嘴里断断续续听到不少。简单说吧,那一家人要是能把他赶走就赶走了,能遗弃也就遗弃了。他们不是没做过是没有做到。最可怕的是他自己的亲娘,我的祖母也嫌弃他,等他长到十一岁就打发他去跟人学手艺,还是要赶他走。那一家人甚至都当面明明白白告诉我父亲,不走他们也不会给他娶媳妇成家。相反他们倒早早地就给我叔叔定了亲。我父亲学了手艺还留在那个家里,天下虽大却没有他可去之处,但是他的继父和亲娘却真的做了一件让他完全绝望的事,他们真的隔着我已经二十八岁的父亲,给年方十八岁的我叔叔娶了亲。

"回头再说我母亲。母亲常说自己和我父亲是拴在一棵黄连根上的两只苦瓜。我母亲出生的地方比我的故乡山更深人也更苦,姊妹众多家里又特别重男轻女,长到十六岁就被我外公假报年龄嫁给了她的第一个丈夫,为的是用彩礼钱还赌债。我母亲的陪嫁是一只空空的箱子和四块压箱子角的老年间留下的旧银元,路上还被人抢了。她第一个丈夫愿意花钱娶她是因为家里穷，自己又得了治不好的病（具体什么病我也没想过搞一搞清楚），不惜借债娶媳妇是想在死前留下一个后人，日后可到坟前给自己烧一张纸钱。我母亲生下我同母异父的大哥两个月后丈夫就病死，婆婆和同族的男人容不下她，年轻的她一怒之下卖掉属于她丈夫的老屋带着我大哥回了娘家。卖屋的钱原准备拿来在娘家置屋过日子，但很快这笔钱就被骗光，我大舅母容不下他们母子在娘家长住，逼得我母亲不得不到县城求她丈夫生前的一个朋友照顾，后来就和这个男人同居，原本她说是要嫁给他的，还为他怀了我大姐，可这个男人很快也在她的生命中消失，不知道是跑了还是死了。我母亲带着我大哥和我还没落草的大姐在县城举目无亲，上无片瓦下无立锥之地，可她刚强，挣扎着生下我大姐后租借人家一片屋檐留在了县城，靠两只手帮人缝补浆洗挣钱活着。很快，她遇上了我父亲。

"父亲是在发现他的继父和母亲用行动证实他们不会为他娶亲成家的当天跑出了家到了县城，因为会一门手艺，他去给别人帮工，一点不多的工钱被拿去胡吃海喝，听说有一阵子还迷上了赌和吸毒，有一天倒在街头，下大雨，死人一样躺在水里没人管。我母亲将他弄到家里喂了热汤，用草灰泡水灌下去催吐，我父亲活了下来，两个人相互倾吐身世，后来还是我母亲勇敢，先对他说出了那句话：'我们是一棵黄连根上的俩苦瓜，你不嫌弃我，我也不嫌弃你，我们就在一起活。'我父亲没有拒绝这几乎是天上掉下来的媳妇儿。他们什么仪式都没办，登个记就住到了一起,做了夫妻,这一做就是一生。

"后来我们家搬到了我出生的镇子上。我父母那时还年轻,拼命干活,有了自己的家。可这时我祖母和叔叔却找来了,因为我父亲的继父死了,祖母和叔叔过得不好,非要搬过来和我们一起住。我母亲当初和我父亲成亲受到我祖母百般诟辱,后者这时又认为她的这个会手艺能挣钱的大儿子应当一辈子留在她和她小儿子家里帮他们养活那个已经有了八口人的家,我母亲带着我大哥和我大姐嫁给我父亲等于抢走了原本应当属于他们的钱。我母亲坚决不让他们搬过来和我们一起住,但我父亲心软,还是想办法求人把那一家人安置在离我们不远的村子里,改革开放后实行土地承包他们又名正言顺地分到了山林和田地。但我母亲和她婆婆的战争直到我祖母去世仍没有停止。老太太咽气前交代我叔叔一定要让我父亲她的长子承担自己全部丧葬的挑费,我父亲迫于习俗压力选择了接受,母亲却坚决顶住了要她为老太太披麻戴孝送葬哭坟的压力,只在家门口做戏般哭了一嗓子,哪儿也没去,爬起来就又喂她的一群鸡去了,我祖母的坟在哪里她至死都不知道。

"我父母将家从县城搬到我出生的镇子时,经过两个人肯定不会很愉快的协商,我母亲作主将我已经十五岁的大哥送回娘家安顿,还为他盖了草屋,几年后又为他娶了媳妇,就是我大嫂。这件事她能做成功完全是因为新社会了,娘家村里的干部体谅她的不幸,我大哥也不错,年纪轻轻就当了生产队长。大哥的离开让我们家在别人口中少了些嚼舌根子的材料，但母亲和儿子——后来还有女儿，我渐渐长大的大姐——的联系是钢刀都割不断的。母亲在和我父亲成亲后又接连生了我哥哥、我和比我更小的弟弟。但我一直以为，她的心一生都被三根绳子紧紧系着，一根是我们这个家，一根是我大哥的家，另一根就是我十九岁就出嫁了的大姐，她和她只会说嘴不会做事的丈夫的日子一直过得艰难。有了这一种家庭境况，我父亲的遭遇和他和我母亲时常爆发战争是可以想见的。

"但在我父亲四十五岁前，我们这个家，不，是我母亲心中的三个家，尤其是早些年间，全都扛在他一人肩上。不过那时他年轻，有力气，又有手艺，支撑着那么些家的日子还显不出什么，但他四十五岁那年冬天——我才九岁——一次外出做工掉进了大雪坑，冻下了一个至死都没能治愈的毛病。他的病眼下说起来不算什么，先是严重的气管炎，后来又合并肺气肿，可在那时，又是在山里，没有药治得了他的病。支撑着三个家的天跟着就塌了。但是这三个家仍然系着母亲的心，父亲仍然要一次次带病爬起，试图像以前一样去挣钱，重新让这三个家能够过下去，却已经做不到了，更多的辛劳更快地毁掉了他的身体。到了后来，无论母亲如何想要继续照顾除了我们家之外她的另外两个家，三个家的日子都到了过不下去的地步。最难的时候我父亲卧病在床，咳得喘不过气来，家里却连最便宜的止咳片都没有钱买。尤其是冬天，山里冷极了，家里比外面更冷,因为父亲的病在发作,他咳痰的声音我就是睡在梦中也能听到,一夜一夜被它惊醒,然后就是脸蒙在被窝里哭泣。

"从九岁到十八岁,我们家最好的消息就是我在我自己和父亲不知出于何种执念的坚持下,不但读完了镇上的中学还考上了大学。由于在高考中我的物理分数最高,到了学校我脑子一热调剂志愿读了物理系。毕业后我留校,算是成了我们家第一个有出息的人。但也从这时开始,家乡所有的亲人都把热切的求助的目光投向了我。

"最先当然是母亲。过去她支撑三个家完全依靠我父亲,现在连我父亲都要我这个全家中唯一'出了头'的读书人救助。我母亲找我要钱的理由首先是卧病时间长达十四年的我父亲每天都要吃药,哪怕是最便宜的药加起来费用也令我不堪重负。等我在这座城市娶妻生子,我大哥和大姐也过早地进入了他们的老病之年,我母亲甚至开始盼望我能在每月给父亲寄药费的同时也分别给他们寄钱纾困。你们知道一名大学教师——从助教到讲师——的工资有多少,就是我拼命工作,还写书,就是那种普及物理学基础知识的通俗读物,挣点稿费,真要填满家里那个穷坑仍是杯水车薪。等我开始养育儿子,给房子交月供,渐渐地就连每个月给父亲寄去点儿可怜的买药的钱都觉得十分困难和痛苦了。家里的要求却越来越多(事实上那些年他们过得也真是越来越苦),而我能寄回去的钱不见多只见少。三个家尤其是我母亲对我的失望可以想象,她甚至猜测我不能更多寄钱回家是因为我媳妇，其实平心而论我太太当初嫁给我真是不值，那些年我的工资加一点写书挣的酬劳几乎全用到了我父亲身上，我们自己的家反倒要靠她的工资来支撑，而她基本上没在我的伤口上撒盐，或是说抱怨我过多地关照我的原生家庭而不是我们自己的小家。

"人都有扛不住的时候，我也有。到了后来哪怕明知父亲在家嗷嗷待哺地等我寄钱买药，我手头真没钱感情也开始麻木。这时我母亲的办法就是给我打电报，报文永远是那几个字：'父病危速归。'那时有人都开始用手机了，我为了省钱甚至没有在家里安一部座机。他们知道不停地给我写信要钱我可以置之不理，但对这种内文的电报我不能什么都不做。既然写信要不到钱就干脆让我回家，只要回家你就不可能不带钱。但他们想错了，没钱就是没钱，后来就连这样的电报打来我的心也淡了。我知道他们在玩什么把戏，他们想必也明白我知道。我接到电报后的反应越来越慢，有时等好几天也不见我到家，会再打来一封来催。我始终没告诉他们的是：我并不是故意怠慢那些电报（有怠慢之心是另一回事），而是在回家前必须向我的同事朋友借到路费和到家后一定要为我父亲治病花掉的钱。

"最后一次被他们用电报催回去是十六年前的夏末，父亲已经油尽灯枯，我的心理和经济承受力都到了极限，觉得自己整个人都可能随时像一只满是裂纹的瓦罐一样碎掉。这次为了借到回乡的费用我妻子受到她姐姐非常大的羞辱，一直暗暗咬牙陪我度过每一个黑暗日子的她从没有哭过,这次回家将一千块钱放在我面前她关上门躺到床上整整哭了一天。一个念头在我心里冒出来——过去不管多难从来没有这样过——为什么他不死?我们在城里的一家眼下也快活不下去了,我母亲身体尚好,只要他——我父亲——不在了,我的日子立马就能过成另一种景象!

"我带着这么可怕的一个恶念回到了家乡。在我眼中父亲仍像过去我每次回去一样,安静地躺在床上看我,甚至都不大喘了。我觉得他对我回来是欢喜的,但是也从我的神情语态里看出了我的极端疲惫、焦灼与绝望。我对他们每个人说出的肯定都不是好话。像每次回家一样,我很快花光了所有的钱,找当地同学借了回程的旅费,然后将藏在手心里的最后二十块钱手递手地塞给了父亲,说:

"爹,我真的没钱。这是我能拿出来的最后二十块钱。你想吃点什么,就买点什么吃吧,别再吃药了。"

"狠心说出这些话时我没有看他。我不忍心,也不愿意。说完话后我觉得要是不马上离开家,我说不定会闹出大事来。我的精神,我的心,就要崩溃了,不是对父亲,而是对我自己的生活不再有信心,甚至不再有留恋。真的,像我这样活着真有意义吗?如果那样的三个家仍然要我扛着,我的父亲仍然活着,我为什么不可以死去?我倒要问谁一句了:像我、像他那样活着真有意义吗?

"回城不到三个月就听到了父亲去世的消息。还是电报，报文已经变成'父病故速归。'……今天我得对你们说真话……第一个感觉真的不是悲伤，而是一种生命得到解脱的轻松……我很可能还一个人在办公室里笑了一笑！但是如果有人说没有悲伤，那是不对的。悲伤还是来了，但是在我又一次借钱回去帮他办完丧事之后。再回到城里的家，想到他真的殁了，这个生在正月十六一辈子一天好日子都没有过的人就这样于贫病交加中离开了人世间，而在他生命的最后时刻，连他最为依赖的儿子也抛弃了他，这个人就是我！想到了这些，我放声大哭！

"教授，两位警官，这就是我和我父亲的故事。一转眼我父亲故去十六年了，母亲在父亲去世后又活了十年。我同样回去为她办了葬礼。这都没什么好说的。我大哥在我母亲去世前就病逝了，大姐也在我母亲去世第二年患中风殁去。因为有过上面讲的往事，我一直用一种冷硬的心肠待他们，说实话他们病中我没寄过一分钱，倒是他们所有人办丧事的开销全是我寄的，还不少，他们的儿女不用再花一分钱。这以后我有相当长时间认为我把我对这个家——不是一个是三个家——该做的事都做了，不管死去的亲人能不能体谅我，但我自己至少觉得我做到了问心无愧。

"母亲去世后我写过一篇悼念文章，发表在学校小报上，因为我知道她其实也有一颗心被三个家撕扯得鲜血淋漓的一生。可我直到今天也没有给另外一个人——我父亲——写过一个字，十六年了一个字都没写。即便他过世多年，每当想到他，我心里潮水般升起的仍是无尽的苦涩和无处可逃的承重感。我以为我永远都不会回头和冥冥之中的他对视一眼了。我错了，三年前的一个夜晚，从没有梦见他的我在梦里见到了他！"

"三年前？……你就是那一年起开始犯罪的！"小钱警官想起了什么，叫道，"还有，你妻子和儿子也是那一年离开了你！"

"是的。"犯罪嫌疑人再次垂下头，低声道。

"给我讲讲这个梦，"我迫不及待地把最要紧的话冲他喊出来，"我想知道！"

"不是一个梦，是一连串的梦。"这次他只看着我一个人道，仿佛这个空间里再没有别人。"第一个梦里我父亲只在我眼前一闪就不见了，好像他怕见我似的，或者说只是想试探一下，这么多年过后，我是不是愿意见他。接着是第二个梦。两个梦里他都还年轻，像小时候我看到的他，这次时间也不长，但到底比第一个梦长，他好像还冲我笑了笑，但也很快就不见了，因为我醒了。"

"第三个梦发生在几天后，这个梦很深很长……其实它不是梦，是我小时候真实发生过的一件事，我和他一同走过的一段路。"

"一段什么路？"被他的故事完全吸引住的小钱警官又叫起来。

"那年我才四岁,记得是个清晨,父亲难得地没去做他的生意,背着手带我走向镇外我们家的一块田。我记得田里种的是麦子。早春,有一点寒意但风已经不那么冷。父亲是要去田里看看我们家的麦子返青没有。他在前面走,我在后面跟着,但我人小,跟不上他的步子,他就走一段,站住,回头微笑地看着我跟上他,再走一段,又站住等我。最后我们在我们家的麦地边停住。我们家的麦苗当然也和别人家的麦苗一样返了青,还比别人家的长势都好。父亲很高兴,好像回头对我说了一句什么话,大意是今年过年白面饺子可以吃到正月十五了。麦子长得这么好,今年会有个好收成。大概就是这个意思。"

"然后呢?后来发生了什么?"我的呼吸开始急促,道。

"什么也没发生。父亲带着我像来时那样一步一步走回去,一次也没有抱起我来走,还是走一段等等我,走一段等等我。我也不生气,因为这样走路表明我成了大孩子,可以独自走完这么长的路了。当然那段路不长,只是我小,觉得长。"

"这个梦发生前,你在别的时候梦到过它吗?"

"一次也没有!"男人叫道,脸色也变了。

"但你从没有忘记这个梦,不,这件往事。在这个梦里你和你父亲其实是很亲密的,你们的关系温暖而又亲近。"我说,"春天。返青的麦苗。就要有的好收成。说不定还有好看的油菜花呢。还有,你父亲一直没有抱起你走路,你却从他的微笑中感觉到了对你的期许和鼓励,你觉得他是有意的,让你意识到自己长大了，能独自走长长的人生之路了。"

"你这是心理分析，不是物理学，不过好像有道理……可是……所以呢？"

"这个梦一直都留存在你心里。不在第四维空间，也不在第五维和第六维空间，甚至不在更高的第七维到第十维空间里……在这里我要向两位警官简单地解释一下……第七维空间是一个将所有第六维空间折叠起来后形成的点，也就是一个宇宙，加上时间也是一条线；第八维是第七维线上任意一个点都会产生的任意一个第七维空间同质的宇宙；第九维空间同第六维空间差不多，所有的八维线形成了面并且因为质量和引力的关系折叠而且可以相交，从而具有了像第六维空间一样相互穿越的能力。到了第十维，这一理论的创立者将所有可能的第九维宇宙又想象成为一个点，这个点里包含了一切宇宙。再没有别的宇宙了，因为一切可能的宇宙都在里边了。"

"不，教授，我请你来不是想听……不是为了这个！"男人又叫起来，满是泪痕的脸上涌满了新的焦灼神情。

"稍等一下。我要对两位警官讲完……你们会说，不是还有个第十一维空间吗？不错。第十一维空间，也是唯一不在第十维空间中的空间，是我们人类的思想和回忆，包括梦。同时它也囊括了第十维空间，我们想到它，它就在我们的第十一维空间里了。"

没有人再说什么。我把目光转向男人，道：

"现在告诉我吧,为什么你在多年不愿意回忆父亲后又意外地梦见了他,在那个对父亲充满痛苦回忆的你和多年后重新梦见父亲的你之间,发生了什么?"

"我……,"他啜嚅起来,"我的日子过得好了,我写的一套科普读物在国内成了畅销书,我还卖出了海外版权,我拿到了一大笔版税。"

"祝贺你。一大笔……有多大?"

"我这笔版税的零头,超过了我大学毕业到我父亲去世十四年间花在他老人家身上的所有的药费……拿到这笔钱当天我就哭了,想到我最后一次见他,将仅有的二十块钱塞到他手里时是多么残酷,其实……就在我那次回到家的第二天,我妻子就打长途电话给我,说刚刚有一笔不大的版税寄到了家里。"

"你觉得你当时应该让你妻子把这一笔新到的版税也寄到家里给你父亲买药治病?"赵警官道。

"是的,我当时就想到了,可我并没有这样做……要是我这样做了,也许我父亲就能撑过那个夏天。"

"你后来把这笔钱用到了什么地方?"小钱警官小心翼翼地问。

"我用它还了我这次回乡借朋友的路费。我说过钱不多,我拿它正好能还掉所有欠款,一分不多一分不少。"

他的喉头又开始猛烈抽搐……接下来便是又一场无声和悔恨交加的痛哭。

我一直等……等了许久……直到他终于不再哽咽，才道：

"亲爱的同行，我想说句话……最近三年内你连犯罪的办法都用上了，你可以和与你一样活在四维空间里的人进行貌似进入第六维空间的试验，却无法让时光倒转，和你的父亲在真正意义上可逆的六维空间里相见。你今天把我弄到这里来，是想让我帮你做到这个，是吗？"

"是的！"他抬头叫道。

"我这么说吧，你其实已经和他在更高维的空间里见过面了！"

"你说什么？"他再一次大惊失色，失声道。

"你有过那样的不幸，但今天你的日子好了……可越是这样，你越会对当初发生在你和你父亲之间的事悔恨不已……你想见他老人家说的话我们刚才已经听到了，现在你要做的是回去再做一个刚才说过的梦。我的唯一提醒是你不能着急，要有耐心，因为在你刚才说的那最后一个进入第十一维度空间的梦里，你重新发现了自己的父亲，其实重新发现的是你自己。我现在可以肯定地说，那个梦表明你知道你父亲从来没有因为你当初不能以一己之力撑起那三个家包括延续他的生命怨恨过你，他不但穿越了自己的四维空间而且穿越了四维空间以上的所有高维空间来到你的第十一维空间看你，不是没有原因的。"

"什么原因？"

"像你一直想对他说一句要紧的话一样，他也一直想对你说出一句也许更要紧的话。"

"你怎么会这样想？我父亲他真的会……原谅我？"

"不存在原谅的问题。"

"怎么不存在，如果我当时把那一小笔版税寄回了家，他熬过那个夏天，也许就能接着熬过秋天和冬天，只要他再能活上两年，我的情况就好了！

"因为他和你一样也是个男人，曾经用自己并不有力的肩膀扛起过养活三个家的重担……即使你做不到你当年无法做到的事情，他也早就理解并且原谅了你，因为他知道你尽力了，像他当年一样。"

"可是……为什么我这么多年一直没有梦到过他？"男人大声反驳道。

"不是他没有来，是你一直在拒绝他。你之所以会拒绝是因为你一直在悔恨，你的拒绝就是你悔恨的方式。可是一旦你不再拒绝他，你因为日子过好了想到了他，想对他说出一句要紧的话，他就穿过千山万水来到你的第十一维空间也即你的梦里，开始他还想试探一下，看你是不是愿意和他相见，后来他知道你真的不再拒绝他，他就放心大胆地来了……第十一维空间还是一个时光可逆的空间，你就在那里和你的父亲回到了当年那个早春的清晨，重温了你四岁时你们父子间那一段温暖的时光。他想用这样一段回忆让你明白你要说的话——"

"你根本不需要事后多年仍然因为你最后一次回家时没有把

那刚寄到的一小笔版税花到他身上，永远陷入不能自拔的痛苦和悔恨之中。"小钱警官抢在我前面把话说了出来。

"对，这就是我的意思。"我说。

"那我……我现在，该怎么办？"

"回到你的第十一维空间里去，在那里我们不但可以成为第五维、第六维空间的生物，甚至连时光都是可逆的……只要你不再拒绝和他相会，他就来到你的梦里——不，你的第十一维空间里——和你相会，因为你是他最看好的儿子，即便他已经进入了自己那一条渐渐远逝的四维生命线且再也不能回头——要回头就必须像爱因斯坦说过的那样拥有超过光速的力量——但他仍会利用第十一维空间的时光可逆性来到你身边。在这样的空间他永远不会老去，你也仍然会是那个年方四岁行走在春天的田间小路上并且正在一天天长大的孩子……他会一直像当年一样欣喜地看着你长大……直到有一天有力量像涉过一条大河一样涉过你眼前这条十多年了一直都走不过去的眼泪和悔恨之河……再重复一遍，在你第三个梦里，他不但回来了还和你一起重新走了那条春天的小路，让你重温了他的爱，他的温暖的目光，他这么做就是希望你能够听明白他已经听到了你要对他说的那句最要紧的话，而他也对你说出了他一直要对你说的一句最要紧的话。"

"那是……一句什么话？"他问。

"'不要难过了，好在那一切都过去了。'我多问一句：今天就连你们家乡也变了样子吧?"

"早就变样了。一条高铁路过那里,现在我们县成了全国'百强县',我母亲那三个家的年轻一辈家家都盖了新房,过上了小康的日子,有一家还成了当地有名的水果商人!"

"两位警官,我希望这位先生的案子能在不违背法律的前提下得到最实事求是、最让人心温暖的处理。在此我愿意为他作证,我的这位同行确实一直在进行穿越高维度空间的试验,而且——相信我的话吧——他的成就已经启发了我,改变对十一维空间论的看法。"

"那……好吧,我们尊重教授的意见,会向上级报告的。"赵警官代表小钱警官道。"至于受侵犯的篮球中锋,昨天就说了,他没受到什么实质性的伤害,如果能够对犯罪嫌疑人无罪释放,他不持异议。"

我要走了,但还是又一次转过身,对那位深深陷入沉思的同行道:

"亲爱的朋友,我们已经是朋友了对不对?要分别了,我想再对您说几句话。

"和你一样,我们活在这个世上的每一个人,因为各种原因,可能都会拥有自己的不同的不完美的过去,无论导致它的是贫困、疾病、过错,乃至于我们的力量无法控制的事故、地震、海啸、瘟疫,包括战争和灾难,都需要为一个或多个过世的亲人——其实是为仍然活着的自己——安魂,但就目前而论,我们还只能在第十一维空间内为他们和自己做这样一件事,即告诉他们和我们自己,当年那些艰难、窘迫、困苦的日子已经过去了,也许是永远地过去。我们悲伤过,或许今天仍然在悲伤,但是以后,我们可以不用再让悲伤折磨我们了。

"还有,如果你仍然不由自主地要为过去的日子悲伤,也不要哭,到第十一维空间里去吧。这不难,你只要想着自己就处在这个空间里你就已经在这个空间里了。要是还有温暖的记忆就更好,记忆本身就能带我们进入第十一维空间,那里一直居住着所有我们已经亡故的亲人,连同他们和我们曾经有过的故事。我们随时都可以对他们或者其中一位说:'我有句话一直没说出来,今天终于可以说出来了——

"'你要是能多活几年该多好,那样我就有力量照顾到你了。'

"'我是爱你的。'

"第十一维空间目前仍然是生存在所有维度中的我们和我们的亲人的庇护所。只要这个庇护所存在,我们和他们就没有真正分离,无论是在第五维空间还是第六维空间,我们都能够连接,对他们随时说出我们想说的那句最要紧的话:'即便经过无数岁月的试验人类还是得不到永恒,也找不到涉过永恒之河的舟楫,我们最希望的仍然是和我们的亲人在已被发现的第十一维度空间里永远活在一起,存在就一起存在,湮灭就一起湮灭——如果真有湮灭的话。

"但是,像你一样,我更盼望会有奇迹发生的一天,物理学解决了所有的工具问题,光速也不再成为障碍,那时只要我们还没有忘却并且也没有死去,我们和我们的亲人就真的能在物质意义上的高维度空间里相遇,不管是第五维、第六维还是第十一维。"

2021 年 10 月 24 日

(《民族文学》2022 年第 1 期)